U0895009

感动系列 | 最新版

生命的强音

GAN DONG ZHONG XUE SHENG DE 100 GE REN WU

感动中学生的100个人物

总主编◎刘海涛

本册主编◎陈　媚　龚学超

九州出版社 JIUZHOUPRESS | 全国百佳图书出版单位

图书在版编目(CIP)数据

生命的强音:感动中学生的100个人物 / 陈媚,龚学超主编. —北京:九州出版社,2009.4(2021.7重印)

(“读·品·悟”感动系列:最新版 / 刘海涛主编)

ISBN 978-7-5108-0036-8

Ⅰ.①生… Ⅱ.①陈…②龚… Ⅲ.①名人-生平事迹-世界 Ⅳ.①I16

中国版本图书馆CIP数据核字(2009)第053928号

生命的强音:感动中学生的100个人物(最新版)

作　者	陈　媚　龚学超　主编
出版发行	九州出版社
地　址	北京市西城区阜外大街甲35号(100037)
发行电话	(010) 68992190/2/3/5/6
网　址	www.jiuzhoupress.com
电子信箱	jiuzhou@jiuzhoupress.com
印　刷	北京一鑫印务有限责任公司
开　本	710毫米×1000毫米　1/16
印　张	16
字　数	221千字
版　次	2009年5月第1版
印　次	2021年7月第3次印刷
书　号	ISBN 978-7-5108-0036-8
定　价	39.90元

新课程·新学法·新成果

刘海涛

这是一种与以往不同的新的学习方式。

在中小学语文新课标里这种学习方式被定义为探究式学习，在高中和大学里被理解为研究式学习。同学们在教师的指导下，确立了一个探究文学问题的目标，为了解决这个问题就需要重新整合自己过去已学过的知识，重新确定新的阅读材料和阅读方法，通过自己投入身心的感受、体验以及创造性的写作去表达自己的理性认识和审美态度。这种阅读、品味、感悟的全过程就是一种语文选修课(研究型课程)要经历的全过程。这样的课程和过程，有利于培养过去的语文教学中比较忽略的鉴赏能力和语文素养；有利于激活同学们主动地创造性地进行自主学习的积极性；有利于把“成功素质教育”的实施真正落实到教与学的实处。

在大中小学语文学科的教学改革中究竟怎样有效地开发出这种带有研究性质的文学类选修课？怎样引导学生的课外文学阅读？怎样构建同学们开展研究式阅读和创造性写作的教学平台？这样一种“读·品·悟学习法”开始引起了众多师生的关注。“读·品·悟学习法”是让同学们在自己感兴趣的文体中开展广泛的有选择性的文学阅读，在广泛的文学阅读中挑选出一篇或一组真正感动了他们、启迪了他们的文学精品，并把这些挑选出来的文学精品当做他们研究社会、研究人生、研究历史，甚至是研究他们自己的案例。在赏析、解读、研究、评鉴的过程中，他们的思想、感情被文学精品隐含的意蕴激活了，他们联想了自己已经经历的生活，他们想象了自己未曾经历过的生活，他们初步学会了用一种人文社科的研究方法去探究文学案例，并创建一种他们用自己的眼睛和心灵观察过、体验过的生活世界和艺术世界。

多少年来一直被教育理论家倡导的“自主性学习”、“探究式学习”以致那种“快乐学习”、“快乐教育”的情景在这里显现了。同学们体验到了一种自己掌握自己学习的愉悦。他们好像是在大声喧闹着展开一场智力竞赛——看谁选的文章好看，看谁写的研究性文章分析到位，看谁编选的文集拥有的读者多。一种新的阅读方式在这种“竞赛”中启动了，一种真正的“我手写我口”、“我手写我心”的写作本体观在这种“竞赛”中重现了，一种“成功教育”、“快乐教育”的情景悄无声息地来临了……

他们在做着他们的老师在50岁时才开始做的主编工作，他们学会了用青少年的眼光和心灵去选择他们需要的文学精品和文学案例；他们选出来的文学精品甚至让他们的老师大跌眼镜——一些名不见经传的作者和作品频频亮相于他们的文集中——这并不奇怪，因为他们的选文标准是真正拨动了他们心弦的东西。经典的作品因为拨动了青少年的心弦他们选了，不那么经典的作品只要能拨动了青少年的心弦的他们也选。他们工作后的副产品能让许多社会学家、心理学家、青少年思想教育家颇感兴趣，因为这个“感动系列”已经成为一扇把握当代青少年学生的思想脉搏，了解他们那些或者是朴素的、或者是新潮的、或者是另类的价值观的一个窗口。他们的工作也可能会让一些当代文学的研究者、参与者颇感兴趣，他们实际上在做着一项分类准确、原则鲜明的当代文学选本工作，这样的选本可以说是为权威专家的文学选本贡献了一个特定的“补充”。他们的工作还可能会让一些课程理论专家和教学理论专家颇感兴趣，他们“读·品·悟”的全过程不正是一个典型的课程构建过程吗？

“读·品·悟学习法”催生了“读·品·悟感动系列丛书”。这套丛书的组稿与出版，显影了大中小学语文学科正在生长、发育的一种课程新理念，这就是——“审美型阅读、研究式学习、创造性写作”。这个语文新课程理念隐含着成功素质教育的内核，体现着现代教育的真正本质，也为基础教育、高等教育的课程改革培育了一个生动的教学案例。

目录

Part One 逸情古韵

情感就是灵魂的家园。真心付出的那颗爱心，就是千古难逢的知音、千古不变的绝唱。

Part Two
时代弄潮

历经尘世的沧桑，人就应该能在生活中品味出一番滋味，默默跋涉于尘世，在不同的人生里彰显不同的色彩。只要每个脚步都走得铿锵有力，每道风景就都会亮丽迷人。

Part Three
骏骊珍珠

生命是一次没有回程的朝圣，一去不返。生命正是因为只有一次才显得无比珍贵，生命的拥有者应该让它发出无比耀眼的光芒。

Part Four 银河灿星

宇宙的灿烂距离我们总是太远,需要我们去仰视。

我们不如化做人间的星星,因为生活需要我们的创造,需要我们的辉煌。

Part Five 剑胆琴心

一个人无论有多大的自信心,有多大的抱负,他真正需要的只是一份无私的勇气,一份真挚的关爱。

目录

Part Six 疾风劲草

人,有时往往在困难面前轻易放弃,却忽略了一点:铁是靠打出来的,人是靠练出来的。

Part One
逸情古韵

情感就是灵魂的家园。真心付出的那颗爱心，就是千古难逢的知音、千古不变的绝唱。

爱情，音乐，新疆，如诗般浪漫地弥漫在人的遐想中：真挚永恒的爱情幻化作一曲曲动情的音乐，飘飞散落在新疆的大漠中、葡萄园的硕果里、新疆老人冬不拉的琴弦上。

王洛宾：浪漫人生坎坷路

黄群明

每当你听到《在那遥远的地方》、《达坂城的姑娘》、《掀起你的盖头来》等一首首抒情浪漫的情歌，你也许会以为它的作者王洛宾一定是个多情浪漫的西部男儿，他的一生环绕着鲜花与掌声。然而，你错了。在王洛宾的八十一年生涯中，他的精神是浪漫的，他创作的歌曲是浪漫的，而他走过的人生之路却是十分坎坷的，好在王洛宾以“浪漫”应对坎坷，潇洒地走过人生路。

情歌之王不幸的爱情

王洛宾 1913 年 12 月出生在北京一个小职员的家庭。父亲是一个京戏迷，闲来无事，常在四合院内拉起胡琴自娱自乐。要说王洛宾一生与音乐结缘一定要有某种熏陶的话，那最多也就是这一点点罢了。王洛宾从小就是个“不安分”的人，13 岁那年只身跑到东北投奔红色苏俄未成，18 岁考入北平艺术专科学校，跟随小姑母学习西洋音乐，后来因家贫难以供养而辍学，24岁那年，北平卢沟桥事变爆发，他再次出走，奔赴大西北参加了作家萧军、塞克、丁玲领导的西北抗日战地服务团。在六盘山下，一个偶然的机会，他听到了一个名叫“五朵梅”的乡村妇女唱的一首“花儿”，他被那纯朴、率直、热情、奔放的旋律所震撼，下决心在西北扎下根来，搜集整理和创作西域民歌。一晃半个世纪过去了，王洛宾在西北已创作出了《达坂城的姑娘》《草原情歌》《阿拉木罕》《半个月亮爬上来》等七百多首情歌，然而他的爱情生活却是不幸的。

王洛宾第一个真正的恋人叫方珊，是一位河南籍的兰州姑娘。他们的初恋是甜蜜的，王洛宾当时很爱方珊，曾在青海为方珊专门写了一首情歌。歌中写道：“半个月亮爬上来，依拉拉爬上来。照在我姑娘的梳妆台，依拉拉梳妆台。请你把那纱窗快打开，再把那葡萄摘一朵，轻轻地扔下来。半个月亮爬上来，依拉拉爬上来。照在我楼前的常春槐，依拉拉常春槐。你想吃那葡萄莫徘徊，等那树叶落了再出来，依拉拉常春槐。”从这首歌中，大家不难看出王洛宾的痴恋之情。然而，后来方珊因忍受不了王洛宾常常外出采风而带来的寂寞，与他分手了。

后来，经人介绍，王洛宾在青海与一位名叫黄静的护士结了婚。黄静漂亮文静，聪明贤惠，从不与洛宾红脸，把小家庭安排得妥妥当当。青海解放后，王洛宾跟随王震大军开赴新疆，黄静则带着孩子回到了北京。不幸的是黄静于1951年早离人世，给王洛宾留下了四个儿女。噩耗从北京传来，远在新疆边陲的王洛宾心都要碎了。此后，王洛宾的家里一直挂着黄静的遗像，王洛宾要让他的爱妻伴着他写出更深刻、更美丽、更动人的歌。

一生中有19年与铁窗相伴，被誉为“狱中歌王”

说起来有点让人难以想象，然而却是事实。王洛宾这个人称情歌大王

的人,一生中竟然坐了两次大牢并且长达 19 年。这个命运的十字架,要是放在“凡夫俗子”身上肯定会被压垮,王洛宾不但没有被压垮,反而更坚强、更浪漫。用他的话说:“即使身陷囹圄,我也胸怀坦荡,过着我快乐的日子,写我大我的情歌,谱我美丽的囚犯歌,用我的歌声迎接一切苦难。”

王洛宾第一次被打入监牢是在 1946 年。国民党马步芳的宪兵认为他早先是抗日的积极分子,怀疑他是共产党的“探子”,一次一次地殴打他,要他改变红色思想,脱离与共产党的关系。面对酷刑,王洛宾死不开口。每次过完“堂”,他都皮开肉绽,浑身是血。然而等他一静下来,他照样“提炼他痛苦的纯美”,写他“大我的情歌”。王洛宾给自己暗暗定下了坐十年大牢的计划,他忍着精神和肉体的折磨,在狱中写了一首又一首歌颂民主自由的歌曲。“太阳下山明早依旧爬上来,花儿谢了明年还是一样的开,美丽的小鸟一去无影踪,我的青春小鸟一样不回来……”

王洛宾第二次入狱是在 1963 年,当时的背景是不言而喻的,仅凭捕风捉影就足以定罪,更何况王洛宾当过马步芳的音乐教官呢。“二进宫”时王洛宾已经整整 50 岁了。也许是年龄大了,也许是他对被自己人投进牢狱实在想不通,他曾萌发过自杀的念头。他乘外出干活之际,偷偷藏起了一根绳子,等待着走向“自由”的机会。就在他即将拥抱死神的时候,他想起了一位姑娘。那是他刚刚被打成反革命时,一天他戴罪上完音乐课,一位叫阿娜尔汗的维族姑娘悄悄塞给他两个苹果,苹果虽不大,但此时的王洛宾却觉得它比金子还珍贵,觉得那带着姑娘体温的苹果分明是姑娘的一颗热乎乎的心……于是,似乎有一双多情而无形的手紧紧地拉住了他,使他改变了可怕的念头。一天,关押王洛宾的号子里又投进一个年轻的维族犯人,原来这位青年人被捕的那一天是结婚的前夜,未入洞房却进牢房,很是忧伤。过了半年时间,他的姑妈带来消息说,他的未婚妻突然失踪,后因忧伤而死。当时小伙子都要疯了,捶胸顿足狂呼猛喊“我对不起你呀,我对不起你呀!”为了表达对恋人的思念之情,那个维族青年开始跟监狱作对留起了胡须,监狱里的犯人也为此常常打得他口流鲜血，然而他却喊道："你们打得太轻了，我对不起我的太太，再重点、再重点……"这一切深深地感动了王洛宾，于是他写出了著名歌曲《高高的白杨》："高高的白杨排成行，美丽的浮云在飞翔，一座孤坟铺满丁香，孤独地依靠在小河旁，坟中睡着一位好姑娘，枯萎的丁香引起我遥远的回想，姑娘的衷情永难忘……高高的白杨排成行，美丽的浮云在飞翔，孤坟上铺满了丁香，我的胡须铺满胸膛，美丽浮云高高白杨，我将永远抱紧枯萎的丁香，抱紧枯萎的丁香走向远方，沿着高高的白杨……"王洛宾在狱中克服重重困难，用血和泪写出了几百首囚歌，被誉为"狱中歌王"。

一个民族诞生了名曲，却埋没了名曲作家

他的歌早已广为流传，然而他的名字却鲜为人知。1975 年，带着一顶"反革命"帽子的王洛宾被从监狱中放出来了。外面的空气是新鲜的，但对他来说并未感到快活。在狱中有人给饭吃，出来后他成了无业游民，还得为填饱肚子发愁。他先是在工地上给人打石头、看工具混口饭吃，后来工头看他又老又瘦便客客气气地辞了他。好在很快粉碎了"四人帮"，他被一位爱才的领导看中，让他去写歌剧，他也不负厚望，很快写出了三部歌剧的音乐：《托木尔的百灵》、《带血的项链》、《奴隶的爱情》。其中《带血的项链》获 1980 年全国文艺汇演二等奖。

随着中国的改革开放，王洛宾又迎来了自己音乐的春天。然而使他遗憾的是他那些流传已久的歌却很少署上他的名字。他觉得一个民族诞生了名曲，但却未诞生创作名曲的作家，是这个民族的不幸，他觉得自己有责任洗去这个不幸。于是他给音乐协会写信，坦率地讲道："许多音乐会都把我的歌曲放在前面，却不署我的名字，只写'青海民歌''新疆民歌'，如果别人问这歌是哪个民族的，歌曲里的汉语是从哪里来的，我们说什么？唱一首没有作者的歌对我们并不体面。"但不知何故，王洛宾的名字在好长一个时期未被音乐界和社会承认。尽管王洛宾现在已经大名

鼎鼎了，获得了金唱片奖，作为有突出贡献的音乐家还享受到了国家政府特殊津贴，然而如果你留心，不难发现在许多录音带、录像带上，王洛宾的歌名下面仍写着“青海民歌”“新疆民歌”的字样。但愿这种现象不要再继续下去了，但愿人们不会忘记王洛宾这个曾给了我们精神食粮和民族荣誉的名字。

音乐和爱情同路 ◎ 张莎莎

爱情，音乐，新疆，如诗般浪漫地弥漫在人的遐想中；真挚永恒的爱情幻化作一曲曲动情的音乐，飘飞散落在新疆的大漠中、葡萄园的硕果里、新疆老人冬不拉的琴弦上。正像余光中散文中江南流水上的杏花一样，王洛宾的情歌携带着生活的清香在历史的长河中凝结成一个个经典。

早就听过《达坂城的姑娘》和《掀起你的盖头来》，愉快的曲调渗透着新疆民乐的风土特色，凸显了新疆音乐和新疆人的“纯朴、率直、热情、奔放”。但在此之前我却以为这样的音乐出自新疆民众之手，不曾想到它们竟是在北京土生土长的王洛宾心中诞生。更加想不到历经了艰辛的爱情和充满磨难的监狱生活的他，心中仍然保留着那份纯真的、浪漫的、珍贵的爱情心境。也许正是这份心境激发了他的音乐热情。音乐、爱情已然成了他坎坷人生旅途中最忠诚的伴侣。

在他前半生的新疆之旅中，甜蜜的爱情、平淡温馨的婚姻生活、朴实率真的民风都成了他创作音乐的不竭源泉。在他人生相对稳定的这段时期，从初恋到分手再到恋爱结婚，尽管路程并不是一帆风顺，但他始终沉浸在爱情带给他的酸甜苦辣中，热情奔放的情歌仍占据着他创作思路的大部分。爱情和新疆给了他真正动人的音乐。于是我终于明白为什么刀郎能以几首翻唱的新疆情歌红及大江南北——听惯了城市浪漫个性情歌的人们渴望听到纯朴动人的爱情的声音。

然而，他的后半生是不幸的，妻子的早逝，两次入狱的惨痛经历，孤寂无奈的晚年压得他几乎向命运低头。这让我想起骆宾王在狱中所作的一首诗：“……无人信高洁，谁为表予心？”哀哉！悲哉！然而，是爱情挽救了他的生命，是维族姑娘暖暖的心把他从死亡线上拉回。又是维族的一段感人至深的爱情激发了他的音乐灵感，《高高的白杨》一扫他往日的奔放风格，显得婉转缠绵。这是他从一个惨烈的故事和自己的经历中提炼出的最动人心弦的音符，描绘着梁祝化蝶般至死不渝的真爱。没有经历过心碎的人是写不出这样的音乐的。这是他的爱情刻画着他的音乐，还是他的音乐刻画着他的爱情？

尽管他的人生起伏不定，尽管他历尽千辛万苦，但他仍坚信生活的美好。他是幸福的，在爱情和音乐的陪伴下，他始终保留着一颗纯净的音乐心灵，他的人生旅途不会寂寞。

我不敢说我懂得王洛宾先生，但我能理解他和他的音乐。那纯真的、率直的、真挚的、心里流淌着的音乐……

我从不把未来寄托在梦想之中，梦想虽美，却转瞬即灭，它负载不起人生的重托。

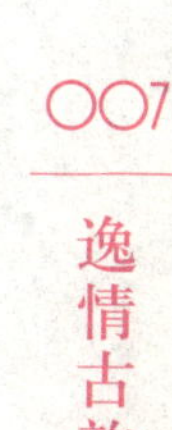

与海迪聊天不提从前

梅志清　周　军

张海迪回来了，带着一本耗尽4年心血、长达35万字的长篇小说

《绝顶》回归到人们的视野中。在一次签名售书活动的现场，不同年龄的人们像一个个虔诚的追星族，挤满了整层楼。与20年前相比，她似乎没有什么太大的变化，只是多了几分深沉和凝重。

记得那天，身为世界五大杰出残疾人、环球20位最具影响力的世纪女性、全国肢残人协会主席、文艺学硕士，头上光环无数的海迪，悄悄递给主持人一张纸条，要求只这样介绍自己：全国政协委员，山东省作协作家。在人们仰视的精神偶像和苦苦跋涉的真实女人的选择面前，她更倾向于后者。

"作家不需要在前台表演"

20世纪90年代，人们突然发现海迪从视线中"蒸发"了，报纸上很难再看到她的消息。有人说，海迪现在名气大了，不愿见人了，连朋友也难见到她。

海迪说，没有我声音的时候，正是我在事业的长河中艰难跋涉的时候。我周围也有很多朋友对我说，海迪你为什么总是拒绝各种采访，这样会让人猜疑的。我想，我应该没有声音。首先我是千千万万普通的老百姓中的一员，其次我是个作家。这个职业不需要在前台表演，而是要在幕后、在书桌前思考、学习、研究和写作。作家的生活不是五光十色，何况我还属于那种写作很困难的作家。

其实海迪从未消失过，她只是有意让自己沉淀了起来。长篇小说《轮椅上的梦想》，散文集《鸿雁快快飞》、《向天空敞开的窗口》、《生命的追问》，译著《海边诊所》、《丽贝卡在新学校》、《莫多克》等累计四百万字，发行近三百万册的一大批作品就是佐证。海迪从1997年就开始上网，坐着轮椅在网络上"行走"。有一天张海迪被云南梅里雪山的风光图所吸引，她仿佛看见主人公回头笑了，于是决定挑战自我，写一本登山的书，海迪为这本书起名为《绝顶》。她从小的愿望就是登山，被禁锢的生命总是向往更高。

四年间，张海迪总共在网上浏览、下载了关于梅里雪山的文字、图片等信息共约一万三千多条，她还发动了周围朋友帮她找资料。如今，梅里雪山、雪铲、冰靴、瓦斯炉、羽绒睡袋、帐篷……这些专业登山名词成了张海迪最常提起的词。

海迪觉得，“绝顶”在这本书里有双重意义：雪山是物质的，虽然难以逾越，但它的高度是有限的，将来总有一天会有人站在它的顶峰，这只是个时间问题，对于人类，真正的绝顶其实是精神的困惑，因为人最难超越自己。

“每天小心翼翼把生命拾起”

为创作《绝顶》，海迪四年里的每一天都是这样度过：先在书桌前不断调整自己的位置，这时胳膊也许会痛得抬不起来，而在夏天，胳膊肘就磨得像树皮一样，好不容易把身体调整好，却一点力气都没有了。海迪不得不常常让自己冷静下来，默默告诉自己：一定要坚持下去！到了晚上，别人早已休息了，而她还在工作。看着外面灯火明明灭灭、星光闪闪烁烁，然后就听到父亲开门去打太极拳的声音，这时天都亮了……当读者看到这本书的时候，海迪在前言里坦然地告诉他们，“我的激情经常被身体的痛苦和麻木所淹没，还被忧郁和失望所淹没，毕竟我不是一个健康的人，我力不从心。”

除了海迪的家人，没有谁比《绝顶》的责任编辑胡玉萍更能知道她的付出了。1998 年初夏的一天，一位山东作家朋友兴冲冲地打电话给胡玉萍，说张海迪正在写一部长篇小说，题材很独特，故事很感人……他的话未说完，胡玉萍就抢着说：“我知道你们联系密切，你先打个招呼，做个介绍，我马上就去电话。”就这样，胡玉萍与海迪开始了亲如姐妹的联系。

胡玉萍清楚地记得当年在那位作家的引见下，第一次与海迪面对面交谈时她心中的担忧——“以这样的身体，能完成这部长篇小说的创作吗？说不定……”后来，只要一段时间没有听到海迪的声音，胡玉萍的心就会揪起来：是不是又病了？是不是又住院了？

有几次，海迪真的为写这部长篇小说累病了。当胡玉萍打电话的时候，她甚至连说话的力气也没有了。她总说：“大姐，我恐怕真的不行了。”但海迪有着极强的生命力与自制力，几天后身体稍一恢复，这位“忍痛专家”又把笔记本电脑置于胸前，继续进行艰苦地创作。

“我不愿回忆过去”

海迪能够被大家知道其实是一件很偶然的事。那年海迪的病情发作，正在医院抢救。恰好新华社的几个记者来到她所在的那个县采访。在他们采访的过程中，无论是在医院，还是在大街上，都经常听见人们在议论一个小姑娘的病好了没有，她的病情怎么样了。一个女孩子何以成为全县百姓关注的焦点？几位记者经过多方打听，才知道有一个叫张海迪的小姑娘，经常为别人解除病痛，而她自己却病魔缠身，在她的身上发生了许多催人泪下的故事。当他们准备到医院采访她时，得到的回答却是：“你们半个月以后再来吧，那时你们也许能赶上她的后事。”当时没有人能预料海迪的生死，所以也不敢让记者采访。没想到，半个月后，海迪奇迹般地好了起来。就这样新华社的记者采访了她，并在《人民日报》上报道她的事迹，海迪从此走进千万中国人的心灵深处。

当我们问起海迪是否仍时刻想起那段时光时，得到的回答是否定的。“已经过去了这么多年，我从不愿回忆过去，不愿回忆那个曾经被鲜花、掌声包围的海迪。在我的心里只有我的未来和今天所要完成的事。”

海迪不曾因为被别人宣传过，就把自己当做名人、被大家学习的人。

她一直把自己划分为两个海迪：一个是以被宣传的形式存在的海迪，是社会的海迪，那个海迪说明了一个女孩在奋斗着；还有一个是属于她自己的海迪，那是永远平实、纯洁的海迪。“也许别的方面我还做得不够，但是我相信自己是一个坚强、勇敢的女人。回想过去，我没有白白度过生命的每一程。”

眼泪在海迪的眼眶里打转，当她说起那些非常人所能想象的痛苦的时候，在座的每个人都非常感动，因为它让我们看到了坚强的海迪脆弱的一面。

“在清晨的阳光中我看到了漂亮的女儿”

整个采访过程，海迪的先生佐良只从房间出来过两次：一次是给她安排好座位，中途又出来轻轻地给她冲了一杯咖啡。他始终微笑着，不多言语。“我和丈夫结婚 20 年，感情一直挺好。他不太爱说话，不像我，总是说得太多。”在海迪眼里，丈夫是一位非常沉静的人。

海迪曾坚持不公开自己的小家庭情况，她说以后再说，家庭也要经受时间的考验。20 年后的今天，海迪为拥有一个幸福的家而深感自豪。

王佐良瘦瘦高高，戴一副眼镜，有着江南人特有的清秀面庞，蓄有胡须，曾为山东师范大学海外考试办公室的翻译。王佐良原籍上海，曾在安徽插队，当年被海迪的事迹感动，义无反顾地从大都市来到山东小县城，和海迪相伴直至结为伉俪。自 1982 年与海迪结婚后，他先后陪伴海迪从山东莘县迁到聊城，又迁到济南。当初有人预言，这个血气方刚的毛头小伙子只是凭一时冲动“下嫁鲁国”，过不了几年他就会离婚，重返上海滩。然而这位一脸络腮胡子的上海汉子，与海迪多年相处下来，不但没有离婚、没有回上海，而且和海迪更加相亲相爱，一天也没有离开过。

海迪拥有许多书，其中很多书都是佐良给她买的。有时为了买一本书，佐良要跑许多路。他还把那些海迪没说要买的书的目录抄下来，带回家让海迪选择。少女时代就喜爱画画的海迪，在写作之余还创作了许多油画。为了海迪的那些油画，佐良又变成了木匠。海迪的油画有时需要配旧船板那种颜色的画框，佐良就用棕色、黑色鞋油混在一起涂染，效果极佳。

对于海迪和佐良，爱情和家庭是他们事业成功的助推器。“我们坦然地面对生活，从不理会各种猜测，我想时间会证明一切。”

海迪说：“我渴望有一个女孩，我甚至在清晨的阳光中见过她，在我非常痛苦的时候见过她，她非常漂亮……”

尽管马上就要去开新作品的新闻发布会，海迪还是尽可能挤出多一些时间接受采访。这时的她已经疲惫得难以支撑身体了。当一旁劳累的工作人员拿出救心丹服用的时候，她忍不住大叫：“快给我几粒吧，救命！”海迪的幽默让周围人大笑起来。如果乐观是医治她痛苦的人生乐章的唯一良药，那么她的笑声里还有多少不为人知的故事呢？

望着轮椅上的背影，我们这样想着……

小心翼翼地拾起生命 ◎ 莫舒然

当我们在为一些事头疼、伤感而准备放弃的时候，我们是否该想想海迪的写作历程：灯光下，她抽搐着，为了《轮椅上的梦》的完成，她天天都在啜饮痛苦。但一进入写作状态，她就仿佛进入了灿烂的夜空，用心去寻找那颗闪烁迷人光芒的明星。抬起沉重的头颅，仰望，星星像是在眼前却又不可捉摸，像是在那遥远的地方却又若隐若现。也许，那颗星与她的距离或许要以光年计算，但她最终义无反顾地踏上了漫长的追求之路。

是什么驱使她追逐着希望之光？是什么驱使她在文学道路上奋勇拼

搏？是金钱？还是名誉？都不是。她的拼搏源于与挫折作顽强斗争的不屈精神和对文学的酷爱。张海迪把她生命之舞演绎得精彩动人。在痛苦面前，让心自由地去漂泊，心中念着：我赞美痛苦，但我更赞美坚强的人，即使被痛苦的磨盘碾碎躯壳，还会留下灵魂闪闪发光。在海迪看来，一次挫折，只不过是多了一次更好地反省自己的机会，从而更好地认识自己、认识生活。然后，求索、奋斗、开发潜能、激发勇气、磨炼意志、创造奇迹。在挫折与打击中，我们应默念着：挺住，坚持就是胜利！然后爬起来，在困难中开拓出一条道路。挑战困难，就像希腊神话中的西西弗斯，整日推着一块大石头上山，推上去滚下来，再推上去……但克服后，就如同饮下陈年佳酿。

张海迪的人生还引发了我对判断美的人生的标准的思考。满月固然美，但残月也有其风致。在事业上取得成功的人生是美，但没有人能否认有阴影的人生就不美、悲剧的人生就不美。张海迪的人生没有因她的残疾而暗淡，相反，残缺让她更完美。海迪告诉我们：不要把头埋进天堂这类东西的沙堆中，而要使头颅自由，使这颗尘世头颅为尘世创造意义。

人生若是梦，就应该活出梦的斑斓；人生若是悲剧，就应该活出悲剧的壮美。在生活的基调上演奏出幸福的乐章，是生命之乐和谐而伟大的所在。

安徒生的童话将读者带入诗的意境，从他那一篇篇优美的童话中读者可以感受到他对儿童、对人类深沉的爱，对人类进步和世界和平怀有的热烈期望。

从丑小鸭到白天鹅

——丹麦作家安徒生

阿　兰

有一个流传很广的童话故事：鸭妈妈在孵鸭蛋，蛋壳一个接一个地破了，小鸭子争先恐后地站了起来。只有一个特别大的蛋没有破开，鸭妈妈孵了又孵，终于从里面钻出一个又大又丑的小鸭子。因为它长得丑，不讨人喜欢，所以到处挨打受气，小鸭子无法生活，只好逃到了树林里。春天到了，小鸭子来到池塘边，看见三只白天鹅轻盈地浮在水面上。它高兴地向它们游去，希望和这些美丽的伙伴在一起。这时候，它看见自己映在水里的样子，发现自己原来是一只美丽的白天鹅，它感到非常幸福。

这个童话故事的作者，就是世界著名的童话作家安徒生。他本人就是由丑小鸭——一个鞋匠的儿子，变为白天鹅的——一个为现代世界儿童文学发展作出重要贡献的伟大作家。

1805 年 4 月 2 日，安徒生出生在丹麦一个叫欧登塞的小城镇。当时，拿破仑发动的战争打得正激烈，丹麦作为拿破仑所领导的法国的附庸国也卷入了这场战争。拿破仑战败,丹麦不得不承担战败国的一切后果:经济萧条,通货膨胀,失业人数剧增。安徒生的父亲是个鞋匠,战争期间,生意清淡,无以为业,就跑到拿破仑的军队作了一名雇佣兵。战争结束后,父亲带着一身病回来了,没过多久,就在贫困中死去。

父亲去世后,一家人的生活就更加艰难了。家里没有钱给安徒生买衣服,他总是穿得破破烂烂的。富人家的孩子把他当作出气筒,经常打他,羞辱他。他的童年生活没有朋友,为此,他常常一个人跑到树林里去玩儿,和树林里的花儿呀,草儿呀,蝴蝶呀,小动物呀,交上了朋友。有时他实在寂寞了,就到一些老奶奶的身边,听她们讲妖魔鬼怪的故事。因为父亲不在了,生活的重担全都压在了母亲的身上。安徒生永远也忘不了这样的情景:母亲露着双脚,站在冰冷的河水里,替别人洗衣服,寒风吹乱了她的头发,冷水浸透了她的衣裳,实在太冷了,就喝一口米酒,暖和一下身子,又继续劳作。后来,一家人实在熬不下去了,母亲只好改嫁。继父不太喜欢安徒生,认为他是一个包袱。母亲出于对孩子的疼爱想方设法把安徒生送进学校,让他认识几个字,希望他长大后当个裁缝能够生活下去。

安徒生不想当裁缝。他 14 岁那年,看了一个从首都哥本哈根来的剧团的演出后,便对戏剧产生了浓厚的兴趣。母亲拗不过他,只好让他去了。

1819 年 9 月一个阴沉的早上,安徒生吻别了母亲,带着几十个银毫,只身来到哥本哈根。他凭着对舞台艺术的热爱,在这个举目无亲的大城市里,到处闯荡,找一些文艺界人士毛遂自荐,表达他献身舞台艺术的决心。他去拜访一位全国闻名的女舞蹈家,想学舞蹈,被人家婉言拒绝;他去找一剧团的经理,要求当演员,经理回答说观众不会喜欢他这副穷酸相;他又找到音乐学校教授,表示要当歌唱家,这次他被人接受了。但是,不幸马上就降临到了他头上。随着冬季的来临,衣单体弱的安徒生染上了感冒,长时间的剧烈咳嗽损坏了他的声带。当歌唱家的梦想也破碎了,他只好离开了音乐学校。

苦恼万分的安徒生，决心走另外一条路，那就是从事艺术创作。他写了一个剧本《阿索尔》，引起了一家刊物的兴趣，被选登了。丹麦皇家剧院院长吉林斯认为安徒生是个很有文学气质的青年，就出钱送他到苏洛书院去学习，希望他将来能成为一个剧作家。

苏洛书院是一个按部就班、死气沉沉的教育机构。院长梅斯林更是古板的要命，对任何不按学校规矩办事的人都恨之入骨。安徒生抱着成为作家的理想，踏进了这所学校。他不满足于仅学习一些刻板的功课，而是利用一切可以利用的时间写诗、写剧本、写小说，写得他头昏眼花，却乐之不倦。梅斯林院长对这个不知天高地厚的穷孩子横竖看不上眼，认为他没有任何写作的天分，完全是在浪费时间，而辜负了送他学习的人的一片好意。安徒生默默承受着梅斯林院长给他的羞辱，发愤努力，六年后，他回到哥本哈根。吉林斯仍是他最可信赖的朋友，可在事业上却无法助他一臂之力，他必须要自己去奋斗。

1827 年，这个 22 岁的青年，在一间破旧的顶楼上找到了栖身之所，开始了他奔向文学殿堂的奋斗历程。两年后，一部长篇幻想游记《阿格尔岛游记》问世。著名诗人海堡评论这部作品时说："请不要用普通的眼光来读这部书，请把它当作一个即席演奏者的狂想曲来欣赏吧！"同年 4 月，安徒生的轻喜剧《在尼古拉耶夫塔上的爱情》被皇家剧院接受并进行了公演。在剧场里，安徒生静坐在一个角落里，在观众的喝彩声中，悄悄地流下了成功后喜悦的泪水。

一个鞋匠的儿子出现在文坛，引起一班受过高等教育的贵族作家和批评家的惊骇。这些人生活在贵族圈子内，作品缺乏丰富的生活内容，只能在形式和技巧上大做文章，很难引起读者的兴趣。安徒生的成功，对他们造成了直接的威胁。他们攻击安徒生的作品"别字连篇"，不讲"修辞、文法"，"安徒生不配当个作家"等。面对暴风雨般的奚落和打击，安徒生自然无力反击，为了能够继续工作下去，他开始了旅途创作生涯。

1835 年，安徒生 30 岁时，创作生涯忽然来了一个大转弯。他在给朋友的信中说，他要创作童话，争取未来的一代。1835 年，他出版了第一本童话集《讲给孩子们听的故事》，包括《小劳克斯和大劳克斯》、《打火匣》、《豌豆上的公主》、《小意达的花儿》四篇童话。1836 年，他出版了第二本童话集，以后的每年圣诞节，他都有新的童话献给孩子们。到他逝世的前两年，他一共写了一百六十多篇童话，其中有许多篇已成为世界各国一代代儿童必读的童话故事。

《皇帝的新装》写了一个愚蠢皇帝的故事。这个皇帝非常喜欢漂亮的衣服。有一天，来了两个人，自称能织出世界上最漂亮最奇特的新衣，这种衣服只有聪明人才能看见，如果看不见，那就证明他是个愚蠢的人。皇帝命人送来许多最好的生丝和金钱，他们都装进自己的腰包。两天后，他们举着手来见皇帝，说他们给皇帝送来了新衣。皇帝和大臣什么也没有看见，却怕别人说自己愚蠢，都赞不绝口地夸赞起来。大臣们为了讨好皇帝，建议皇帝穿上这套新衣，参加游行大典。大臣都称赞皇帝的新衣漂亮，只有一个小孩叫了起来："他什么也没有穿！"皇帝也觉得不对劲，冷得发抖，但为了面子，摆出更骄傲的姿势向前走。

《卖火柴的小女孩》描写了一个穷苦孩子的悲惨生活。在新年前，一个卖火柴的小女孩赤着脚在雪地里走着，叫卖着火柴，没有人来买她的火柴，她又冷又饿，在墙角缩成一团，她擦燃了一根根火柴，用微弱的火光来取暖，在闪烁的火光中，她得到了梦寐以求的一切。她嘴角上带着微笑，默默地离开了人世。

安徒生的童话将读者带入诗的意境，从他那一篇篇优美的童话中读者可以感受到他对儿童、对人类深沉的爱，对人类进步和世界和平怀有的热烈期望。1875 年 8 月 4 日，安徒生在哥本哈根去世。然而，他创作的那些童话，却散发出无穷的魅力，给人们带来无尽的享受。

直面人生

◎ 江海伟

在闲暇的学习中，读了《从丑小鸭到白天鹅——丹麦作家安徒生》这篇文章。我的心到现在仍被安徒生先生历经种种生活挫折却满怀信心地生活，坚持不懈地进行自己的创作的乐观精神而牵动着。

我们在日常的生活中，总会遇到许许多多不同的挫折、挑战。生活的路，总是崎岖而曲折的，一帆风顺的机会并不会总萦绕在我们的左右。“屋漏偏逢连阴雨，船破又遇顶头风”的日子，总在时时刻刻考验着我们，谁吃得了生活付给的苦，谁就可以得到生活天使馈赠的珍贵的礼物，正如安徒生先生那样，会得到辉煌的成就。

孟子曾曰，“天将降大任与斯人也，必先劳其筋骨，饿其体肤，空乏其身，行弗乱其所为，所以动心忍性，增益其所不能。”磨难、挫折，在软弱人的眼中是一块绊脚石，但在乐观人眼中，则是一张软软的蜘蛛网，只需轻轻用手，就可以甩开，继续前行。

人总是要经历挫折，在挫折的考验下，才能慢慢地成长、成熟起来。屈原被放逐后，才写出流传万世的《离骚》；歌德于失恋中得到灵感，才写出脍炙人口的世界文学名著《少年维特之烦恼》；司马迁惨遭宫刑，才有万世传诵“史家之绝唱”的《史记》。没有磨难与挫折，那将是一个很平淡的生活，就像一首没有抑扬顿挫音符的音乐。

磨难并不是你的悲剧，它也会给你带来意外的惊喜，这正如老子先生说“祸兮福之所倚”。生活中，多点热情，少点冷酷；多点激情，少些颓废。直面生活，直面人生，相信你也会过上一个精彩而绚丽的生活！

马克思与燕妮的爱情简单而炽热。简单在信外，承载爱的只是普通的信纸；炽热在信内，表达爱的却是充溢于字里行间的款款深情。他们风雨共度四十余载，携手经营的爱情焕发着迷人的光彩。

永恒的爱情

——至情至爱燕妮·马克思

栾扶桂　王兴斌

马克思和燕妮青年时代的爱情是甜蜜的。婚后的生活一直在漂泊流浪和异常贫困中度过，但是他们互相关怀、互相体贴，使青年时代培育的爱情之花常开不败，并且愈开愈艳丽。英国著名诗人布朗宁的诗句的确可以用来描述马克思与燕妮的爱情：爱，既非环境所能改变；爱，亦非时间所能磨灭。

1856 年夏天，燕妮带着三个女儿回故乡特利尔去探望病危的母亲。马克思这时住在恩格斯家里。暂时的分离，使他们更感到在一起的无比珍贵。在燕妮离开一个月后，马克思写了一封柔情蜜意的长信寄给燕妮。

在信的开头马克思叙述了离别后的孤独和对燕妮的无限思念。他写道："我的亲爱的，我又写信给你了，因为我孤独，因为我感到难过，我经常在心里和你交谈，但你根本不知道，既听不到，也不能回答我。"他告诉燕妮，自己经常凝视她的照片，亲吻她。"你好像真的在我的面前，我

衷心珍爱你，自顶至踵地吻你，跪倒在你的跟前，叹息着说：'我爱你，夫人！'事实上，我对你的爱情胜过威尼斯的摩尔人的爱情……"

马克思继续写道："深挚的热情由于他的对象的亲近会表现为日常的习惯，而在别离的魔术般的影响下会壮大起来并重新凝聚它固有的力量。我的爱情就是如此。只要我们一为空间所分离，我就立刻明白，时间之于我的爱情正如阳光雨露之于植物——使其滋长。我对你的爱情，只要你远离我身边，就会显出它本来面目，像巨人一样的面目，在这爱情上集中了我的所有精力和全部感情。我又一次感到自己是一个真正的人，因为我感到了一种强烈的热情。"

"你会微笑，我的亲爱的，你会问，为什么我突然这样滔滔不绝？不过，我如能把你那温柔而纯洁的心紧贴在自己的心上，我就会默默无闻，不做一声。我不能以唇吻你，只得求助于文字，以文字来传达亲吻。"

马克思在信尾恋恋不舍地告别燕妮："再见，我的亲爱的，千万次吻你和孩子们。"

马克思倾吐了对燕妮的爱慕之心和真实之情，在这里，没有什么掩饰，也没有任何矫揉造作。这是他和燕妮 20 年爱情的结晶。爱琳娜在谈到父母爱情生活时写道："马克思一生中不是普通地爱而是炽热地爱他的妻子。我这里有一封他的情书，信中燃烧着那样炽热的爱情，就像 18 岁青年写的情书一样，其实马克思在 1856 年写这封信时，燕妮已经是六个孩子的母亲。"爱琳娜说的这封情书就是上面摘录的那封信。情书，是情侣恋人之间倾吐衷肠，表达肺腑之言的自白书，是引人入胜的启示录。马克思这封思恋悠悠、情真意切的情书，吐露了对燕妮的脉脉真情。他好似幽谷间的一条小溪，清澈恬静、潺潺而流；又好像仲夏夜的一支小夜曲，轻柔典雅、悠扬缭绕，给人以美好的享受。

1861 年春，马克思到荷兰和德国去办事。燕妮静心等待，日夜思恋着丈夫，多次给马克思写信，她亲昵地称呼 43 岁的马克思是"可爱的孩子"，担心他在"逍遥国"里冻僵和被雪埋住，并望眼欲穿地等候马克思归来，几乎连她自己都觉得有些可笑。她感谢友人在柏林友好地接待马克思，但又说："但愿您别久留摩尔。我情愿把一切珍贵的东西都让给你，但是却不能让出摩尔，在这一点上我是贪婪的私有者和嫉妒者。这里，不存在任何人情，而起作用的是狭隘的，纯粹的和彻底的利己主义。"当马克思突然回到伦敦家里时，燕妮为此欣喜若狂，在一封信中谈起马克思回到家里的情形时说："上星期一摩尔突然不期而归，大家都高兴极了。直到深夜，我们还聊天，说东道西，回忆往事，开心逗乐，嘻嘻哈哈，开玩笑和相互接吻。我能摆脱开我临时执掌的政权而重新成为一个普通老百姓，感到特别愉快。"

1863年12月至1864年2月，马克思因母亲去世后的遗产问题回到特利尔，后经法兰克福到荷兰舅舅家里。在这两个多月里，马克思无日不在惦念着他心爱的燕妮。在特利尔时，他每天到罗马人大街去瞻仰威斯特华伦的旧居。他在给燕妮的信中写道："它比所有的罗马古迹都更吸引我。因为它使我回忆起最幸福的青年时代，它曾收藏过我最珍贵的瑰宝。此外，每天到处总有人向我问起从前'特利尔最美丽的姑娘'和'舞会上的皇后'，做丈夫的知道他的妻子在全城人的心目中仍然是个'迷人的公主'，真有说不出的惬意。"

马克思和被疾病折磨的燕妮，仍然那么坚毅、乐观，那么相亲相爱。1880年夏，燕妮的健康急剧恶化，常常卧床不起，医生确定她患的是肝癌。癌症的剧烈痛苦是可怕而漫长的忧愁和痛苦，她常常忍着剧痛与亲友们讨论各种问题，有说有笑，有时还到剧院看戏或欣赏音乐。燕妮对医生说："我就是这样不放过一个机会，我真希望还能让我活一个时期，亲爱的好心医生。奇怪的是，一个人越是接近死亡，就越是留恋'尘世'。"

在这胆战心惊的日子里，马克思在妻子的身边悉心照料，不离左右。1881年夏天，燕妮的病情继续恶化，马克思陪伴着她到海滨疗养了一个月。为了满足她看望长女及小外孙的愿望，让她最后一次尽情地享受与孩子们团聚的欢乐，马克思决定和她一起到巴黎。恩格斯完全赞成他的

决定。自从燕妮重病以来，他一直非常关心燕妮的健康。他对马克思说："我这里有支票，要是你需要什么，请不要客气，告诉我你所需要的大致数目。你的夫人绝对不应克己了，她想要什么或者你们知道她喜欢什么，都应该使她得到满足。"燕妮在马克思陪同下，在巴黎见到女儿，见到了几个活泼可爱的小外孙。马克思还陪伴她坐着敞篷车游览了巴黎这个美丽的城市。1881 年秋，燕妮病情继续恶化，直到卧床不起，马克思忧心忡忡，日夜守候在燕妮的病榻前。不久，马克思患肋膜炎，并发支气管炎和肺炎，病情十分严重。一天早晨，马克思觉得自己健康得能够到燕妮房间去了，像一对共同进入生活的热恋中的青年男女，而不是彼此正向生活话别的一个被疾病摧毁的老人和一个垂危的老妇。

1881 年 12 月 2 日，死神降临了。燕妮紧紧地握着亲爱的丈夫的手，面带笑容地用英语说了最后一句话"卡尔，我不行了"。马克思在他亲爱的、永世难忘的终身伴侣逝世后给长女的信中写道："她及时咽气，这对我是一个安慰……甚至在最后的几个小时，也不用同死亡进行任何斗争，而是慢慢地沉入睡乡；她的眼睛比平时更加富于表情，更加美丽，更加明亮！"

燕妮的逝世使各国革命者感到深切的悲痛，从各国发来了许多吊唁信，这对马克思是一个极大的安慰。他说："我所收到的从各地寄来的吊唁信，对我是个得到安慰的丰富源泉。"燕妮临终前曾经对护士说："我们不是那种重表面形式的人！"12 月 5 日，遵照燕妮的遗愿，在海格特公墓为她举行了简朴的葬礼。医生不允许重病中的马克思去参加葬礼。恩格斯在燕妮墓前的悼词中说："她的一生表现出了极其明确的批判智能，卓越的政治才干，充沛的精力，伟大的忘我精神；她这一生为革命运动所做的事情，是公众看不到的，在报刊上也没有记载。她所做的一切只有和她在一起生活过的人才了解。我用不着说她的个人品德了。这是她的朋友们都知道而且永远不会忘记的。如果有一位女性把使别人幸福视为自己的幸福，那么这位女性就是她。"

燕妮曾对马克思说过:“你的爱情的终结和我的生存的末日同时来临。并且在死亡之后,就再不可能复活——因为只有在爱情中相信生命继续存在。”马克思不能克制丧偶的悲切。燕妮逝世那天,恩格斯悲痛地预感到:“摩尔也死了。”事实表明,这句话说得再确切不过了,燕妮死了,马克思的生命也将结束。马克思在给恩格斯的信中写道:“我的思想大部分沉浸在对我的妻子——她同我生命中最美好的一切是分不开的——怀念之中。”他不论到哪儿都忘不了燕妮,止不住悲痛。他总是随身带着燕妮一张镶有镜框的照片。在燕妮去世后的 15 个月里,马克思的病体越来越衰弱。他以坚忍的精神忍受极大的痛苦,同病魔顽强地斗争。但暮色日益追近,死神不久也夺去了马克思的生命。马克思逝世后,恩格斯把他和夫人燕妮安葬在一个墓穴里,让这两位终生相爱的人永远在一起。

曾经沧海

◎燕 英

如果你拜读了马克思的传记,或者是翻阅其英文的原版著作,你就会发现:马克思或许是世间最能让你感动的人,你真正地发自内心地感悟到了他的伟大。

如同他的政治理想在世人心目中那般的完美,完美到让人怀疑它能否实现一样。马克思的爱情也一如他的政治理想一般的浪漫。他们简直就是小说中的主人,谱写了人生的爱情罗曼曲。

唐代诗人元稹有这样的诗:“曾经沧海难为水,除却巫山不是云。”这种唯一的不可取代的爱情,让我明白:这是大多数人永远也得不到却在憧憬着的东西。席慕蓉曾经感慨写道:“如何让我遇见你/在我最美丽的时刻/为此/我已在佛前求了五百年/求他让我们结一段情缘。”

而当你发现爱情“可遇而不可求”之后,你会把它视为世间的最无可匹敌的珍宝。马克思与燕妮的爱情简单而炽热。简单在信外,承载爱的只

是普通的信纸；炽热在信内，表达爱的却是充溢于字里行间的款款深情。他们风雨共度四十余载，携手经营的爱情焕发着迷人的光彩。此情胜于西方的罗密欧与朱丽叶的浪漫互殉，堪比中国的梁山伯与祝英台生死相许的爱情绝唱。

爱因斯坦拨散了笼罩在“物理学晴空上的乌云”，迎来了物理学更加光辉灿烂的新纪元。

爱因斯坦：1905 年的奇迹

柳　燧

1905 年，爱因斯坦在科学史上创造了一个史无前例的奇迹。这一年他写了六篇论文，在三月到九月这半年中，利用在专利局每天 8 小时工作以外的业余时间，在三个领域作出了四个有划时代意义的贡献，他发表了关于光量子说、分子大小测定法、布朗运动理论和狭义相对论这四篇重要论文。

1905 年 3 月，爱因斯坦将自己认为正确无误的论文送给了德国《物理年报》编辑部。他腼腆地对编辑说：“如果您能在你们的年报中找到篇幅为我刊出这篇论文，我将感到很愉快。”这篇“被不好意思”送出的论文名叫《关于光的产生和转化的一个推测性观点》。

这篇论文把普朗克 1900 年提出的量子概念推广到光在空间中的传播情况，提出光量子假说。假说认为：对于时间平均值，光表现为波动；

而对于瞬时值，光则表现为粒子性。这是历史上第一次揭示了微观客体的波动性和粒子性的统一，即波粒二象性。

在这篇文章的结尾，他用光量子概念轻而易举地解释了经典物理学无法解释的光电效应，推导出光电子的最大能量同入射光的频率之间的关系。这一关系十年后才由密立根给予实验证实。1921年，爱因斯坦因为“光电效应定律的发现”这一成就而获得了诺贝尔物理学奖。

这才仅仅是开始，阿尔伯特·爱因斯坦在光、热、电物理学的三个领域中齐头并进，一发不可收拾。1905年4月，爱因斯坦完成了《分子大小的新测定法》，5月完成了《热的分子运动论所要求的静液体中悬浮粒子的运动》。这是两篇关于布朗运动的研究的论文。爱因斯坦当时的目的是要通过观测由分子运动的涨落现象所产生的悬浮粒子的无规则运动，来测定分子的实际大小，以解决半个多世纪以来科学界和哲学界争论不休的原子是否存在的问题。

3年后，法国物理学家佩兰以精密的实验证实了爱因斯坦的理论预测，从而无可非议地证明了原子和分子的客观存在，这使坚决反对原子论的德国化学家、唯能论的创始人奥斯特瓦尔德于1908年主动宣布：“原子假说已经成为一种基础巩固的科学理论。”

1905年6月，爱因斯坦完成了开创物理学新纪元的长论文《论动体的电动力学》，完整地提出了狭义相对论。这是爱因斯坦十年酝酿和探索的结果，它在很大程度上解决了19世纪末出现的古典物理学的危机，改变了牛顿力学的时空观念，揭露了物质和能量的相当性，创立了一个全新的物理学世界，是近代物理学领域最伟大的革命。

狭义相对论不但可以解释经典物理学所能解释的全部现象，还可以解释一些经典物理学所不能解释的物理现象，并且预言了不少新的效应。狭义相对论最重要的结论是发现质量守恒原理失去了独立性，它和能量守恒定律融合在一起，质量和能量是可以相互转化的。其他还有经常讲到的钟慢尺缩、光速不变、光子的静止质量是零等等。而古典力学就

成为相对论力学在低速运动时的一种极限情况。这样，力学和电磁学也就在运动学的基础上统一起来。

1905 年 9 月，爱因斯坦写了一篇短文《物体的惯性同它所含的能量有关吗？》作为相对论的一个推论。质能相当性是原子核物理学和粒子物理学的理论基础，也为 20 世纪 40 年代实现的核能的释放和利用开辟了道路。

在这短短的半年时间，爱因斯坦在科学上的突破性成就，可以说是“石破天惊，前无古人”。即使他就此放弃物理学研究，即使他只完成了上述三方面成就的任何一方面，爱因斯坦都会在物理学发展史上留下极其重要的一笔。爱因斯坦拨散了笼罩在“物理学晴空上的乌云”，迎来了物理学更加光辉灿烂的新纪元。

思考别人思考的 ◎ 张艳霞

因为不止于别人到达的终点，因为勤于探求别人未能解决的和未知的，因为敢于质疑和否定，爱因斯坦创造了别人未曾有过的奇迹。那是他善于在别人思考的基础上再思考所获得的成就。

任何的定论，都存在被推翻的可能性；任何的理论，都可能会有不足和漏洞；任何的定律，都不可能是永恒不变的；任何的研究，都应该存在被进一步研究的价值。善于抓住所有这些机会，那么在任何一个领域我们都能有所建树。别人看过了，我们可以再看；别人做过的，我们不妨再做一次，从中，我们必将有新的发现。

通常，我们没有进步和创新，只是因为我们对所谓的真理太过于推崇，以致我们认为所有的一切都显得那样合适和正确。别把一切都想得理所当然和无懈可击，我们要相信，我们每个人都有无限的超越能力。

要做勤于思考的人，更要做善于思考的人，思考别人思考过的，思考别人思考未有结果的和有欠合理的，我们才能在前人的基础上收获前人所没有收获的。

养尊处优的人难以体会人间的疾苦，他们只能在狭小的上层社会享受荣华与恭维。

唯美王子王尔德

[俄]巴乌斯托夫斯基

1895年11月，一个戴手铐的犯人从伦敦被押解到雷丁郡苦役犯监狱，他就是英国著名作家奥斯卡·王尔德。这位著名作家被判了几年徒刑，罪名是“道德败坏”。

在雷丁火车站，一群好事之徒把王尔德团团围住。作家穿着带一道道长条的囚服，寒冷的雨水浇在他头上，几个解差站在四周，王尔德平生第一次掉了眼泪，围观的人却哈哈大笑。

在这之前，王尔德从来不知道什么叫眼泪，什么叫痛苦。在这之前，他是伦敦赫赫有名的纨绔子弟，无所事事的闲人，擅长辞令和口若悬河的天才。

纽孔里插着一朵葵花，王尔德漫步在皮卡德利广场，伦敦所有的贵族都会模仿他。他们模仿王尔德的衣着服饰、重复他的俏皮话、仿效王尔德购买贵重的宝石；遇见平民百姓，他们眼皮抬也不抬，一脸傲慢的神气也像王尔德。

对于充斥英国社会的种种不公平的现象，王尔德一向视而不见。每当遇到这种情况，他都会昧着良心，用巧妙的笑话加以回避。他会转而去

读书、去写诗、去观赏名画,去购买昂贵的宝石。

他喜欢一切巧夺天工的东西。在他看来,暖房温室比森林更可爱,香水味儿比秋天里泥土的气息更迷人。他无暇欣赏也不怎么喜欢大自然。他觉得自然界粗鄙丑陋,令人厌倦。他玩世不恭,游戏人生。在他看来,世上的一切,甚至连机敏俏皮的人类智慧,都是为他的享乐而存在。

在伦敦,有个乞丐常常站在王尔德的寓所附近。乞丐的破衣烂衫让王尔德看了很生气。于是他找来了伦敦最好的裁缝,吩咐他用最好最贵的料子为乞丐做一身服装并预付了订金。服装做成以后,王尔德亲手用粉笔画出几个地方,叫裁缝剪出豁口。从此,站在王尔德窗户下的老头儿就穿上了华丽、昂贵的乞丐服。乞丐再也不会败坏王尔德的审美趣味了——"即使贫穷也应该优美"。

生性傲慢、终日沉浸于书籍、陶醉于美好事物的王尔德,就这样生活着。每到傍晚,他就会在俱乐部或沙龙出现,这是他生活中最美好的时刻。他修饰一新,面皮松弛的脸显得年轻,但有些苍白。

王尔德爱说爱道爱炫耀口才。他常常能讲出成串儿的逸闻趣事、各种传说和或忧伤或欢乐的故事,还能不时迸发出奇思妙想,穿插出人意料的精彩比喻;在一般人很少涉足的领域,他也能借题发挥,加以评说。

他常使人想起从袖筒里掏出一大堆五色彩绸的魔法师。他掏出来的不是彩绸,而是故事,他把它们在惊奇的听众面前一一展览,只要讲过一次,他就再也不会重复。临走的时候,讲过的那些故事他已统统忘在脑后。他建议朋友们把他讲的趣闻都记录下来,他自己动笔写下来的却很少很少。其实他讲的故事不计其数,朋友们记下来的恐怕连百分之一都不到。王尔德生性懒散,不过为人倒也慷慨。

王尔德传记的作者写过这样的文字:"在整个人类的历史上,从来没有过这么出色的善于交谈的作家。"

但是,王尔德被判刑以后,过去的一切荣华富贵都已告终结。朋友们争先恐后离他而去,书籍被焚毁,妻子在痛苦中咽了气,子女的监护权也被剥夺。从此，贫困与苦难成了这个人的家常便饭，而且一直到死他也没有摆脱苦难的纠缠。

在监狱的囚室里，王尔德终于明白了，什么是痛苦，什么是社会的不公平。经受了压制、体验了屈辱，王尔德凝聚起最后的力量，发出了凄惨的呼声，他呼唤公正，他向压制他的英国社会呐喊，就像冲它的脸上啐出一口带血的黏痰。这些愤怒和呐喊激励他写成了《雷丁监狱之歌》。

倒退一年，对那些同情穷人苦难的人们，高傲的王尔德觉得奇怪，那时候，依照他的见解，只有美和喜庆才值得同情。可现在他写道："贫者贤明。穷人更有同情心，更可亲，他们的感情比我们更深沉。等出狱以后，在富人家里，我得不到什么，给我接济的将是穷人。"

倒退一年，他说过，在生活中，艺术和从事创作的艺术家高于一切。可现在，他的想法已经改变：有许多品德美好的人，如渔民、牧羊人、农夫、做工的人，尽管他们对艺术一无所知，但他们才是大地上真正的精华。

倒退一年，他对大自然十分蔑视。野外采来的石竹花或者矢车菊，在插到纽孔之前，他会给他们涂上一层淡绿色，因为他觉得天然的颜色过于刺目。可现在他写道："我渴望接近朴素的、原始的环境，渴望接近大海，在我的心目中，大海和大地一样，也是母亲。"

在监狱里，王尔德特别羡慕提倡重返自然的林奈。他知道，当林奈第一次看见高原上辽阔的草地时，他双膝跪倒，高兴得呜呜哭泣。

服苦役是值得的，是该看看死刑犯的那张脸，看看快要发疯的犯人们怎么样遭受毒打，看看他们如何一连几个月把废弃的粗麻绳撕成了一绺一绺，再看看他们如何毫无意义地把沉重的石头从一个地方搬到另一个地方。是该失去朋友，失去灯红酒绿的往昔，付出这些代价就为了最终能够明白，英国的社会制度"缺乏正义，荒谬可怕"，就为了能用这样的词句结束他的随笔：现在这样一个一切都安排就绪的社会，没有我的立足之地。但是大自然会留给我一个山洞，让我藏身；夜晚有星斗闪光，免得我跌倒或在黑暗中迷路；风会吹走我的脚印儿，什么人也休想找到我。

大自然用江河的水洗净我的心灵，用带有苦味儿的草药医治我的创伤。

在监狱中，王尔德平生第一次知道了什么叫难友情谊。“在我痛苦的时刻，难友们给了我那么多关切、那么多同情。这种感受是过去从来没有体验过的。”

到王尔德出狱的时候，他已经获得了所有难友的信任和爱戴，可那些难友命中注定还得在大英王国监狱里继续服刑。

出狱以后，王尔德以“监狱生活书简”为题写了两篇文章。这两篇文章的价值超过了他从前创作的所有作品。在一篇文章中，他强忍着愤怒描述了一些小孩子们的悲惨处境，他们和成年囚犯一起被关押在英国监狱里。另一篇文章则揭露了监狱里风气的野蛮。这两篇文章使得王尔德进入了杰出作家的行列，也是王尔德第一次以揭露者的身份发表的作品。

他有一篇文章的写作缘于一件小事：雷丁监狱的狱吏马尔廷，见狱中关押的一个小孩子饿得很可怜，就给了他几片面包，结果被解职丢了饭碗。

"英国监狱里的少年犯白天黑夜都遭受折磨，那种凄惨是难以置信的。只有亲眼目睹了惨相的人才相信确有其事，在狱中，惊恐的孩子们不知道什么时候才是个头儿。雷丁监狱的成人囚犯都心甘情愿延长自己的服刑年限，但求不要再折磨监狱中的孩子。"

写下这段文字的王尔德，几年前还是个赫赫有名的唯美主义者。现在他完全明白，和其他的犯人一样，为了那个关在单人监室里的小男孩儿，他真愿意多坐几年牢，也不想看见他总在牢房里号啕痛哭。

从监狱里获释以后，王尔德自愿流亡法国，不久死在巴黎。

他死的时候贫病交加，英国忘了他，伦敦忘了他，朋友们也都忘了他，为他送葬的只有他那个街区的一些穷人。

生命的真谛源于平凡的生活 ◎余 佳

相信很多人都希望活得像王尔德前半生那样舒适而风光，拥有名贵的跑车、华丽的晚装，然而世上绝大多数人每天都得为自己的三餐一宿而努力学习、工作，生活的压力让我们有太多真真实实的烦恼、无奈和眼泪，但也因为有了这些压力，我们才体会到社会的残酷竞争与丑恶，才感受到大自然的美好与和谐，才更珍惜彼此之间的亲情、友情，也才能在磨难、艰苦、竞争中深刻领悟到生命的真谛。

虽然我们没有多余的时间和金钱去玩宝石、上沙龙，但我们会拿自己那一颗善良的心去帮助比自己更困难的人；当我们因困难或悲痛而不小心流下了眼泪，身边会有亲友们真诚的微笑和鼓励，支持着我们继续坚强地生活下去。养尊处优的人难以体会人间的疾苦，他们只能在狭小的上层社会享受荣华与恭维。如果你是纨绔子弟中的一员，那请你抽出时间来接近平民百姓的生活，体会一下平民百姓的悲喜，这样你会理解更多生命的真谛；如果你也只是平民百姓，那就请不必过于奢求高档的生活，珍惜并活好每一天，便已足够。

人生若是梦，就应该活出梦的斑斓；
人生若是悲剧，就应该活出悲剧的壮美。
在生活的基调上演奏出幸福的乐章，
是生命之乐和谐而伟大的所在。

Part Two
时代弄潮

历经尘世的沧桑，人就应该能在生活中品味出一番滋味，默默跋涉于尘世，在不同的人生里彰显不同的色彩。只要每个脚步都走得铿锵有力，每道风景就都会亮丽迷人。

这位23岁的非凡的中国钢琴天才，用他指尖下流淌的音符，娓娓诉说着一个中国人在世界之路上的辉煌……

郎朗：戴着光环向我们走来

施雪钧

柏林大街上各音像书店的橱窗里，郎朗最新的CD与广告连同那些巨幅照片，被放在最醒目的地方，世界最大的唱片商——环球公司大张旗鼓地将他作为国际古典乐坛的头号明星推广，以至于他的唱片在美国、德国以及维也纳的钢琴音乐唱片销量排行第一；在伦敦，他使得阿尔伯特音乐厅的门票在公开出售后被一抢而空；美国最有名的青少年杂志《人物》2003年评选出"二十位将改变世界的年轻人"中，郎朗是唯一的艺术家；他曾受美国前总统布什之邀，在白宫为新老两任总统以及三百多位政府高官举行独奏音乐会；在德国夏洛滕堡王宫，他为胡锦涛主席和德国总统演奏；他还将与世界五大乐团、五大指挥合作十部经典作品……

这位23岁的非凡的中国钢琴天才，在用钢琴诠释"哈里·波特"的魔法，用他指尖下流淌的音符，娓娓诉说着一个中国人在世界之路上的辉煌……

前不久，郎朗到维也纳演出时，歌剧《茶花女》正火暴异常，俄罗斯女高音美妙的歌声映红了维也纳的天空，接连五场，座无虚席。郎朗的到来，很快将“音乐之都”的目光引向这位中国年轻人身上。郎朗在金色大厅的演奏，凸现了他的天才本色，他的音乐会，上座率超过百分之一百，成为维也纳最轰动的一场演出。顷刻之间，听众的激情被彻底调动了起来。

记者问：前不久我与美国钢琴家、作家戴维·杜巴交谈时，我们谈到那些身处“金字塔”顶端的钢琴家们闪耀的光环背后，有着鲜为人知的艰辛，你觉得是不是那样？

郎朗说：钢琴这门艺术，的确像你们所说的那样，一点儿不错！

当“天才、机遇、造化”一齐降临到郎朗身上时，他就像抓着火箭一般，事业起飞了。

以色列钢琴家巴伦勃依姆曾这样对郎朗说：“你若达不到本世纪最伟大钢琴家程度，我会非常遗憾！”

今天这个时代，要当钢琴家就像在热带丛林中探险那样难，只有个别人能得以圆梦。就像钢琴家乔治·波雷对他的学生所说：“你们选择的是世界上最蠢的一个职业，成功的机会可能只有万分之一，你要么是特别有天赋，要么是睁着眼睛走错路……”

1999 年，在芝加哥拉文尼亚音乐节明星演奏会上，十七岁的郎朗戏剧性地临时代替身体不适的国际知名钢琴演奏家安德鲁·瓦兹，与芝加哥交响乐团合作演奏柴可夫斯基的《第一钢琴协奏曲》。当最后一个音符消失后，听众全体起立欢呼，雷鸣般的掌声经久不息。这场临时替代演出竟然成为他一生命运的转折点。

记者问：你对自己的未来是如何设计的？要当一辈子职业演奏家吗？

郎朗说：我希望那样，如果我能做到的话，我会一辈子做职业钢琴

家。虽然每天晚上睡觉时觉得好累，但我觉得很充实，有一种说不出来的喜悦和享受，我会坚持下去。

他的回答使我想起前不久柏林爱乐乐团的艺术总监西蒙·拉特尔与我谈起的郎朗：“作为新兴音乐家，郎朗十分出色，他除了钢琴演奏之外还有其他才能，他会成为国际巨星。我期待着郎朗的发展，他才华出众，他令我们大家满怀期待！”

拳拳之心——“不管拿什么国家的护照，我都是中国人！”

天才钢琴家也只有经过漫长的修炼，才能“得道成仙”。郎朗深谙此道。

记者：你用了七年时间，成为世界钢琴界最值得期待的钢琴家，唱片封面已经称你为大师，你会不会在成绩和追捧中迷失方向？

郎朗：这个，我在国外常听到。现在国内对我评价的新闻热度，已经超越了对一个音乐家的热爱。但我并没有将这当一回事，我还是我！我觉得，一个人最可怕的就是迷失方向。

记者：以你的成就，你早就可以成为美国公民，但是你现在还拿着中国护照，能说说为什么吗？

郎朗：不管拿什么国家的护照，我都是中国人。不要以为你拿着外国护照，你就是外国人了。就算你出生在美国，不管你有多大成就，你都代表不了美国文化，你代表的就是你的祖国，那就是中国文化，是黄河，是民乐。虽然说音乐无国界，但是我得做一些为发扬中国文化出力的事，否则就白活了！

记者：我很欣赏你说的“我先要让外国人知道我是谁，在他们接受了我后，再将中国优秀的音乐作品推广给世界”这段话。我看到了你在这方面的努力，你有长期的推广计划吗？

郎朗：你看，你将贝多芬、莫扎特的作品弹好了，外国人就看重你。像霍洛维茨，他把很多俄罗斯优秀作曲家的作品介绍给了世界，为自己国家的文化作出了贡献。我对中国音乐的理解是，必须先用西方艺术去征服他们，让他们知道你是谁，然后我再推出本国音乐，将中国优秀的作品介绍给世界。我的保留曲中，有《黄河》、《翻身的日子》等很多首。在白宫演出，我就弹了中国古典名曲《平湖秋月》等六首乐曲。我有一个计划，就是将中国优秀的钢琴作品集合在一起出张专辑唱片，在全世界发行。

记者：我听说你现在旅行时总是随身携带着莎士比亚的名著，你觉得莎翁的作品给了你什么样的启迪？

郎朗：我知道西方很多音乐作品中，都有莎士比亚的影子。我学莎士比亚和托尔斯泰的东西，是因为我要弹奏很多德奥作品和俄罗斯作品，需要对他们有一些了解，贝多芬就受了莎士比亚和歌德很多的影响。我觉得学点儿西方的东西，很有现实意义。我昨天在杭州，接触到很多中国古代的文化，也看到了中国古代的建筑之美，让我在音乐灵感上有不少的收获。

从和他的对话中，我看到了一个对自己未来事业充满信心的郎朗。

为你的成功找准奠基石 ◎王　嘉

人们常说，民族的就是世界的，郎朗的成功不仅仅在于他个人的刻苦与努力，更在于，在世界的舞台上，他始终牢记着自己作为一名中国人的责任。正是如此，他的作品便焕发着与众不同的魅力，他的艺术生命也愈发蓬勃。

对国家民族的情怀是个人成功的关键，一个心中无爱、无家、无国的人是无论如何也创造不出真正具备生命力的作品的。文化，本身就是一种民族情怀，民族的精神积淀更是我们生活的灵魂。文化的内涵是以一个民族长期生存过程中形成的深层结构为基础的。值得骄傲的是，我们的历史中有过屈原浩渺无涯的想象力，有过竹林七贤的真潇洒，有过李

白的真浪漫……这些文化的瑰宝早已融会在时空中，只要加以珍惜、利用就能成为我们成功的奠基石。因此，在“与世界接轨”的同时，别忘了让属于我们自己的民族文化基因回归。

我愿做一滴水，我知道我很微小。当爱的阳光照射到我身上的时候，我愿意毫无保留地反射给别人。

徐本禹：感动中国的大学生

佚　名

他是一位普普通通的大学生，同时也是一位普普通通的人民教师；他来自贫困山乡，却志愿到更贫困的山乡支教；他给西部带去的不仅仅是知识，更是致富的希望和力量；他给千千万万善良的人们带来的也不仅仅是感动，同时还有实实在在的行动。他，就是徐本禹，一位“感动中国”的小伙子，他的事迹，值得每一位教育者和受教育者深思。

一个懂得感恩的人

徐本禹来自山东聊城郑家镇一个贫困的农村家庭。他高高的个儿、方脸庞、戴着一副近视眼镜……

让徐本禹记忆深刻的是母亲说起的一件事：小时候，有一次家中没有钱吃饭，是母亲向邻居家借了两元钱才渡过难关。“我娘讲的事让我明白了一个道理：当别人需要帮助的时候，一定要伸出你的手！”

1999年，徐本禹成为华中农业大学的一名学生。那年秋冬之交时，天气很冷，他还只穿着一件单薄的军训服。一位同学的母亲送他的两件衣服，让徐本禹至今不能忘怀，“我唯一能做的就是把爱心传递下去。别人帮助了我，我一定也要帮助别人。”

徐本禹开始向弱者频频伸出援助之手。大一上学期，徐本禹拿到他在大学的第一笔勤工俭学的50元工资后，他把其中的43元都捐给了山东费县一个面临辍学的小学生孙珊珊。感恩的闸门打开后就再也没有关闭。第二学期，学校发给徐本禹300元特困生春季补助，而徐本禹只给自己留了一百元，其余的全部捐给了“保护母亲河”工程。大学期间，他用奖学金和勤工助学报酬，坚持资助山东聊城、湖北荆州以及本班的几位贫困生……

2001年12月，辅导员陈曙发现徐本禹还穿着单衣薄裤。按学校规定，徐本禹这个学期可以领到不少于400元的冬季特困补助金，为了防止他又把补助金捐给别人，陈曙和院领导商量，不得不将徐本禹的补助金转为棉衣和棉鞋。

“我愿做一滴水，我知道我很微小。当爱的阳光照射到我身上的时候，我愿意毫无保留地反射给别人。”这是徐本禹在日记中表白的心迹。

一个信守诺言的人

在许多人眼中，这个二十二岁的华中农业大学毕业生应该会有令人羡慕的前程。

2003年初，他以高分考取了本校农业经济管理专业的硕士研究生。

然而,徐本禹却作出了让人吃惊的决定:放弃攻读研究生的机会,去岩洞小学支教……

徐本禹念大二时,看报纸得知,贵州大方县有一个名叫狗吊岩的地方十分落后,至今水电不通,但全村孩子渴求知识……看着这些,他流泪了。暑假期间,经学校批准,他组织了一支五人支教队,带着募捐到的三大箱衣服、一袋书籍和五百元钱前往贵州。

"有的人一辈子收获不了一滴眼泪,可这一个暑假,我几乎每天都被感动包围,收获着泪水。"这是徐本禹回来后写在日记本上的话。每一次翻开它,狗吊岩的孩子们拿着自制的小红旗簇拥在身旁,硬把几个煮熟的鸡蛋塞进他背包的情景,就会浮现在眼前,孩子们擦着泪眼,不停地问:"徐老师,你还会回来吗?"

2003年,徐本禹本科毕业了,他觉得这是兑现承诺的时候了,不管多大的代价,答应孩子们了,就一定要做到!当徐本禹决定放弃学籍去支教的事在华中农大传开后,很多人为之感动并主动追随。学校破天荒地作出决定,为他保留两年研究生学籍。

一个耐得住寂寞的人

徐本禹回到了狗吊岩村,与他一起报到的还有七名志愿者。他们都说,这里比想象中要艰难得多——不通公路、不通电话,晚上只能

点油灯照明，寄一封信也要在周末跑上十八公里崎岖的山路……大学生们因水土不服一个个都病倒了。最后，七个志愿者只剩下了徐本禹一个健康的。

2003年12月8日，下了一夜的雨，崎岖不平的小路变得更加泥泞。当徐本禹走进教室的时候，发现有许多学生没有来上课。当天上午，徐本禹没有上课，而是一家一家地走访。学生黄绍超一看到徐本禹就哭了，但徐本禹劝了一个多小时，黄绍超还是不肯去上学。后来徐本禹得知黄绍超的爸妈都外出务工了，家中只有爷爷奶奶，老人很少过问孩子的学习，像这样的家庭在这里还有很多。这样一来督促学生学习的任务就全部落在了教师的身上。

第二天，在徐本禹来到教室之前，黄绍超已经早早地坐在了教室里。徐本禹把他叫进了办公室，送给他两个本子，平和地说："以后要好好学习，不要再旷课了！"从此以后，黄绍超总是早早地来到教室，再也没有旷过课。通过点点滴滴的努力，慢慢地，孩子们可以听懂普通话了，与人交流也不害羞了。为民小学的创办者吴道江说，徐本禹的到来，为狗吊岩带来了前所未有的活力。

一个志存高远的人

2004年春天，徐本禹应邀去更加贫困的大水乡支教。大水乡大石小学的校舍是一座有几十年历史的两层木楼，上面一层已经摇摇欲坠。在这海拔一千六百米的高原，冬天的风会像刀子一样穿透木板间拳头大小的缝隙，割在孩子们和老师们的脸上。教室是用建筑工地常见的那种有红白条纹相间的塑料布搭起来的，木板搭就的课桌和凳子随时可能倾倒，但孩子们似乎早就习以为常，趴在"课桌"上，眼神是那么的专注。这一切深深震撼着徐本禹。

他给华中农大团委书记写了三封信，引起了学校的极大关注。学

校党委书记李忠云教授说:“要去人看看,要支持徐本禹。作为一所全国重点大学，华中农业大学应该为西部基础教育做点事，这是大学的社会责任。”随即学校捐款8万元帮助徐本禹,用来为当地小学修建新校舍。

2004年7月11日,从贵州归来的彭光芒等把在大方县拍的照片选出一百幅,配上文字,以《两所乡村小学和一个支教者》为题发到了网上。仅仅几个小时的工夫，存放照片的服务器就因访问量过大而发生堵塞。从发出帖子的7月11日到7月20日短短10天,这篇帖子在各个网站的点击率就超过了百万！紧接着，从祖国内地到港澳台,从亚洲到欧洲,从北美到澳洲,要求捐款捐物的电子邮件如雪片般飞来……

目前,徐本禹正在准备实施新的“阳光计划”,他想把单纯的支教行动上升到广义的支援西部的层面,给支教地带来新的观念和活力,将他的青春和力量融入“西部大开发”的宏伟战略中。

爱·感动 ◎王 嘉

徐本禹,一个普普通通的农家子弟,却感动了全中国。

作为一个普通人,徐本禹所做的每一件事都可以说是“小事”,他之所以能“感动中国”,是因为感动别人并不一定需要惊天动地的壮举,凡人小事,只要有“爱”的进驻,就能产生感动的力量。为仁行善并不一定是富人的事,而是全社会的事。行善方式或有不同,行善能力或有大小,然而善举背后那颗充满“爱”的心却一样伟大。

其实,我们的社会并不缺少拥有爱心的人,而缺少的恰恰是催化爱心的催化剂。爱具有传染性,爱可以“感动”人,爱本身也可以被“感动”。我们在徐本禹“感动中国”的过程中所能获取的不仅在于学习了他先进的事迹,而更在于身体力行地努力让更多的爱被“感动”。

苦难和痛苦的经历并不是我接受一切捐助的资本。一个人通过自己的奋斗改变自己劣势的现状才是最有意义的。

洪战辉:一身硬气撼人心

龙　文

曾经,一些媒体关于洪战辉带着妹妹上大学的报道在无数人中引起了强烈的心灵震撼!近日,洪战辉翻开他那本已没有了封皮的日记本,向新华社记者敞开了心扉。日记的字里行间,记录着这个年轻人的艰难、自尊与自强不息——

11 年前,河南的一个农村家庭遭受重大变故:父亲突发间歇性精神病,饱受伤痛的母亲不辞而别,家中还有一个年幼的弟弟和父亲病后捡到的遗弃女婴需要照顾……

这个家庭的重担压在了当时只有 12 岁的长子——洪战辉身上。

11 年如一日,洪战辉一边读书一边克服难以想象的困难,照看时常发病的父亲,抚养捡到的妹妹……

变　故

爸呀爸,儿知道,再苦的日子您儿子也能熬,再重的担子您儿子也能挑。

——摘自洪战辉日记

12 月 11 日上午,在怀化学院幽静的校园内,记者第一次见到洪战辉和他抚养的小妹。洪战辉跟记者谈及往事,眼圈红红的。

“我是 1982 年出生的,家在河南西华县东夏镇洪庄村,那是一个偏远的小村庄。家里虽不富裕,但老实本分的父母亲让我和弟弟、妹妹衣食无忧。”洪战辉脸上掠过一丝快乐与幸福,但随即消失得无影无踪。

“下面的事我真不愿意说。”洪战辉眼圈红了,因为那是一场噩梦……

1994 年 8 月底的一天,灾难降临。向来慈祥、善良的父亲在连续两天的情绪不稳后,突发间歇性精神病。一天早上,洪战辉起床后发现父亲不见了。临近中午,他们终于在村外很远的一棵树下找到父亲,父亲怀里抱着一个包有遗弃女婴的包裹。

找回父亲却多出了一个孩子。洪战辉喜欢上了这个可怜的小妹妹,并给她取名叫洪趁趁。

父亲因为是间歇性精神病,加上家里经济拮据不可能长时间服药,因此隔一段时间父亲就会犯病。母亲在蒸好了足够让一家人吃一个星期的馒头后,一声不吭地选择了逃离,因为父亲犯病后的拳头以及家庭的重担令母亲再也无法忍受。

这样一来,洪战辉必须面对又一个残酷的现实:母亲走后,家里的支柱彻底垮了,他必须接替母亲的角色。

坚　持

我会坚持,我觉得每个人都有责任,不但对自己、对家庭,还有对社会。只是默默地走,不愿放弃。

——摘自洪战辉日记

1998 年,洪战辉考上了河南省重点高中西华一中,学校远在 20 公里外的县城。进入西华一中的洪战辉安定下来后,在学校附近租了一间房子,从家里把小妹妹接到了身边。他又像上初中时一样,每天奔波在学校与住处之间。

“那时候，我什么都卖过，圆珠笔、书籍资料、英语磁带。”洪战辉必须得一边学习一边挣钱一边照顾小妹，还要定时给父亲送药回家。

然而就连这样艰难的日子也没持续多久，在洪战辉上高二时，父亲的精神病突然又犯了。为了借钱，洪战辉跑遍了自家周围的几个村子，但两天下来才借了几十元钱。

就在这极度困难的时候，一位姓邓的阿姨向他伸出了援助之手。洪战辉在校时曾经帮助西华县南关的邓阿姨卖油漆，当她了解到洪战辉家中的情况后，给洪战辉及时地送来了父亲看病所需要的钱。

父亲住进医院需要照顾，家中也有很多农活要做，进入高中学习的第二个年头，洪战辉挥泪告别了难舍的校园。回到家里，洪战辉做农活、照顾父亲、闲暇时教妹妹识字、农闲时出门打工。

在外打工的日子，洪战辉更加懂得了知识的重要。一年后，小趁趁六岁了，父亲的病情也逐步得到控制。洪战辉在老师的帮助下又返回了久别的校园。

关　爱

回过头来看看自己走过的路的时候，也感到很难，但是我觉得本来做的事情很简单，能够做好就是因为坚持。

——摘自洪战辉日记

“我的生活是从没有希望中走出希望的。”洪战辉说这句话时，神情严肃而坚毅。

2003 年，洪战辉考入远在湖南的怀化学院经济管理系。利用上大学前的假期打工，他筹得了 1500 元学费。考虑学费没有凑足，去的又是新地方，开学这段时间，洪战辉不准备带小妹去学校。

开学报到的日子到了，洪战辉把小妹托付给了大娘，自己登上了开

往学校的火车。

“战辉在学校基本不吃荤菜，有时甚至就买一份米饭，把方便面调料当菜吃。”说到这里，洪战辉的老乡、高他一年级的怀化学院经济管理系毕业生李红娥泣不成声。

2004年的暑假，洪战辉没有回家，他要利用假期挣够下学年的学费。

暑假前，洪战辉为来到怀化的妹妹取了个小名——小不点。妹妹先暂时寄住在一个老师家，后来又转到女同学的宿舍住了一段时间。慢慢地，他带妹求学的事迹在学校逐渐传开。系里和学院领导得知他的真实情况后，发起了捐款活动。但当系领导将捐款3190元交给洪战辉时，他却无论如何都不肯收下。最后学校将这笔捐款直接代交了他的学费。

当社会各界知道洪战辉的情况后，不少人向他提供财力、物力的帮助，但都被他谢绝了：“不接受捐款，是因为我觉得一个人自立、自强才是最重要的！苦难和痛苦的经历并不是我接受一切捐助的资本。一个人通过自己的奋斗改变自己劣势的现状才是最有意义的。”

学院领导也被洪战辉的事迹感动了，破例单独给他安排了一间寝室，方便他照顾妹妹。在学院的帮助下，洪战辉还在学院附近的怀化市鹤城区石门小学为妹妹办好了插读手续。

妹妹重新回到了学校。一早，她背着书包去上学；中午，在校吃中餐；回到学院寝室后，哥哥还给她补习功课，教她说普通话。“小不点”变得越来越懂事了，她学会了做饭，有时候哥哥出去推销东西回不来，她就一个人做完饭后等着哥哥回来吃。

“这个时候，我是最幸福的！”说到这儿，洪战辉眼睛湿润了。

正如洪战辉自己所说，他的生活从没有希望中走出了希望。他高兴地告诉记者，考入大学后，每年春节回家，都能欣慰地看到久病的父亲病情逐渐好转；2004年底，母亲回到了久别的家中；在外漂流了多年的弟弟现在也有了消息。

坚强人生 ◎刘 欢

人总会发现自己有时是那么的脆弱：会因为考试失利，而希望得到别人的安慰；会因为犯了错误，而祈求别人的原谅……生活，到底需要什么？怎样才能做到“长风破浪会有时，直挂云帆济沧海”？没有别的，只有“坚强”！遭遇家庭重大变故的洪战辉选择了坚强和勇敢，才克服了学习、生活中很多常人难以想象的困难。最终从绝望中找到了人生的希望。

从呱呱坠地到铮铮立于尘世，走过人生玄机的亦得亦失，走过万劫不复后的矢志不渝，人生就像一段旅程，一路寂寞、坎坷、孤零而又落寞，直到壮士暮年，红颜已逝……这段经历，舒适也罢，坎坷也罢，命运注定要与你相伴一生。历经尘世的沧桑，人就应该能在生活中品味出一番滋味，默默跋涉于尘世，在不同的人生里彰显不同的色彩。只要每个脚步都走得铿锵有力，每道风景就都会亮丽迷人。

机会，只垂青有准备的头脑。

曾子墨

“借”身套装去面试

我即将面对的是生平第一个面试，期待，兴奋，可想而知。我前所未

有地严阵以待，将大家的经验之谈悉数记在心中：

千万不能紧张，要落落大方，侃侃而谈。

为什么选择达特茅斯，为什么愿意来到美林证券，答案一定要事先准备。

面试前几天的《华尔街日报》必须仔细阅读，道琼斯、纳斯达克、恒生指数和主要的外汇汇率也都要熟记在心。

握手的力度要适中，太轻了显得不自信，太重了会招致反感。

手中最好拿一个可以放笔记本的皮夹，这样显得比较职业。

眼睛是心灵的窗户，所以目光不能飘忽游移，只有进行眼神的交流，才会显得充满信心。假如不敢直视对方的眼睛，那就盯着他的鼻梁，这样既不会感到对方目光的咄咄逼人，而在对方看来，你仍然在与他保持目光接触。

套装应该是深色的，最好是黑色和深蓝色，丝袜要随身多备一双，以防面试前突然脱丝……

后来，我知道了投资银行的确有些以貌取人，得体的服饰着装可以让我们在面试中加分不少。

做学生时，我从来都是 T 恤牛仔，外加一个大大的双肩背书包。为了让自己脱胎换骨，向职业女性看齐，到了纽约，一下飞机，我便直奔百货商店的 Bloomingdale 店。

Bloomingdale 店位于曼哈顿中城，里面的套装琳琅满目，每一款都漂亮得让我爱不释手。售货小姐也热情周到，伶牙俐齿地劝说我一件一件试穿，并在我每一次走出试衣间时都瞪大双眼，对我赞不绝口。

试衣镜里的自己果然焕然一新，看上去职业而干练。

“您是只选一套呢，还是多选几套？”售货小姐甜美的声音让我从云端突然回落到地面。我这才意识到，我居然忘记了看价格。

Bloomingdale 店的定位其实只属于中档，但是价格标牌上那一连串的数字还是让我望而生畏。毕竟，我只是一个依靠奖学金生活的学生。我试穿的那几套衣服加上消费税，最贵的有一千多美元，最便宜的也要五百多美元。

“买，还是不买？”我激烈地进行着思想斗争。

“它们真的很适合你！”售货小姐好像也看出了我的困窘，努力做着最后的鼓动。

这时，旁边的收银台突然来了一位要退商品的顾客，看到她，我灵机一动，立刻拿出了信用卡，态度之爽快，仿佛刷卡金额不是500美元，而是只有5美元。

售货小姐笑容可掬地为我结账、包装。她大概并没有想到，24小时后，等眼前这个对职业化装扮的自己甚为满意的女孩参加完面试，就会原封不动地把这套EllenTracy的西装退还给她，一分不少地收回那笔“巨额款项”。

第二天，穿着那套似乎专门为我定制却又并不属于我的深蓝色套装，我镇定自若、胸有成竹地走进了美林的会议室。

面对来自香港的两位银行家，半个小时里，我学着美国人的方式，滔滔不绝地自我推销，把自己说得像爱因斯坦一样聪明，像老黄牛一样勤奋，又像老鼠爱大米那样深深地热爱投资银行。

握手告别时，在他们的脸上，我找到了自己想要的答案：这个女孩，天生就属于投资银行。

把羞怯、谦逊全抛开

在美林度过的那个夏天，我并没有学会太多的金融知识或操作技能，但是，它却为我打开一扇窗户，让我欣赏到投资银行的美丽风景，并且从此立下志愿：我要真正成为华尔街的一分子。

于是，四年级一开学，我便身不由已地卷入了一轮又一轮看不到尽头的面试漩涡里。尽管11月的达特茅斯早已是冰天雪地，而我却在零下

20 多度的天气里穿着西装短裙和薄薄的丝袜，披着黑色长大衣。汉诺威旅馆是投资银行来学校进行前两轮面试的地点。那阵子，那里天天爆满，每一层的走廊里都挤满了西装革履的学生，或站或坐，不安地等待着房间里面的人叫到自己的名字。

投资银行的面试看上去设着层层关卡、危机四伏，但涉及的问题却多半是“老三样”。

“讲述一下你自己的经历。”

“朋友们会用哪几个词来形容你？”

“为什么我们应该录用你？”

无论提问方式如何变化，我总是喜欢亮出我的“自我表扬一二三四”，以不变应万变：

我聪明好学，能够很快适应新的环境；

我擅长数字和数学，诸多相关科目的 A+ 成绩就是最好的证明；

我勤奋刻苦，一周工作八九十个小时不在话下；

我善于合作，是个很好的团队工作者。

面试的时间再长，也长不过 40 分钟。人人都怕刁钻古怪的问题，我也一样。于是，一旦遇到“正中下怀”的提问，我就伺机大讲特讲、口若悬河，从不易被察觉地“延伸”到我悉心准备的其他答案，直至面试接近尾声，让对方不再有时间也不再有机会来为难我。

军训经历，征服投行副总裁

还有一次面试令我印象深刻，是和第一波士顿的一位副总裁。

第一波士顿为我面试的那位副总裁看上去只有 30 岁出头。那天，他大概已经从早上 8 点到下午 4 点，端坐在酒店房间里那个并不太舒服的沙发上，马不停蹄地见过了十几名学生。轮到我走过去时，他早已满脸疲惫，连握手时的笑容都像挤牙膏一样勉强。

"OK, tell me about yourself."不出所料,他提出的第一个问题中规中矩。

我微微一笑,神采奕奕地讲述了自己的经历,又有条不紊地将我的"自我表扬一二三四"暗藏其中。

副总裁斜靠在沙发上,边听边点头。第一个问题,我顺利过关了。

"你怎么证明你善于团队合作呢?"

我故意摆出一副沉思的样子,其实,我的内心是在暗自得意。谁让我又碰到了一个押中的题目呢?不过,我不想让他看出我是有备而来。

略微停顿了几秒,我按照设计好的思路,开始绘声绘色地讲述我的"军旅生涯"。

在北京念书时,我曾经先后两次到三十八军军训。这在中国算不上是出众的经历,但到了美国,却是傲人的资本。

四十多天的军旅生活,除了难耐的饥饿和沉积着黄沙的浑水,还留下了什么呢?面对副总裁,我活灵活现地回忆起在军队的大集体里、在团队成员的相互帮助下,我们是如何在泥沙混杂的战壕里匍匐前进,如何在烈日当空时俯卧打靶,如何在黑得令人恐怖的深夜里轮流站岗值班,又如何在睡得昏天黑地时被哨声惊醒,迷迷糊糊地打背包,连滚带爬地紧急集合,再像残兵败将一般,翻山越岭……

听着听着,副总裁的身体坐得越来越直,原本无精打采的眼睛也变得炯炯有神起来。那时候,我就已经知道了,当我走出那个房间后,即便他记不住我的名字,也一定会记住有个中国女孩,曾经在中国军队里摸爬滚打。我还确信,只要被他记住了,百里挑一的第二轮面试我就一定会榜上有名。

果然,他一连说了三个"great",才又接着问:"听上去你各方面都很出色,你有什么缺点吗?"

"英语毕竟不是我的母语,所以和美国同学相比,我想,这是我最大的弱点。"我坦然应对,并没有遮遮掩掩,因为如果能化缺点为优点、化不利为有利，远比一味陈述自己的优秀更有说服力。

“但是，我一直在努力提高自己的英语水平。刚来美国时，我每天除了上课和打工，还要花至少一两个小时的时间守在电视机前看新闻，为的就是练习英语。另外，虽然我在英文写作课上的成绩是A或A⁻，但我并没有就此停滞不前……”

据说副总裁回到公司后，在办公室里逢人便说，他在达特茅斯发现了一个中国女孩。所以，当我到纽约去参加他们公司的最后一轮面试时，好几个陌生人竟然对我一见如故：“原来你就是那个中国女孩啊！”

后来，我因为选择了摩根斯坦利而婉言谢绝了第一波士顿的聘任，那位副总裁还打来电话，言语中充满遗憾。他说我是他见过的最优秀的应征者，如果在摩根斯坦利做得不开心，随时和他联系，他的大门将会永远向我敞开。

机会，只垂青有准备的头脑 ◎王　嘉

曾子墨，凤凰卫视如今炙手可热的著名财经女主播，一个曾在世界第一金融中心的纽约华尔街职场奔波的财经界骄女。她的睿智与学识让许多人由衷赞叹，她的机遇与经历则更让人羡慕不已。看了她的面试经历，你是否领悟到了她成功的秘诀，是否想起了那句耳熟能详的警句——机会，只垂青有准备的头脑。

正所谓万丈高楼平地起，当你把基石打好了，一切就能顺利地发展。曾子墨面试的成功绝不是偶然的胜利，而是在于她对面试问题的多向假设与准备，在于她丰富的学习与生活经历。有了充分的准备，她便能以不变应万变，从容地应对各种突如其来的变化与挑战。

其实，人的一生，大多时候是处于准备阶段的。在娘胎里的十个月，是在为出生做着准备；十多年的苦读，是在为人生做着准备；复习，是在为在考试中充分展现自我做准备；就连写篇习作，也是在进行生活资料

储备……日常生活中，我们总是感叹为什么机会总是青睐别人，自己却总是郁郁不得志。其实很多时候是由于我们自己没有随时做好把握机会的准备。俗话说："机不可失，时不再来。"我们能抓住机会的时间只有短短的一瞬，但是必须用很长的时间做充分的准备，只有这样我们才不会被机会抛弃，才能实现自己的人生价值和理想。

高价买来的教训无疑是昂贵的，他已经没有了退路。好在徐乐的人生字典中没有"后悔"与"退却"这四个字，失败正孕育着新的开始。

徐乐：掘金网络的大四学生

付　静

初见徐乐，你会感觉他跟清华园里的其他同学们没有什么两样。只有讲到他的网站、他的生意的时候，徐乐才会超越他清瘦的身材给你留下的深刻印象，不得不把他看做一个商人：你的竞争对手或者合作伙伴。

22 岁的徐乐是清华大学四年级的学生。如果不是为创业而休学，他早已毕业两年了，所以徐乐曾自嘲，认识两届清华校友，是他最大的财富和资源。

徐乐进入清华时才 16 岁，因为以前从来没有接触过电脑，所以电脑和网络世界的神奇对徐乐来说充满了诱惑。那时候的他整日泡在机房里，很快便学会了电脑及网络的相关技术。看到国外网站的经营模式新颖独特，于是他自己也做了一个网站，开始代理网上虚拟产品。这种模式还真的给他带来了不少的收益，一个月起码能收入一两千元。

高价买来的教训

徐乐的网站不仅仅面对单个用户，也面向全国寻找合作伙伴。在这个过程中，他认识了一位名叫世的上海小伙子，两个人谈得很投机。由于徐乐一直在做网上虚拟产品的代理，却没有注册自己的公司，世提议在上海成立公司，用正规的公司方式来运作。徐乐很赞同，这也是他的梦想。世邀请徐乐到上海考察了三天，两人一拍即合，商定各投资一部分，公司的名字则采用了两个人的名字，喻义也很好——世乐网络有限公司。

回想起这些事情，徐乐后来才知道世所做的一切都是一个圈套，目的是让他放松警惕。网络公司一切都运转正常之后，有一天世说要做一笔贸易，当然过程很复杂。一切都策划得很严密，几乎没有漏洞可击。徐乐从家里要了十几万元作为投资金，交给世去做所谓的“贸易”。刚开始似乎很顺利，贸易很赚钱，世经常给徐乐说挣钱了，而且还隔三差五地寄上几千元的红利。当时徐乐有一种错觉：自己已经挣了上百万，已经跻身百万富翁的行列了。

2003 年 4 月，由于非典，学校停课，徐乐飞到了上海，在上海的公司里开始策划自己看好的网上支付系统。网上支付方式都是通过银行账号进行交易，对于个人而言风险相对比较大，对于网站也很不方便。因为要开通网上支付功能，还需要网站单独和银行谈合作、签协议。而在国外有一种更为方便的支付方式，就是预存支付方式。这种方式对用户而言很安全，对网站来说也方便。徐乐想，反正自己已经有一百多万的资金，开一个公司好好运作，一定大有前途。于是，他很快下了决心，既然做就全力以赴。首先他办了半年的休学，然后开始寻找合适的办公地点……一切准备就绪，就等着贸易公司的100万了，而这时候徐乐却再也找不到世了。原来这一切都是骗局，就连家里的投资也全部打了水漂。

高价买来的教训无疑是昂贵的，经此一役，那个生性淳朴，内心不设防的学生娃变得练达起来。休学手续已经办好了，房子也租到了，他已经没有了退路。好在徐乐的人生字典中没有“后悔”与“退却”这四个字，失败正孕育着新的开始。多年以后，说到此事徐乐一脸阳光：“也许正是那件事造就了我。”

经历了一场挫折，徐乐变得成熟多了。现在的公司名字仍然保留“世乐”两个字，他说要时刻提醒自己，这场教训太惨痛了。不过，塞翁失马，焉知非福，这场教训也是他终生的财富。

平台要开发，同时还要寻找支持公司运转的项目。也许上天真的是眷顾勤奋的人，无意中，徐乐发现做IDC(互联网数据中心)能够给公司带来效益，只要有够专业的服务、良好的信誉，自然就有客户上门。徐乐是一个善于抓机会的人，一开始就十分重视自己公司形象的建立。他在全国四个主要城市开设了当地的服务电话，公司网站更是给人以大气、专业的印象。

2004年3月，世乐公司签约“北京联通”并成为其2004年度IDC业务首家代理合作伙伴。9月，徐乐两年休学期限已到，他只得重返清华以完成学业。后来，在一边读书一边经商的情况下徐乐又做了几个其他的网站，但IDC业务一直是公司最大的利润来源。

2005年11月，徐乐获得私人天使轮的投资，全力推广亿网传媒。

想到就要做到

在短期内，徐乐不打算做网络以外的生意。他决心以网络为工具，寻找传统企业的需要，为他们打造最便捷的营销工具。无论是先前的“易付通”还是后来的服务器托管，徐乐一直在做为企业服务的工作。

企业到底需要什么样的服务？徐乐每天都在寻找答案。

有一天，他从网上看到台湾综艺节目《我猜》，其中说到有一种网站专门联系厂商，让他们提供希望进行推广的产品，然后将产品发放给在网站上希望试用的用户免费试用，并要求他们在试用后交出一份“用后感”，这样做一来可以让厂商知道用户对其产品有什么看法以便改进，二来无形中也是对产品做了广告。对消费者来说，能在试过之后明白自己是否真的需要这产品，从而避免不必要的浪费。

这种营销方式在大陆还没有哪个网站实践过，空白即意味着商机。徐乐是那种想到就要做到的人，灵感给他打开一条缝，他就要硬闯开一道门。徐乐决定做第一个吃螃蟹的人。2006 年 1 月 23 日，中国内地首家试用品发放网站——试用网(www.itry.cn)横空出世。“i try”，是“I try before I buy”的缩写，中文意思是“购买之前先试用”。中国人素来不相信天上会掉馅饼，而这种实实在在能“白得”产品或服务的试用方式令网友耳目一新，所以网站一开通就受到了众多网民，特别是年轻人的欢迎。

徐乐称，试用其实并不是新鲜事物。很多厂家都会根据自己的市场规划，不定期举行一些活动，如小礼品赠送、产品试用体验等。对于厂家而言，这种活动的礼品费用往往是很低的，但为了让更多人知道这个产品，需要花不少的费用去推广，而且效果还不理想。有了试用网，一切都解决了，厂家无需再为自己的产品如何让更多人知道而烦恼。现在每天有几十万双眼睛盯着试用网，随时等待着供试用网的用户们检验的产品推出。

与其年龄不相称的沉着与自信

除了做网站的设计，徐乐还做网络的兼职业务员。他所做的工作是为企业打开一个全新的营销通道，所以很多企业对此非常配合。他从厂商手中取得数量有限的试用品，第一时间放在网站的免费试用区，这样用户只要在 itry 网提交自己真实完整的资料就可以取得这些免费的试用产品。徐乐坦言,因为试用网才刚刚起步,能给用户提供的产品还不是很多,只有如电话卡、网络硬盘、某某音乐网站账号以及一些化妆品、小玩具之类的。但徐乐坚信,以试用网目前每天近千人的注册用户增长速度来说,相对应的试用产品也将会日益增加。说这话时,年轻的徐乐露出了与他年龄不相称的沉着与自信。

相比于同龄人,年轻的 CEO 徐乐经历了更多的挫折,也收获了更多实实在在的经验。作为大四学生,当他的同学们正在为工作四处奔波的时候,他早已将他自己创办的北京世乐基业科技发展有限公司经营得红红火火。

网络浩瀚,徐乐对其一往情深。作为互联网的创业新势力,徐乐将网络作为自己长期的掘金之地。在过去的十年里,网络成就了无数的富豪,相信不用十年,徐乐也一定会跻身其中。

把握命运的钥匙 ◎王　嘉

徐乐为什么能成功?因为他进行了准确的自我分析,因为他积极、勇敢、努力地把握住了自己命运的钥匙。

其实,在生命的征途上,每个人都必须努力成为自己未来的主人,必须积极地管理自己的前途。没有人比你自己更在乎你的工作与生活,没有人比你自己更适于管理你的人生和事业。你只有积极主动,才能找到真正的"自我",才能让自己在成功的道路上享受快乐!

不要再只是被动地等待别人告诉你应该做什么,而应该主动去了解自己要做什么,并且规划它们,然后全力以赴地去完成。想想今天世界上最成功的那些人,有几个是唯唯诺诺、被动消极的人?有几个是懵懵懂懂、对生活没有方向感的人?对待自己的生活和前程,你需要以一个母亲对孩子那样的责任心去全力投入、不断努力。只要有了积极主动的态度,就没有什么目标是不能达到的了。

权力、财富、社会地位，这一切已经一起来到他面前。如何看待这一切，如何使用权力和财富，这也许是年轻的张鹏飞面对的另一个考验。

张鹏飞：18岁当上了掌门人

丁小莺

眼前的这位年轻人穿着休闲西装，微笑有点儿腼腆，脸上还些许稚气。很难想象，他已经是温州一家著名企业集团的掌舵人。他叫张鹏飞，现任温州泰昌集团董事长兼总经理。

张鹏飞1985年出生。2003年3月，他的父亲张贤瑞在一次交通事故中去世。高中毕业、正打算出国留学的张鹏飞从北京回到温州，继承了这家资产总值4亿元、拥有800名员工的家族企业，而他当时年仅18岁。

这样的经历跟中国最年轻的富豪李兆会有相似之处，他们都是年轻的第二代，都是突然接班，甚至接班的时间都在2003年初。但张鹏飞比李兆会还要小4岁，接班时还只是一个高中毕业生。

中断学业突然接班

张鹏飞设想的人生应该是这样：北京中加学校高中毕业后，到加拿大温哥华留学，攻读管理方面的专业，毕业后到一家大企业工作，积累一定的经验后，像父亲那样创办一个属于自己的企业。至于选择进入什么行业，张鹏飞还没有具体想过。然而从父亲发生车祸的那一刻，张鹏飞的人生便发生了重大改变。在他毫无准备的情况下，做企业接班人的任务已摆在面前。张鹏飞表示，这是长辈们商议后作出的决定，他并不清楚讨论过程，只是在得知家里的决定后，很快就接受了，“因为别无选择”。张鹏飞的父亲张贤瑞有兄弟四个，但各有各的事业。泰昌集团成立于 1992 年，是张贤瑞一手创办的。张鹏飞的叔叔、伯伯中，也有自己经营企业的。张鹏飞有一个比他小 6 岁的弟弟，张鹏飞是企业接班人的唯一人选。

在父亲张贤瑞的设想中，张鹏飞总有一天是要成为企业管理者的，出国读管理专业正是培养计划的一部分。而现在，一切都提前到来了，张鹏飞甚至还没有来得及熟悉企业，或听听父亲的指导，他之前对自己企业的直接印象全部来自初中毕业暑假的一次打工。当时他很喜欢打游戏、看电视，父亲为了不让他在玩乐中消耗掉整个暑假，以给他发工资为诱惑，让他去泰昌集团“上班”。那个暑假，张鹏飞在父亲的企业当打字员。当他再一次到这家企业“上班”时，他已经失去了选择的机会，而现在他的身份是董事长。

从高中毕业生到企业接班人，张鹏飞在知识、能力、社会阅历上都还有所欠缺。家里给张鹏飞请了两个老师，一个是经济专业毕业的本科生，教他学习系统的经济学知识，另一个是退休干部，教他为人处世和政府公关事务。目前，他还同时在读两个短期培训班，学习企业经营管理的课程。

不能像同龄人那样接受正规、系统的大学教育，在张鹏飞看来是一个缺憾。他正在读自考课程，计划到后年拿到大专学历，再过一年拿到本科学历。他笑着说，自己受教育的过程肯定是“不正常”的，但他的弟弟一定要接受“正常”教育。弟弟现在读初中，他希望弟弟按部就班地读到

高中、本科、研究生……

“弟弟至少要拿到硕士学位。”张鹏飞说。经历这一场变故，他感觉自己在家里的角色也发生了变化，不仅是弟弟的哥哥，现在还是弟弟的“家长”。

权力逐步交接

在人生的不同阶段，应该做不同的事情。张鹏飞说，提前继承企业，这是人生的“跳级”，自己也许是从小学三年级直接跳到了初中。

2003 年 3 月到现在，张鹏飞经历了从慢慢熟悉到掌管企业的过程，权力的交接是逐步实现的。

最初，泰昌集团成立了一个战略领导小组，成员由亲属和职业经理人组成，起到战略决策的作用。张鹏飞说他当时也是领导小组的成员，但他的任务更多的是观察和学习。2004 年 9 月，随着企业接班人的逐渐成熟，职业经理人退出了战略领导小组，泰昌集团同时进行了重大调整，由张鹏飞兼任总经理，并设 3 名副总分别负责行政、财务、销售。

现在，如果不是出差，张鹏飞每天早上 7 点起床，8 点到公司。他会到车间转转，跟员工或中层聊聊，听取 3 位副总对所分管领域的情况介绍。即使出差，他与 3 位副总也会进行一个星期至少一次的沟通。他说，具体的事情都是职业经理人在做，涉及公司资产的情况则必须由他来决定，例如投资新项目等重大决策等。“长辈会提一些建议，但他们给我很大的自主权，让我拿主意。”张鹏飞说。

张鹏飞坦承，接管企业后的压力很大，对怎样做一个企业管理者，自己还在学习当中。“肯定有不少失误之处，但没有发生会影响企业发展的错误。”他笑着说，语气中有一点儿欣慰。2003 年，泰昌集团的销售额是 3 亿多元，2004 年这个数字超过 4 亿元，这样的增幅让张鹏飞不无骄傲。

在新的接班人手中，泰昌集团 2003 年 9 月进行了重组。它的前身是泰昌电力有限公司。重组后泰昌集团作为集团母公司，下辖温州泰昌铁塔制造、温州泰昌水泥、温州泰昌电力建筑安装、温州泰昌科技、温州泰昌电力建筑安装检测、浙江泰昌实业六家子公司，均由泰昌集团绝对控股。张鹏飞说，父亲在世时就有这样的想法。

张鹏飞还尝试多元化发展。泰昌集团现在的主导产业是电力产品的加工制造，但将来的发展可能会涉及电力加建筑业。张鹏飞认为，从市场的角度看，电力行业前景很好，但它也有一定的波动性，互补型的产品对企业会更好。

“这 3 年有太多第一次”

对张鹏飞来说，这 3 年有很多事情都是第一次，例如第一次在中层会议上讲话、第一次和客户洽谈、第一次代表企业在公众场合露面，等等，一切都是从陌生到熟悉。张鹏飞要参加每月例行的中层会议，第一次对管理人员讲话的时候，他觉得很紧张，但现在已经不会了。跟客户的洽谈，张鹏飞说自己遇到的挫折比成功的情况更多。他很羡慕前辈的企业家们能把这些做好。

太多新鲜的东西一下子来到眼前，让张鹏飞没有时间去总结感受。对于怎么样去管理企业，他也还没有形成系统的想法，“还在领悟之中”。

他正在领悟的第一句话是“多想，多看，多听”。这是当初进入企业的时候，长辈和其他企业家最常教导他的一句话。他说，3 年前他并不懂得这句话的含义，但现在的体会已完全不同，也许 3 年后对这句话又会有不同的理解。在这 6 个字后面，他又自己加了两个字，“少讲”。

另一句话是“做企业，先做人”。张鹏飞认为，泰昌集团能顺利过渡，最重要的原因并不是他个人发挥的作用，而是有一些不错的经理人。这

是因为父亲做人的成功，建立了“真诚、诚信”的企业文化，所以才有一些正直、能力不错的经理人来帮助他，同时在企业外部也能够获得其他企业家、协会和政府部门的支持。

张鹏飞还多次提到一个词——“相对论”，任何事情都不是绝对的，都要看情况而定。例如，处理具体问题时，张鹏飞经常会跟公司高层有不同的观点，这种情况他通常会努力说服对方，但是，“对有些人，直接告诉他结论就可以了，不一定需要他赞同你的观点”。

张鹏飞喜欢看结合实例的管理书籍，并且会很认真地做笔记。

“我还不是企业家”

“我还不是企业家”，这是张鹏飞在各种场合多次强调的一句话，尽管他已经身在“企业家”的行列。

张鹏飞以前的同学，大多在读大学二年级或三年级，或者出国留学了，他的生活内容却跟同学有了天壤之别。除了企业日常事务管理和学习，他也花一定时间与企业界的人士交往，例如参加企业家的出国考察团，以及一些聚会和论坛。渐渐地，他关心的话题也不一样了，除了他自己的事情，张鹏飞更愿意聊柳传志和联想，聊南存辉和温州企业家的几种境界，聊均瑶集团的接班，也聊起李兆会。也许是因为经历上有相似之处，张鹏飞对有关李兆会的媒体报道知之甚详，甚至包括他出行喜欢开3辆奔驰、自己坐中间那一辆。张鹏飞开的车是奥迪，这是他父亲生前用的。2004年9月30日，他拿到了驾照，跟他上任总经理是在同一个月。

张鹏飞在公众场合露面很少。

2005 年 11 月 19 日，在温州举行的一个论坛上，他代表泰昌集团领取了“温州市优秀民企文化二十佳”的奖项并致辞，他的年轻引来很多诧异的目光。张鹏飞说，他不想出席这样的场合，但当时主办方要求领奖人必须是企业的法定代表人。按照张鹏飞和他家人的想法，他会尽可能少的出现在公众的目光中。但是从接班的那一刻开始，他已经成为一个公众人物，不可避免地受到关注。

权力、财富、社会地位，这一切已经一起来到他面前。如何看待这一切，如何使用权力和财富，这也许是年轻的张鹏飞面对的另一个考验。

成功总有勇气伴 ◎王　嘉

是什么让一个 18 岁的心灵坚强地面对突如其来的生活变故？是什么让一个 18 岁的肩膀挑起了许多人想都不敢想的企业重担？是对生命的热爱、是对自我的信任、更是那份不可或缺的生活的勇气。

生活需要勇气、需要敢于挑战的勇气。生活有如登山，当你站在山脚，仰望山的身躯时，你知道前方还有很多的困难需要克服，还有很长的道路要走。然而当你登上山巅，展望一片广阔的天空时，你便能明白挑战的勇气拥有多么神奇而伟大的动力。

生活需要勇气，无论何时何地、何年何月，我们都要有勇气去面对新的一天、新的挑战、新的生活、新的未来！失败了，也要笑着说“再来一次”；跌倒了，要迅速地爬起来……人生总是有数不尽的失意，人生总会遇到这样那样的麻烦，所以我们真的需要勇气去面对，学会坦然地面对，学会默默地承担，学会微笑着面对一切……

“不管生活以什么方式对待我，我都微笑着走向生活”！失意的时候、落魄的时候，不要忘记黑暗过后就是光明，更不要忘记用百倍的勇气去克服困难。

子尤从妈妈那里知道了自己的病情，也从妈妈那里听到了他们母子要向癌症发起反攻的冲锋号。

谁的青春有我狂

——坚强的子尤

蒋丽萍

15岁的花季少年子尤不幸身患癌症，母亲柳红在绝望中寻求希望，母子二人肩并肩共同与死亡抗争，一路微笑，唱响生命之歌、爱之歌……

天才少年和他的单亲妈妈

见过子尤的人，一定会印象深刻。2003年春节期间，我们去北大燕园柳红家登门拜访，看见她家厕所里放的都是世界电影史方面的经典著作，大惊：柳红，这是你读的？柳红则带着骄傲到骨子里的口气说：哪儿啊，这是人家看的！这“人家”，就是她的宝贝儿子子尤。果然，那天晚上，基本上就是子尤在说话，从卓别林讲到马龙·白兰度，又连上了大卫·林奇；从《这个杀手不太冷》讲到法国新浪潮电影的代表人物，又拐到德国的法斯宾德，简直就是飞流直下的架势。我们充其量是一个热心的电影观众，哪里有那么多储备可以跟他交谈哪。要知道，那年他才13岁呀！

认识柳红是因为她的传记《吴敬琏》。作为经济学人，她的讲述既有学理上的严谨，又有历史的厚重感。从那以后，我们时常会在网上交流一些想法，而柳红最得意的，还是子尤的一切。比如那年夏天，他们母子去欧洲旅游，柳红传来了子尤的诗作，里面有参观凡尔赛后的感想。

作为单身母亲，柳红对于儿子的感情，自然又比平常人更炽烈一些："婚姻带给我的幸福、痛苦和伤害正在随风飘逝，唯有儿子——这一婚姻的创造，翻新着我的生命。"

事情如果只到这里，那么，这个故事顶多就是一个单身母亲和一个天才少年的感人篇章。可是，去年 3 月 24 日晚，我们收到了柳红的一封如同晴天霹雳般的邮件：今日子尤在学校出现险情，我赶到时几乎看见的是个生命垂危的儿子，其惨状难以言喻。120 急救车将我们送至医院，经查，胸腔长一巨大肿瘤，压迫致使呼吸困难，可能一两日内做手术。

处于风暴前沿的母亲

风暴就这样掀翻了柳红母子平静而又温馨的生活。几天后，子尤被确诊为"纵隔非精原生殖细胞肿瘤"。这种病国内很少见，也没有丰富的治疗经验，孩子的片子由柳红拿着，送到北京各大医院的医生手里，专家中只有一位见过这种肿瘤，并有过两例手术经验，而这两位病人在术后半年内都复发死亡了。

柳红和子尤面对的是一个凶险的敌人，母子两人从此开始了艰苦的与病魔的搏斗。一个严峻的问题是：到底采取什么方案治疗？虽说治疗是医生的职责，可是最后签字的却是母亲啊！

大学学工科，研究生读经济学，跟医学毫无关联的柳红，立刻转变角色，以最快的速度钻研关于肿瘤治疗的基础知识，并在第一时间里就把孩子的病情和片子通过互联网，发给美国的肿瘤大夫，听取他们的诊断和治疗意见。柳红说：大家说法不一，但是信息相对充分，有利于我做决断。为了确诊肿瘤的性质，根据美国大夫的建议，柳红向医院提出做肿瘤

标记物的试验，被医院采纳了。以后，在先化疗再手术，还是先手术再化疗这个问题上，也是柳红说服医生采取了先化疗再手术的方案。这是通过难以想象的努力才能达到的。

在以后的每一步治疗过程中，柳红都是治疗方案的参与者，她成了美国肿瘤大夫和中国医生之间的桥梁，她采集各方的意见，权衡各种方案的利弊，反复研究之后，做出选择。一开始，她也不敢跟医生说话。可是，她意识到“无论多外行，所有的治疗推进都需要我们签字，因为我们是生命的主体，如何能在不知情的情况下决策呢？如何保证在信息不充分的情况下，做出对我们的亲人正确而负责任的决策呢？”

乌云遮不住阳光

子尤入院第9天，最后的诊断出来了，那是他们最不愿意看到的：恶性肿瘤。

要不要对病人说实话？这是每个癌症患者家属都觉得难以面对的问题。柳红认为：“肿瘤早已走近我们，而通常我们的态度是只要没有事到临头就视而不见。我也经历了许多口未开泪先流的伤痛场面。这总使我心里鼓涌着冲动——癌症，让我们说出来！隐瞒使患者不得不独自承受身体和精神之痛。而孤独是人最大的不幸。”

子尤从妈妈那里知道了自己的病情，也从妈妈那里听到了他们母子要向癌症发起反攻的冲锋号。也许是孩子的幼稚？也许是他们母子特有的交流方式起了作用？也许是他们母子心有灵犀？理性乐观的柳红，看到的是同样乐观的儿子！

子尤的那句话，曾被媒体广泛引用：一次大手术（子尤有一次手术时间长达8个小时），两次胸穿，三次骨穿，四次化疗，五次转院，六次病危，七次吐血，八个月头顶空空，九死一生，十分快活！

这不是他为了作文凑出来的，这就是他自发病以来的真实写照。穿刺时那份痛苦，好比有一把钢刀插在胸膛里，可子尤一直面带微笑，惊讶得医生护士说出一连串的“太”：“太懂事了！太勇敢了！太配合了！”化疗之后，子尤时刻都想呕吐。一边还在翻江倒海，一边子尤已经想出一首词。手术前，四个女孩子结伴来看他，他说是“心连心艺术团”来慰问了。上手术台打了麻醉，医生要他再说几句话，他却背起了诗：When you are old……事后还说：“我要是死在手术台上，那我光辉的一生干的最后一件事就是背诗！”在那四次化疗期间，子尤竟然还说：“同时兼顾一个话剧两个小说。”无论是同学来看他，还是他回到班级去，他总是笑话连篇。在手术后的重症监护室里，他差点儿出了险情，此后他在文章里写道：我希望所有的人与我结识的理由，不因为我是一个病人，而因为我是个好看的人。

生活着、快乐着

每天奔走于医院和家之间，柳红的外表并不因为疲劳和挣扎而露出败相。丝巾和头饰都精心挑选，她要把自己收拾得干干净净、漂漂亮亮的，以此增长儿子的信心。子尤特别在意柳红的美丽。柳红曾在她的日记里写道：“有一天，儿子盯着我的眼睛，用两只手摆弄我的脸，鼻眼嘴扭曲地说：‘100岁的宋美龄都比你年轻。’这一时期，他越来越多地用手抚摸我的脸，像要抚平什么，而当我用手托着脸时，他会叫我把手挪开，因为那样会挤压出皱纹来。”

住院病人最大的苦恼肯定是空虚无聊。可是，子尤哪里有时间空虚！他妈妈每天都给他带来鼓鼓囊囊一口袋的书和碟片。所以，子尤生病的日子不是无所事事的日子，而是百般忙碌的日子。阅读书籍、观摩影碟、写作，占用了他住院的全部时光。哪怕他不能动笔的日子，也要让妈妈记录下他的一些思想片断。生病的那一年里，他写出了十几万字的诗歌、随笔、小说和剧本。

子尤脱离了学校的生活，可少年人的习性依旧。化疗之后，柳红给爱美的子尤预备的头巾就有十几块，每一块都是那么明亮美丽的色彩。娘

俩还一起把一条牛仔裤剪出穗来，弄成“乞丐装”，看得前来探访子尤的女生直叫“酷毙了”！化疗之后的子尤慢慢长出了头发，娘俩又商量着，让这头发长得长长的，学校不让干的事，咱现在可以干一干了！化疗期间，他们母子还专门起床观看了月全食。躺在病床上的子尤，居然还对女生产生了朦朦胧胧的情感，写出了让人感动的《羞涩小男生系列歌词》。

一波未平，一波又起

就在肿瘤摘除手术成功施行不久，子尤术后恢复出现了波折。先是肺部出现积液，后来伤口愈合又出现问题。等这些问题解决后，子尤又被发现由于长期化疗，血小板值低且持续下降。正常人的血小板值应是10万至30万，而子尤只有几千。来自血液科的骨髓检查显示是骨髓增生异常综合征，这又是一种恶性肿瘤。

雪上加霜，但柳红那颗拯救儿子的心依然炽热。面对新的波折，柳红现在的钻研焦点又从肿瘤转移到血液病。2005年五六月间，我们去北京看望子尤。他住的病房被布置得花花绿绿，就好像是要开主题班会的教室。已经长出乌黑鬈发的子尤，因为血小板过低，不能下床活动，躺在床上，抱着手提电脑，正在写作。

柳红和子尤是母子，在抵抗癌症的战斗中，他俩又是特殊的战友——战友的队伍还在不断扩大。他们只有一个期望：让这个天才少年能够战胜病魔！少年儿童出版社则将子尤的文字和他们母子迎战癌症的过程，编成了书，书名就叫《谁的青春有我狂》。

做生活的强者

◎王　嘉

子尤虽已离开我们，但曾经那飞扬的青春，永远活在我们的记忆深处。人们常说，“生活就像剥洋葱，总有一层会让你掉眼泪。”的确，生活中总会有许许多多出人意料的变故，有许许多多的困难与挫折。在人生的征途上，没人能预测未来，但却人人都有能力用自己的努力改变自己的命运。

贫穷、困苦、疾病、困境都只会阻挡软弱的人奔向自己远方的理想，只要能勇敢地面对这些前进路上的“拦路虎”，再坚持一下，你就能做到最棒的自己。生活不需要泪水，生活绝不能怯退；流泪得不到同情，抱怨只换来伤悲。

不要抱怨生活没有给你什么，而是要感激上苍给了你什么。我们要做的就是珍惜自己所拥有的，对生活的逆境要勇敢地面对，大胆地接受。对待生活，一定要乐观、豁达、积极向上，只有这样才能让生活变得缤纷。

希尔斯代尔市官方计票结果使不少市民为之震惊：十八岁的迈克尔·塞申斯以670票对668票击败了现任市长道格拉斯·英格斯，成功当选下任市长。

美国18岁高中生市长的精彩生活

李　经

宣誓仪式上连犯两错

2005年11月21日，是迈克尔·塞申斯宣誓就职的日子，希尔斯代尔的市政厅挤满了记者和他们最远的来自日本。塞申斯的“粉丝”和支持者们也赶到现场，他们中的许多人都是他的同学。

定在晚上8点的宣誓就职仪式开始了。迈克尔·塞申斯身着蓝色衬衫、系着黄色领带，在助理派克·海因斯先生的引导下，迈克尔·塞申斯举起右手郑重宣誓。

到底是初出茅庐，在宣誓仪式暨媒体见面会上，迈克尔·塞申斯连犯两错——第一个是他竟忘了安排人做会议记录。几分钟后，在宣读市长选举委员会致来的贺信时，迈克尔·塞申斯又将致信人的名字念错了。迈克尔·塞申斯感到有些难为情，海因斯先生忙替他打圆场。

尽管显得有些困难和稚嫩，但塞申斯总算顺利完成了就职仪式。而他的家乡也同他一起被聚光在了闪光灯下。

首战失利"东山再起"

当迈克尔·塞申斯2004年竞选美国密歇根州希尔斯代尔市高级中学学生会主席的时候，他失败了，当时他发誓要在"政治上"东山再起。

2005年9月末，市长候选人登记的时候，刚刚年满18岁的迈克尔·塞申斯走进了希尔斯代尔市政府办公室，表达了自己参选市长的意愿，并登记为候补市长候选人。

他的广告预算仅仅为700美元，那是他2005年夏天在当地农场打工挣的钱，当时他的工作是卖棉花糖和蜜饯。不过，700美元对于投递几百张名片和竖起50个草地标示牌来讲，已经足够了。

迈克尔在选举日前一个月才开始竞选宣传活动。在短短的3个多星期内，迈克尔的同学们帮助他召开公众见面会，并四处游说街坊邻里。他挨家挨户拉票，表明自己竞选市长的诚心。

"每天放学后，他就挨家挨户地敲门拉选票，推销自己。"迈克尔的同学、17岁的罗林·贝克说，"他告诉人们他为什么要当市长，他还带上一个选票样本，告诉大家要在哪里填上自己的名字。"

年轻的候选人走遍了小城的各个商店、学校、消防站、咖啡厅等公共场所，他劝说所有年满 18 岁的学生都去投票。起初，人们都以为他在开玩笑，有些人大笑一场后便不再理会，有些人甚至把他拒之门外。可是，渐渐地许多当地居民开始接受迈克尔。

11 月上旬，希尔斯代尔市官方计票结果使不少市民为之震惊：18 岁的迈克尔·塞申斯以 670 票对 668 票击败了现任市长道格拉斯·英格斯，成功当选下任市长。“太酷了，真是不可思议。”迈克尔兴奋地嚷道。他的本届市长任期为 4 年，从 2005 年 11 月 21 日开始。

少年市长一夜成名

随着竞选的胜出，迈克尔一夜成名。11 月 8 日之后，他在父母的陪同下飞到纽约和洛杉矶，参加一个又一个的访谈节目，《深夜会见大卫·莱特曼》、《今日秀》等等。他还上了《今日美国》杂志的封面。当然，更多的“狗仔”前往希尔斯代尔市，狠挖不为人知的猛料：塞申斯最爱看的电影是《忠奸人》，他爱吃鸡肉，最爱蓝色，热爱运动。好莱坞也来凑热闹，有三家制片厂表示他们希望把迈克尔的故事拍成电影。

在希尔斯代尔市这个只有 8200 人口的城市做市长是个兼职的工作，年薪为 3600 美元。迈克尔既不会拥有一间办公室，也不会有秘书，他要做的事情是每个月参加两次城市理事会会议。希尔斯代尔市“市政经理”缇姆·瓦格负责小城的日常行政管理，他介绍说，市长和其他 8 名理事会成员的主要工作是做出政策上的决定和批准财政预算。

市长生活：先上课，再开会

当媒体聚光灯渐渐减弱时，就到了该开始工作的时候了。这天他首先要完成的任务是一场代数考试。

“从早上 7 点 50 分到下午 2 点 30 分，我是一名学生；从下午 3 点到

6 点，我将尽职尽责地完成好作为市长的工作。”

对于塞申斯来说，学习依然是主业，塞申斯作为礼仪上的行政首脑，并没有实际权力。

作为市长，塞申斯要做的第一件事和竞选时一样：去接触当地人民。让当地居民对城市产生归属感是他的目标之一。为此，他和他的朋友刚刚完成了一次清扫市区的活动。

“典型的一天就是先去上学，然后再去城市四周参加各种各样的会议或是活动。我必须安排好自己的时间，”塞申斯向记者讲述了他做市长典型的一天的生活，“当然我必须保证学习时间。”

上任后，迈克尔得放弃不少课外活动，就连他喜欢的橄榄球也要放弃了。“我现在要干一些更大的事情。”这个高中生说道。

“一个 18 岁的高中学生能做什么？”面对这个质疑，塞申斯告诉记者：“回答这个问题的时候，我就权且当自己是一个年长的人吧。当我和每一个人说话的时候，我会与他们合作，并且会看着他们的眼睛。我会尊重每个人的意见以及每个与我合作的人。我将努力工作，以此来赢得他们的尊重。”

年少稚嫩面临挑战

迈克尔将开始为期 4 年的任期，并且他的当选为自己的家乡赢得了关注与声誉。但是，迈克尔的当选也令希尔斯代尔市的老政客们颇为担忧，这个毛头小子如何能扛起市长重担？

迈克尔的手下败将、51 岁的道格拉斯·英格斯不太愿意谈及自己被那么年轻的对手击败这件事。不过，2005 年 11 月初，美国《托莱多锋刃报》援引英格斯的话说："一个 18 岁的孩子能有多大的可信性？"缇姆·瓦格表示，为了全市利益考虑，他愿意拉塞申斯一把。"我可能沉默得太久了，说实话，我觉得他年龄太小了，当市长根本得不到保证。但是我知道，市议将会尽量帮助他。"

据悉，目前希尔斯代尔市议会议员们已经决定扶助这位小市长坐稳市长的宝座，大家将坚定地站在他身后帮助他，为他出谋划策。

在平凡中缔造奇迹 ◎王 嘉

一个 18 岁的年轻小伙子竟然能坐上美国希尔斯代尔市市长的宝座，这在许多人眼中，或许是一个不可能实现的天方夜谭。然而，迈克尔却真真切切地做到了，出人意料地在他平凡的生活中创造了这个"一夜成名"的奇迹。

或许有人会说，迈克尔的成功是在美国特殊的政治土壤上才得以成就的。但不可否认的是，迈克尔的经历也给我们带来了一些关于成功的启示，那就是有梦想就要勇敢追寻，想成功就必须建立积极、健康的心态。

其实，人生中的成功并不取决于你的年龄、学历、出身，甚至不取决于你的经济能力、社会背景。无论是富家儿郎还是寒门子弟，还是市井小民还是工商巨贾，每个人都有追寻梦想的权利，都能用自己的态度改写自己的命运。就像迈克尔一样，个人能否成功，首先取决于你是否立志要改变自己、甚至更多人的命运，你是否已为实现你的梦想付诸行动。当然，一次成功并不能代表永恒的光芒，要延续成功更要付出加倍的努力。

只要你能积极地累积、创造成功的条件，梦想就会在你的心中，成功就会在你的身边。

他希望无论在地球哪一个角落，中国人都要以祖国为荣，时刻记住自己是一名中国人，时刻不忘为国争光。

“中国人，真棒！”

遥　远

2001年8月，初中毕业的陈晓松顺利地拿到了美国纽约中国城苏域柏高中的邀请函，年仅15岁的陈晓松漂洋过海，来到了大洋彼岸的美国。

一次，一位教师在向同学们讲几个面积较大国家的概况时，唯独没说中国，陈晓松立刻站了起来，大声说：“China，too！”(中国也是！)看到老师和同学们奇怪的眼神，他从容地跑到黑板前，用粉笔在黑板上画了幅中国地图，接着用流利的英文向大家介绍了中国的面积、人口和发展情况。他的演讲博得了老师和同学们阵阵热烈的掌声，大家都异口同声地说：“Chinese，great!”(中国人，真棒!)

从那以后，陈晓松一下子就成了校园里的新闻人物。

中国男孩创办“中国人俱乐部”，赢得高度评价

一次偶然的事件，深深地刺痛了陈晓松。2004年4月的一天，陈晓松和几个中国同学在操场边的林阴道上聊天，忽然不知从哪儿飞来一个足

球，砸在其中一个同学的眼镜上，眼镜碎了，玻璃碴儿扎得那位同学满脸是血，他捂着眼睛痛苦地在地上打滚，陈晓松急忙把他扶起来。

接下来发生的事情让陈晓松一辈子也忘不了。所有的中国同学都跑开了，没有一个人愿意帮助他们。陈晓松一边给同学止血，一边寻找肇事者。不远处，一个身材魁梧的美国黑人学生正踩着足球，摆着一脸坏笑和桀骜不驯的样子。当陈晓松看他的时候，他还故意摊开双臂，耸了耸肩，他的动作引来身后一大堆人的哄笑。

血气方刚的陈晓松被这一幕激怒了，他冲过去找那个黑人学生理论。但瘦小的他哪里是人家的对手，他被那帮人推倒在地，打得鼻青脸肿。就在这时，保安赶过来了。保安要他找几个中国学生作证，但却没有一个人愿意站出来。更可气的是，一个同胞竟说他是日本人。陈晓松特别伤心，作为一个中国人应该看得起自己，应该理直气壮地做人。

陈晓松决定给苏域柏的中国学生上一课，他想起了吉鸿昌将军在日本的故事，就也在胸前挂了个“I’m a Chinese！”(我是一个中国人)的牌子，昂着头在校园里走来走去。2002 年 5 月，陈晓松在学校里创办了“中国人俱乐部”。

在俱乐部里，陈晓松一方面给大家讲中国悠久的历史文化，让他们逐渐摆脱自卑心态；另一方面辅导同学们的学习，让大家的功课在全校出类拔萃；他们还经常组织各种体育活动，提高运动技能。经过陈晓松的努力，在学校的几次考试中，中国学生都占据前三名，运动会上也是中国人拿冠亚军。

“中国人俱乐部”在学校产生了很大影响，学校领导对此给予了高度评价，就连那些自以为是的美国学生也开始对黄皮肤的中国孩子刮目相看了。

在麻省理工学院开张，洋教授申请加入

2003 年 7 月，陈晓松以优异的成绩从苏域柏高中毕业，被麻省理工

学院录取。

在麻省理工学院的头几个月，陈晓松到处走访学生，发现很多外国学生根本不了解中国。很多人问陈晓松，中国的妇女是不是都裹脚，不用出去做事；男的是不是都穿长袍马褂留长辫子……这些话让陈晓松感到意外和震惊。

陈晓松决定将“中国人俱乐部”搬到麻省理工学院，他在学校的醒目位置贴了几张“中国人俱乐部”的大海报，他的俱乐部就这样又开张了。这是麻省理工学院创校以来第一次有中国留学生张贴自己的海报。

“一石击起千层浪”，海报马上吸引了大批学生和老师前来观看，有大声叫好的，也有轻轻摇头的。有一位南非黑人学生则大吼：“Chinese，small！”(中国人，弱小!)陈晓松马上截住他，义正词严地说：“你错了，中国是强大的，中华民族是伟大的，我想请问你，你的民族不也是被霸权主义所歧视吗？当他们把战火烧到你的国家时，能帮助你的也只有中国这样的第三世界大国，不是吗？”他铿锵有力的话语赢得了旁观者的大声叫好，这位南非黑人学生羞愧地低下了头。

陈晓松的话也引起了一位教授的注意，他就是麻省理工学院赫赫有名的教授——克拉克先生。克拉克大声地喊了句：“说得好！”他上前握着陈晓松的手连声说：“后生可畏，后生可畏！”他说的竟是流利的汉语。原来克拉克教授是个中国迷，非常热爱中国文化。他说很想加入“中国人俱乐部”，了解中国这个美丽的国度，陈晓松热情地接纳了他。从此他和这位平易近人的教授建立了深厚的友谊。

让中国人走到一起，让外国人了解中国

陈晓松很快就适应了麻省理工的快节奏，成了学习上的佼佼者。在一年级期末，系里给他写了封热情洋溢的信，对他优异的成绩、高尚的人品大加赞赏，还特别提到了他的“中国人俱乐部”，并破格聘请他在第二

学年担任克拉克教授的教学助手。这样的情况在麻省理工学院是非常罕见的。

在紧张的专业课学习的同时，陈晓松依然不忘“中国人俱乐部”的宣传和建设，目前俱乐部会员已经发展到500余人。在俱乐部里陈晓松以学汉语、宣传中国话为主题，以中国传统的风俗习惯为辅线，把祖国建设的丰硕成果和中国人民友好、善良的品质淋漓尽致地展现在那些外国人的面前。

俱乐部红红火火、发展壮大，陈晓松又把触须伸向了更广阔的空间，他创造了属于自己的网页，将“中国人俱乐部”搬进了虚拟的网络世界。他希望无论在地球哪一个角落，中国人都能以祖国为荣，时刻记住自己是一名中国人，时刻不忘为国争光。

2004年春节前夕，美国的一家知名网络公司几次高薪聘请陈晓松为公司顾问，都被他婉言谢绝。他说：“我创办网页并不是为了赚钱，我的梦想在中国。”他希望学成归国后，用自己的力量和才智来实现他报效祖国的宏愿。

我自豪，我是中国人 ◎刘 欢

我自豪，因为我是中国人。尽管我们现在还比较贫穷、尽管我们祖国还不发达，但我坚信中国会更强盛。因为只要我们有勤劳不息的精神、有团结努力的品质、有友善待人的方式，中国的明天就必将更加辉煌！

作为新时代的青少年，我们是祖国未来的主人，我们为祖国的过去骄傲，更为祖国的未来自豪。作为祖国的未来、民族的希望，我们重任在肩。少年立则国立，少年强则国强，少年雄于地球则国雄于地球。我们要自信自强，发奋学习，从我做起，从现在做起，掌握本领，增长才智，用我们的知识和智慧在祖国的大地上创造出更多奇迹，做一个了不起的中国人！

格雷在新作《完美富翁——9步成就里里外外的财富》中说："完美富翁"是指由内到外都富有的人。

格雷：14岁当上百万富翁

张运贵

在拉斯维加斯的豪宅中，21岁的法拉赫·格雷一边听着"50美分乐队"的《糖果店》，一边欣赏着手腕上那块价值16万美元的手表。凭借过人的商业头脑和独到的投资眼光，年轻的格雷在14岁那年就赚到了人生中第一个100万美元。但让很多人想象不到的是，格雷今天的富有并非源自显赫的家世继承，相反，他出生在赤贫家庭，完全是白手起家。

格雷出生在美国芝加哥一个非裔移民家庭，在贫穷和充满暴力的芝加哥东区长大，他有一个姐姐和一个哥哥。由于生活窘迫，从6岁起，年幼的格雷为了减轻母亲的负担，就产生了强烈的赚钱欲望。

起初，格雷充分利用身边的一切资源，变废为宝。例如，他在街上捡一些好看的大块石头，在上面涂涂画画，然后带着它们挨家挨户上门兜售。他说："每次我都用力敲门，主人出来后，我先和他们握手，然后说，'你好，我叫法拉赫·格雷，你想不想要这块石头呢，它有很多用途，可以做镇纸、书挡或门挡。'有时候，人们会看着我反问，'这不是我家门口的那些石头吗？'这时我会回答说，'不错，但是它们比原来漂亮多了。'"

格雷非常善于包装自己。他曾要求母亲给自己买一个公文包，但被一口回绝。于是,他戴上哥哥的领结,提着自己的午餐袋子四处奔走,做着推销的小生意。他的祖母普瑞斯说:"他告别了同龄的孩子,成为一名小大人。他经常作演讲,而且会对屋子里的大人们说,'请坐下听我说'。那架势就像是一名大教授。"

8 岁的时候,格雷成立了一家"社区企业家精神俱乐部",主要通过聚会、小型商业活动培养小孩子的商业意识。他呼吁当地商人募捐,为参加培训的儿童提供交通费用和场地。不过,活动最初进行得并不顺利。他回忆说:"一开始很多人拒绝了我的请求。于是后来我采取了'五换一'政策,即如果人们不愿捐款,可以推荐 5 个可能愿意捐款的人给我。最后,我争取到了 1.5 万美元的捐款。"在捐款资金的支持下,格雷带领一帮小孩子从事过很多商业活动,例如卖饼干和贺卡等。这是他创业的第一阶段。

此后,由于母亲的心脏病越来越严重,格雷全家搬到了气候较好的西部地区生活。这是格雷创业生涯的第二阶段,也是最关键的一个时期。在赌城拉斯维加斯,格雷的商业才华和人际关系技巧得到了很好的发挥。他受邀参加了当地电台一个脱口秀节目,随后又成为该节目的主持人之一。那时,他才 12 岁,但他的才华却让人叹服,邀请函如雪片般飞来,他到处演讲,每次收费数千美元。

格雷总是在自己熟悉的领域内投资。小时候,他很喜欢帮祖母做饭,因此学会了制作祖传糖浆的技巧。后来,他将其进一步改造,并创立了一家食品公司。14 岁时,这家食品公司以 150 万美元的价格卖出,这使他成为一名不折不扣的百万富翁。19 岁的时候,格雷收购了 InnerCity 杂志。随后他根据自身经历写了《西方富翁不是梦》一书。2006 年 4 月,他获得了南卡罗来纳州艾伦大学的荣誉博士学位。目前,除了投资房产中介业务外,他还成立了一个基金会,为年轻人提供商业技巧培训。年仅21 岁的他看起来比实际年龄成熟得多。

格雷的传奇经历让很多黑人青年改变了对生活的悲观态度。以前,

在芝加哥东区，黑人青年要么打架，要么贩毒，总是生活在社会最底层。年少的格雷为他们做出了榜样，他说："贩毒确实赚钱快，但那都是昧心钱，付出的代价更大。我希望用正当方法赚钱，然后享受人生。"

格雷在新作《完美富翁——9步成就里里外外的财富》中说，"完美富翁"是指由内到外都富有的人。"从小到大，我见过很多不同的富豪，他们很富有但也很悲惨。相反，我也遇到了许多穷人，他们的内心却很充实。所以我说，我要将两者合一。这就是完美富翁。"

生活源于细节 ◎刘 欢

生活源于细节！

仔细地想一想，生活的确是由细节组成的，就像没有那一级级的楼梯，我们怎么能上得了高楼呢？没有那涓涓细流的汇集，哪来大海的浩瀚无垠呢？没有一针一线的细细缝合，哪来穿在身上衣服的舒适和得体呢？生活的美好，大概是源于发现和体验细节的美好，生活的枯燥乏味可能是对生活中细节的忽略或者生活中的细节本身就枯燥乏味；生活的平庸大概是因为细节的平庸，生活的精彩或许是由于细节的精彩。

小格雷从一点一滴的事情做起，成功地改变了自己的生活，在14岁就当上了百万富翁。生活包含着一切，而一切都应该有细节，那么生活就包含着一切的细节。如此说来，我们就生活在细节当中，被细节包围着，无论走到哪里，都是从细节走到细节。因此，或许我们可以这样说：生活中不是缺少细节，而是缺少发现细节的眼睛。

Part Three
骏骊珍珠

生命是一次没有回程的朝圣，一去不返。生命正是因为只有一次才显得无比珍贵，生命的拥有者应该让它发出无比耀眼的光芒。

为了事业，他倾注了全部精力，踏上茫茫求索之路。当成功在望时，他没有顾及自己本可独自享有的荣誉，而是慷慨地把成果拿出来与同道分享。

中国绿色旋风

——杂交水稻之父袁隆平

汪发楷

拥有45000多个水稻品种的地球，突然间冒出了一个神奇的水稻种——它的穗子犹如金黄的马尾甩出一尺多长，颗粒饱满，每粒的重量至少超过普通水稻的1/3，就是这个神奇的稻种，一下子把我国水稻的亩产提高了二至三成，一举摘取了中国第一个特等发明奖的桂冠，几次获得联合国等有关组织颁发的金质奖和科学奖。

还是这个神奇的稻种，作为我国第一项农业技术专利转让给了美国，而后又飞向了日本、加拿大等20多个著名产稻国。一时间，世界各地刮起了一股中国的"绿色旋风"。

而这个被誉为"神仙稻"的良种叫杂交水稻，它的"父亲"是袁隆平。

勇担大任

夜阑人静。

湖南省沅水河畔的秀建村，一个老保管捧着一把稻谷种，对着农校教员诉苦："袁老师，你看这种子长得特好，但收下来尽是空壳壳。听说你搞试验，要是能够培育出既耐肥、又耐旱的稻谷种，亩产 400 公斤、500 公斤、1000 公斤，那该多好啊！"

袁隆平脸红了。毕业后在安江农校任教 8 年，他到底做了什么？他意识到自己应该为急需提高稻种质量的农民做点事："我要用自己的实际行动，让祖宗满意，使后代放心！"

逆流而上

早在 1926 年，就有人开始研究杂交水稻，但至今这个领域仍没有人占领。"水稻王国"日本、美国，国际水稻研究所等在杂交水稻研究上都停滞不前了，袁隆平一开始就遇上了拦路虎。水稻是雌雄同花的植物，得一朵一朵进行培育。在几百万朵稻花中进行杂交纵是有三头六臂也无济于事，袁隆平苦思冥想，终于想出一套"三步曲"方案——通过三系（不育系、保持系、恢复系）配套法取代人工杂交法。但设想一披露，讥笑纷至沓来："这不是瞎胡闹吗？水稻是自花授粉作物，杂交不会有优势！""要是能搞成，外国专家早搞成了。"顶着嘲笑、讽刺、烈日，袁隆平一头扎进了茫茫稻海寻找不育水稻株。为此，他常忘了吃饭，忘了捉腿上吸饱鲜血的蚂蟥，忘了晒得脱了皮的臂膀。功夫不负有心人，几经艰辛，他成功地培育了新一代雄性不育稻种。正当袁隆平为了实验，甚至忘了抽时间回家看一眼刚出生的儿子时，"文化大革命"的烈火烧到了安江农校。袁隆平的试验钵被捣毁了！神情恍惚的袁老师几次在梦中大叫："还我试验钵！"就在袁隆平的希望渐渐暗淡之际，他的学生李必湖带来了惊喜："我把 4 个最关键的钵子藏了下来！"希望之火再度明亮。试验从此由地上转入地下。2 年后，4 钵不育株变成了两分试验田。但灾难再度袭来，5 月中旬的一个早上，袁隆平来到试验田时，发现秧苗被人连根拔走了，他

顿时眼冒金星。蓦地，一口水井中漂着的几株秧苗吸引了他的目光：竟有五株秧苗在那里！动荡中，一封国家科委的信使袁隆平的研究终于能够正常化了："袁隆平同志从事的杂交水稻研究是一项大有前途的工作，请你们给予重视和支持……"

袁隆平被调到了湖南省农科院，专门从事杂交水稻的研究。他们先后用了一千多个品种，做了三千多个组合试验，仍没有好的结果；因为远缘杂交效果最好，于是袁隆平踏上了茫茫寻野生稻的路。几经艰辛，终于在海南找到了。他将它命名为"野败"。

云开月明

找到了野生稻，要将它变成真正的不育系，仍然不是件容易的事。作为最先取得突破的人，袁隆平完全有能力独自渡过难关。但为了不延缓攻关的进程，他果断地把成果贡献出来，让众多的科研人员都来参加攻关。他拿出宝贵的"野败"材料，在全国 103 个单位的三百多名精兵强将的共同努力下，神奇的种子诞生了！袁隆平露出了舒心的笑容。他的贡献得到人民的高度赞扬。

有位农民朋友说："我们农民翻身靠两'平'，分田靠邓小平，吃饭靠袁隆平。"

有大海般胸襟的人 ◎ 蓝水球

袁隆平感动我的地方主要有三处：一是他能够将自己的事业与国家和人民的需要挂钩，急人民之所急；二是在不被人肯定甚至屡次遭受打击的情况下，仍能坚持自己的事业；三是他的大公无私，完全为人民着想，慷慨地把自己的成果奉献出来，淡泊名利，一心为公。

活在世上得有点精神。在这个利欲熏心、急功近利的转型期社会，如何定位自己的价值取向很重要。若时刻想着争名夺利、投机取巧，就会迷失人生的航向。所谓“志当存高远”，我们在选择志向时，到底是一心为己还是全力为公，最后的结果必定大相径庭。也许你选择了一心为己的道路，倘若你在为自己奋斗的过程中奉公守法，倒也无可厚非。但若为了一己私利而不择手段，甚至侵害了别人的利益就足以被千夫所指了；而如果你选择全力为公，我相信你一定能以国家为重，绝不会做出对国家利益有损的事情。

我赞赏袁隆平的选择。在国家面临粮食危机、人民忍饥挨饿时，他深切感到了压在肩上的重任。他能发挥自己的优势，在水稻研究方面贡献自己的聪明才智，排除艰难险阻，顶住压力，毅然将理想坚持下去。就算是打击连连，他也不放弃最后的一丝希望。为了事业，他倾注了全部精力，踏上茫茫求索之路。当成功在望时，他没有顾及自己本可独自享有的荣誉，而是慷慨地把成果拿出来与同道分享。

袁隆平正是有着大海般胸襟的人。

每个人都能创造奇迹。只不过成功的人善于发现，而失败的人只懂得等待。

跳草裙舞的抠门老头

——沃尔玛创始人山姆·沃尔顿

张　松

从一个小小的“卖货郎”摇身一变成为享誉全球的亿万富翁。当今世界零售业巨头沃尔玛公司的创始人——山姆·沃尔顿在短短的 30 多年里创造了奇迹。

向岳父借两万美元的夫妻小店

1918 年，山姆·沃尔顿出生在美国阿肯色州的一个小镇上。他小时候家境清贫，曾经当过报童，年轻时也时常在其他连锁百货店里打工，因此从小就养成了节俭的习惯。

1936 年山姆进入密苏里大学攻读经济学学士学位，依靠勤工俭学于 1940 年毕业。当时恰逢第二次世界大战爆发，山姆毅然报名参军，服役于美国陆军情报团。二战结束之后，山姆回到故乡，向岳父借了两万美元，和妻子海伦在纽波特租到几间房子开了一家小店，专卖 5 至 10 美分的商品。由于山姆待人和善，附近的住户都愿意到他的店里来买东西。同时他也学会了采购、定价和销售。可谁知，房东因为嫉妒山姆的小生意做得红火，找借口收回了店面。无奈之下，山姆来到了本顿维尔。1962 年他开了一家连锁性质的零售店，取名沃尔玛。此后 30 年，他倾其毕生精力，不懈奋斗，以身作则，身体力行地实践着他所倡导的一切，将沃尔玛一步一步带入了辉煌！

华尔街上跳草裙舞

1983 年，山姆·沃尔顿在俄克拉何马州的中西部城市开设了第一家山姆会员商店，他曾经许诺说，如果公司业绩出现飞跃，他就会在华尔街跳夏威夷草裙舞。1984 年公司的营业额的确超出了他的预料，于是他真的在美国金融之都华尔街上跳起了草裙舞，实现了对员工的许诺，山姆·沃尔顿的惊人之举给很多投资者留下了难忘的印象。自从 1972 年沃尔玛的股票上市以来，其股票价格年均增长率高达 27%。直到现在，沃尔顿家族仍然持有沃尔玛公司38%的股票份额。

从外表来看,山姆·沃尔顿是一个极其普通的人,可他有着极强的竞争意识和冒险精神,而且山姆一直以勤奋、诚实、友善和节俭的原则要求自己。尽管山姆成了亿万富翁,但他节俭的习惯从未改变,至今仍未购置过一所豪宅,而是一直住在本顿维尔,经常开着自己的旧货车进出小镇。镇上的人都知道,山姆是个"抠门"的老头儿,每次理发都只花5美元——这是当地理发的最低价。但是,这个"小气鬼"却向美国5所大学捐出了数亿美元,并在全国范围内设立了多项奖学金。

老沃尔顿节俭的性格激励和鼓舞着沃尔玛的所有员工,包括他的几个儿子。美国大公司一般都有豪华的办公室,而现任公司总裁吉姆·沃尔顿的办公室大约有20平方米,公司董事会主席罗宾逊·沃尔顿的办公室大约有12平方米,而且他们办公室内的陈设也都十分简单。正因为如此"节俭",沃尔玛才能在短短几十年内迅速扩张。

在废纸背面复印

只要在沃尔玛呆上几天,就能发现没有哪一个企业在省钱方面能做到像它那样锱铢必较。如果你没有复印纸,找秘书要,对方一定是轻描淡写地说:"地上盒子里有纸,裁一下就行了。"如果你再强调要打印纸,对方一定还是平静如水地说:"我们从来没有专门用来复印的纸,用的都是废纸报告的背面。"打印纸也是一样,除非是非常重要的文件,否则一律用纸的背面打印。

办公室里就有一台裁纸机,从部门经理到北方营运总监,大家随身携带的"笔记本"都是用废弃的报告纸裁成的。

山姆·沃尔顿外出时经常和别人同住一个房间,沃尔玛员工自然也不能例外,召开"2001年沃尔玛中国年会"的时候,来自全国各地的经理级以上代表所住的也只不过是某某招待所而已,虽然能够洗澡,但是肯

定没有星级待遇。每次开新店之前，都会有美国专家从总部赶来帮助建店，而他们住的只不过是三星级的宾馆，而且开店第二天立刻就走——多呆一天可就多一天的开支呀！一到举办店庆活动的时候，就会印发许多红红绿绿的广告，不但员工不可能“近水楼台先得月”，就是对顾客也是限量发售，只有购物百元以上才能赠送一张广告。打开广告彩页，又会发现原来模特都是熟悉的面孔：这个是采购部的，那个是财务部的。就连几个不曾见过的小孩子也一定都是沃尔玛员工的子女。

没有标明职务的工作牌

山姆·沃尔顿崇尚的三个基本原则的第一条是：“尊重个人。”如果你是领导，就更应该尊重直接服务于顾客的员工。沃尔玛领导与员工之间的关系是一个“倒金字塔”的关系，领导在整个支架的最基层，员工是中间的基石，顾客永远被放在第一位。领导为员工服务，员工为顾客服务，员工的工资和生活享受不是从总经理那里获得，而是来自他们的“老板”——顾客。只有把“老板”伺候好了，员工的口袋里才会有更多的钞票。服务行业中员工的精神状态至关重要。员工整天为“老板”服务，可谁来服务员工呢？在沃尔玛给员工服务的就是领导。领导的工作就是指导、支持、关心和服务于员工。员工心情舒畅，才能更好地服务于顾客。

在沃尔玛，任何一个员工佩带的工作牌都注明“OUR PEOPLE MAKES DIFFERENCE”，也就是“我们的同事创造非凡”。除了名字之外，在工作牌上没有标明职务，包括总裁在内。公司内部没有上下级之分，大家都是直呼其名，营造了一种上下平等的气氛。

吹着口哨工作

走进世界各地的任何一家沃尔玛连锁店，你都很难不被一种活跃和热情的气氛所感染，沃尔玛的员工总是设法让生活变得有趣及充满意味，他们经常会做出一些近似疯狂的事情让顾客和同事觉得趣味横生。山姆·沃尔顿可称为其中的典型代表，他会穿上草裙和夏威夷衫在华尔街上跳草裙舞。公司副董事长也曾穿着粉红色裤袜、戴上金色假发，骑着白马在本特维拉闹市区招摇过。可能有些人认为沃尔玛有一群疯疯癫癫的人，但了解沃尔玛文化的人会懂得其用意是鼓励人们打破单调的生活，努力创新。这就是山姆·沃尔顿“吹着口哨工作”的哲学。

山姆·沃尔顿在参观韩国的一家网球工厂时，发现工厂里的工人每天早上聚集在一起欢呼和做体操。他十分喜欢这种做法并且急不可待地回去与同事分享。他曾经说过，“因为我们的工作如此辛苦，我们在工作过程中，都希望有轻松愉快的时候，使我们不用总是愁眉苦脸。‘在工作中吹口哨’的哲学，使我们不仅仅能拥有轻松的心情，而且会因此将工作做得更好。”山姆的哲学不仅使员工和领导之间的感觉更加亲切，而且还是一种很好的宣传公司和促销的手段，在增添生活乐趣的同时也培养了团队意识。

沃尔玛永远的主旋律

敬业。要比任何人都更相信这一点。正是通过工作中的绝对热情，才能克服自身的每个缺点。与所有合作伙伴分享你的利润，把他们视为合伙人。

鼓励你的合伙人。每天想些新的、较有趣的办法来激励你的合伙人。

交流。他们知道得越多，理解得就越深，对事情也就越关心。

感谢你的同事为公司所做的每件事。任何东西都不能代替几句精心措辞、适时而真诚的感激言辞。

成功时要大肆庆祝，失败时则不必耿耿于怀。不要对自己过于严肃，要尽量放松。

倾听公司中每位员工的意见，并设法广开言路。

要做得比顾客期望的更好。满足他们的需要，并在此基础上增值。

比竞争对手更好地控制费用。

逆流而上，另辟蹊径，藐视传统观念。但要做好准备，因为许多人会来动摇你。

2002年是沃尔玛连锁超市创始人山姆·沃尔顿逝世10周年。就在这个年头，老沃尔顿生前财产的五位继承人好消息不断。先是沃尔玛超市连锁店1月份的统计报告显示，公司2001年的销售总额达到2200亿美元，创下历史纪录，并且超过了上年排名第一的埃克森—美孚石油公司，企业在2002年世界500强排名中拔得头筹已成定局。2月底，美国《福布斯》杂志公布2002年全球富豪榜，沃尔顿家族五个人的资产总值共上涨了98亿美元，创下1029亿美元的历史纪录，让世界首富比尔·盖茨也不得不对其刮目相看。其成功经验仍值得今天的企业家借鉴和学习，而且山姆·沃尔顿创造的种种经营法则坚持几十年不变，而且说到做到，仍应当成为万千企业效仿的楷模。

反思 ◎柯露

山姆·沃尔顿之所以取得如此辉煌的成就，归根到底，就是在他的一生中始终坚持着“节俭，敬业，言出必行”的原则。

山姆·沃尔顿曾说过：“我要比任何人都更相信‘敬业’这一点，正是通过工作中的绝对热情，才能克服自身的每个缺点。与所有合作伙伴分享你的利润，把他们视为合作人。”正是由于山姆·沃尔顿拥有这种敬业的精神，他倾其毕生精力，不懈奋斗，以身作则，身体力行地实践他所倡导的一切，不断促进与员工之间的交流，才会将沃尔玛一步一步地带入辉煌。我想：要取得成就，没有什么比敬业更重要的，也许至今你仍在抱怨命运的不公，也许至今你仍在抱怨没有机遇的到来，也许……朋友，莫再徘徊，行动和努力才是最重要的。

“节俭”作为一个古老的话题，在这个物欲横流的社会里，更显得特别微小。沃尔玛——一个在全球拥有多间连锁店的大公司，却一直把这两个字“大写”。山姆·沃尔顿的处处节俭，会他与他的头衔显得不太相符。但山姆·沃尔顿的节俭也影响了他的后代，以至于他的后代都被戏称为“最富有的穷人”。也正是这一种精神，使曾经的世界首富比尔·盖茨也不得不刮目相看。

山姆·沃尔顿肯定坚信“言必行，信必果”的道理，要不然他也不会按照承诺在华尔街上跳起夏威夷草裙舞。这似乎骇人听闻，但却无疑表现出了山姆·沃尔顿创新的管理方法，以及他那“言出必行”的品质。这正是他取得成功的关键因素之一。

其实每个人都能创造奇迹。只不过成功的人善于发现，而失败的人只懂得等待。

年轻意味着向前跑，飞机从跑道加速的那一刻开始，就不能停下，直到它到达终点。我们也是一样，心怀希望、拥有自信、披荆斩棘、永不言败！

“烹调”困难

——快餐大王哈莱德·桑德斯

佚　名

桑德斯是谁？你可能对这个名字感到陌生，但提起肯德基，在中国可以

说是家喻户晓。那位一身白色西装、系着黑领结、带着一脸慈祥微笑的老先生，总是风雨无阻地在大门口迎接着八方来客。他就是被誉为美国“炸鸡大王”的桑德斯老人。

桑德斯可以说是大器晚成。他自行调配的炸鸡秘方在自己的小餐馆以家庭的气氛招呼远道而来的客人，因此闻名于世。直到 65 岁时，他才创立肯德基炸鸡店，使他获得了极大的声誉和财富。

哈莱德·桑德斯 1890 年生于南印第安纳州的哈利维尔镇。桑德斯 5 岁那年，父亲突然病逝，没有留下任何财产。为了养活三个孩子，母亲不得不去附近的一家工厂做工。年幼的桑德斯开始在家照顾弟妹，并学会自己做饭。

7 岁时，他做了一块夹肉面包，送到三英里以外的工厂让妈妈品尝，受到了母亲及工友们的称赞。

12 岁时，母亲改嫁，继父对他十分严厉，常在母亲外出打工时痛打他，他不得不离家出走谋生。他不断地更换工作，尽管如此，他还是颇具信心，认为自己将来必成大器。

16 岁时，他谎报年龄参加了远征古巴的军队。航行途中他晕船厉害，被提前遣送回国，不久便退伍回到家乡。这次参军给他留下了“上校”的称号。为了谋生，他当过电车调度、开过渡轮，还在南方当过铁路工人。在南方铁路工作时，桑德斯在亚巴马州结识了年轻美丽的姑娘约瑟芬·金恩，几个月后他们就结了婚。婚后不久就有了一个可爱的女儿，1911 年他们的儿子出世，1919 年又生了一个女儿。但当桑德斯的妻子不是一件容易的事，因为他脾气很坏，再加上铁路工作使他长时间不能照顾家，夫妻之间的关系更是越来越坏。

1921 年，桑德斯加入普天寿保险公司从事推销工作并且很快成为公司的红人。但好景不长，因在奖金问题上与老板闹翻而辞职。后来他在朋友的鼓动下还一度干起了律师行当，但这一职业生涯也未长久。一次在法庭审案时他竟与客户大打出手。

30 多岁时，桑德斯再一次失业了，但他始终没有灰心。34 岁那年，他终于找到了发挥自己才能的机会。他为米其林公司做轮胎推销员，充分发挥了他的想象力和创造力，事业十分成功。但在1924年，不幸又一次降临到他的头上。一次，在开车过桥时，支撑钢绳断裂，他连人带车跌下桥。桑德斯受了伤，无法再为那家公司工作了。

当过轮胎推销员的经历使他感到汽车将是美国未来的必需品，加油业将会大有前途。1930年，桑德斯全家搬到肯塔基州的克本镇，在这个当年不算繁荣的小镇开了个壳牌加油站。而当时的美国正处于经济危机的大萧条之中，头一个星期生意很不好，大家只能靠吃燕麦度日。桑德斯在公路旁竖起了大广告牌，盼望着生意能尽快好起来。这使他与周围的竞争对手产生了摩擦，桑德斯开枪打伤了对方，还差点因此受到起诉。

一次，来此加油的卡车司机向他抱怨周围很难找到合适的地方用餐。桑德斯顿时感到自己的又一个发展机会来了。他将一间小储藏室改造成能容纳6人就餐的小餐厅，并开始教妻子做饭。他对来加油的顾客推荐约瑟芬做的肯德基火腿、炸鸡。大家品尝后都感觉味道不错。赞誉传出后，桑德斯不得不扩建自己的餐厅。

到1934年，小餐厅光靠桑德斯夫妇已经忙不过来了。他们雇佣了已离异的克劳迪亚女士。克劳迪亚聪明能干、乐观开朗，对桑德斯的坏脾气也丝毫不介意。

不久，生意越发红火，桑德斯决定在加油站旁单独开一家咖啡店。当时，炸一锅鸡腿需要30分钟，使来此品尝的人总是排起长龙。桑德斯认为炸鸡味道十分重要，他便开始钻研调料，还让他的大女儿作为首席品尝师，最终创立了用11种调味品配成的秘方，至今从未改变过。

到桑德斯四十多岁时，他的烹饪水平已经获得了广泛好评。1935年，肯塔基州州长授予桑德斯"肯德基上校"的名誉称号。"肯德基"的名称即由此而来。

40年代末，美国高速公路建设大规模兴起，随着公路的建成，美国人开始了前所未有的远行。同时，伴随而来的是旅馆业的发展，桑德斯发现

了这一趋势,他在咖啡店旁建起了旅馆。当时,汽车旅馆的名声很不好,卫生状况差,许多体面人外出都选择住在位于市区的宾馆。为了改变这一偏见,桑德斯把自己的旅馆办得相当舒适、干净。他还在餐厅的中央拨出一间房子作为样板房间,供客人事先参观以决定是否在此住宿的问题。这起到了很好的促销作用,旅馆因此常常爆满。

这时,桑德斯的个人生活发生了重大变化。1947年,他与约瑟芬离婚,孩子们深受打击,他们非常同情辛勤操劳这么多年的母亲。1949年11月17日,桑德斯和克劳迪亚结婚。从此,桑德斯开始了新生活。他开始对公共活动感兴趣。1951年,他竞选参议员,但最后落败。这使桑德斯感到应将注意力放在自己所擅长的事业上。

正当桑德斯的餐厅生意日益红火之时,公路的大举建设威胁到他的事业发展。1955年,拟投入建设的一条公路正好穿过他的餐馆,桑德斯不得不以75000美元的价格售出这间餐厅,出售了自己奋斗了25年的事业。

此时桑德斯已经65岁了。在人们看来他也该退休了,但他觉得自己还年轻,不需靠社会福利金过日子,因此决定重操旧业,但这反而成了他事业的转机。他带着自己所掌握的技术和秘方,和各地的小餐馆联系,传授给那些小业主炸鸡技艺而且在质量上对他们严格要求。到1963年,他总共控制了六百多家炸鸡店。

到75岁时,桑德斯感到力不从心,觉得单靠个人力量已无力支撑这样一个庞大的餐饮连锁店。最终他决定以200万美元的价格出售肯德基。尽管如此,肯德基还是离不开桑德斯,新主人继续请桑德斯作电视商业广告,宣传这种日益受欢迎的快餐。

肯德基的成功使它的新主人决定发行股票上市,并提议给桑德斯一万股作为购买价的一部分;但桑德斯从不相信股票这玩意,他拒绝了。人们评论:这就是桑德斯为什么没有成为亿万富翁的缘故。后来,公司股票大涨,就连他的秘书都赚了几百万。到1968年,肯德基两万余名员工,有21人因此成了百万富翁。

肯德基售出7年后，再次易主。1971年，希伯莱恩公司以2.8亿美元收购了肯德基连锁店。此后，桑德斯的形象虽仍出现在肯德基外包装和广告中，但除此之外，他已与肯德基没有任何关系了。

快餐业迅速发展的势头使桑德斯深受感染。83岁时，他与妻子克劳迪亚又创办了一家法式快餐店。但希伯莱恩公司禁止桑德斯使用自己的头像作招牌，认为这与他们使用的商标相冲突。这使桑德斯非常吃惊和伤感。桑德斯说自己一直十分慷慨地帮助别人，而今却连使用自己名字和头像的权利都被剥夺了。1974年1月，桑德斯起诉希伯莱恩公司，认为它干涉了他的自主经营权，要求赔偿1.22亿美元。对于没有一丝贪心的桑德斯来说，打官司并不是为了钱，而是为了讨回公道。希伯莱恩公司后来寻求庭外和解。

1980年6月，桑德斯被诊断出患有癌症，但这并没有摧毁他的精神，他说："人们常抱怨天气不好，实际上并不是天气不好，而是不同的好天气罢了。"1980年12月，桑德斯去世，享年90岁，所有肯德基分店向这位老人致哀，就连它的竞争对手——麦当劳也降下了半旗。

桑德斯死后被葬在肯塔基的基沃海尔公墓。那里树立的半身塑像也是他生前亲建的。他在世时，常到像前摸摸、看看。而现在，他的墓地已成了著名景点。今天，遍及世界各地的肯德基分店有一万多家。但桑德斯的那张笑脸没有成为历史，他还在微笑着迎接一批又一批的食客。

风雨兼程的人生 ◎ 邓锦豪

桑德斯的一生道路崎岖，但他还是成功了。他的生命中充满了一个又一个的波折，虽然说不上惊涛骇浪，但是对于许多人来说，这些挫折足以把他们的信心和希望一点一点吞噬掉。而桑德斯没有，正是这种执著的追求，造就了他的成功。

生命是一次没有回程的朝圣，一去不返。生命正是因为只有一次才显得无比珍贵，生命的拥有者应该让它发出无比耀眼的光芒。年轻时候，

每个人都对自己未来的人生充满期待，雄心勃勃地为自己的人生描绘蓝图，因为他们对自己的人生有着憧憬和希望。每个人都希望自己的前方一片阳光，可以一路欢快地前进，高唱凯歌地迎接胜利。但是，人生不可能一帆风顺，挫折、失败、失去、错过，这些都是我们必须面对的，谁也逃不了、避不掉。不要抱怨命运的不公，挫折考验我们的智慧、失败练就我们的坚强、失去教会我们珍惜、错过要求我们把握。不要在逆境中放弃自己，在失败时，想想自己对未来的憧憬吧，它很美丽，只要你努力，它终究会变成现实。记住，即使在最困难的环境中，也要保持希望之火在燃烧。天无绝人之路，逆境终会消失，奇迹终会出现，只要你坚持你的理想。

时光难守、韶华易逝、人生苦短。风华正茂之时，就应敢于去经历人生，勇于去面对生活。我们的人生充满着希望。年轻意味着向前跑，飞机从跑道加速的那一刻开始，就不能停下，直到它到达终点。我们也是一样，心怀希望、拥有自信、披荆斩棘、永不言败！

路，不是为祈求一帆风顺的懦者铺设的，而是为逆境自强的王者所敞开的。

勇者无惧

——为黑人而战的“老虎”泰格·伍兹

佚　名

1975 年 12 月 30 日，一个啼声嘹亮的小生命诞生在美国加利福尼亚州的一户普通人家。这个双眼灵活，对什么都很好奇的小家伙被取名为泰格·伍兹（Tiger Woods, Tiger 的词义即"老虎"）。

在"老虎"一岁半的时候，父亲厄尔开始教儿子练习近距离的高尔夫球推杆。

1977 年，加州举行一个全国范围的幼童高尔夫球赛，规定 4 岁以下的孩子都可以报名。比赛那天到了现场一看，厄尔发现小选手们绝大多数是 4 岁大的白人孩子，不禁有些吃惊。可是个头比别人矮半截、肤色黝黑的小"老虎"却捏着小拳头站在那里，看起来一点儿也不紧张。在摄像机镜头前，他的发挥和击球水平远远超过了那些大他很多的孩子，最后他在一片惊呼声中夺得了人生中第一个高尔夫球赛冠军。

为自己也为黑人而战

要想从事职业高尔夫球运动，就须投入大量的金钱请教练和租场地练习，这正是那些贫穷的黑人家庭无法让自己的孩子从事这项运动的最根本原因。年仅 8 岁的"老虎"却为自己想到了一个解决办法，学校一放暑假，他就跑去一个高尔夫球训练场，请求为他们当一名义务捡球童，每天负责将球手打飞后散落在球场内各个角落的高尔夫球捡回来。一开始教练嫌他太小，拒绝了他的请求，但教练实在经不住"老虎"再三再四地软磨硬缠，最终还是同意了。于是"老虎"每天都去训练场捡球，一有空闲时间，他就暗自留心教练向球手讲授的击球姿势和技巧，中午大家回去吃饭休息时，"老虎"总是匆忙地啃两口从家里带来的面包，接着抓紧时间在正规场地上一边练习、一边揣摩教练传授的内容。

正午时分，烈日烘烤着整个场地，小男孩总是独自练习得汗流浃背。

日复一日，球场的一名黑人保安注意到了这个奇怪的小家伙。一天，"老虎"还和往常一样在大中午挥杆猛练，黑人保安走了过去："嗨！孩子，你打得不错！""老虎"回头，满脸汗水地冲保安笑笑："你猜我将来能

不能拿全美业余高尔夫球赛的冠军？”保安愣了一下，有些惊讶地笑了，“如果真的是这样，你将是全美第一个黑人高尔夫球冠军。”一大一小两只手“啪”地对拍了一掌，“老虎”和保安都哈哈大笑了起来。从此，“老虎”和球场的黑人保安成了“忘年交”，保安给“老虎”开了个“后门”，允许他在晚上其他球手训练课结束后独自留在球场摸黑练习。有月光的夜里，可以借着月色看清一段距离内的场地，然而并不是每次都那么好运气。有一次，“老虎”正在练习长距离的推杆技术，突然下起了大雨，雨滴丝毫不能阻止他继续练下去，然而湿滑的草地却让他脚下一滑，摔进了旁边的沙坑里。等他回到家，才发现两膝盖都被坚硬的沙石磨破流血了。母亲看到他心疼得要命，还没来得及责备，“老虎”却开始兴致勃勃地向家人谈起了自己练球的收获。

从 8 岁开始，“老虎”不断参加各项少年组的国际高尔夫球赛，在众多的白人球手中，他总是显得很特别，不仅是因为他的肤色，更重要的是因为他在球场上出众的球技和从容不迫的表现。人们惊讶地发现，这个黑人小孩总是能够轻易地夺得比赛的冠军，这不得不令人刮目相看。到“老虎”18 岁的时候，他终于成为夺得全美业余高尔夫球赛冠军最为年轻的球手，赛后“老虎”对记者说：“我要感谢那个给了我很多便利的黑人保安，他真诚地希望我成为一名优秀的黑人高尔夫球手，感谢他的帮助，我终于做到了！”

21 岁的“老虎”已经长成一名英气勃勃的青年，举手投足间流露出一名出色高尔夫球手的潇洒风度。他不再满足于夺得各项业余赛事的冠军，于是做了他一生中最为重要的决定：成为一名职业高尔夫球手，参加 PGA（美国职业高尔夫球协会）的各项职业巡回赛。要知道职业高尔夫球坛顶尖高手云集，历史上还没有哪位黑人球手能在高尔夫职业比赛中称雄。他暗下决心要用自己的表现向人们证明，黑人球手也能成为高尔夫球坛的“凯撒大帝”。

“老虎”在第一轮的比赛中显得有些紧张，作为职业球场上一位令球迷们感到陌生的黑人球手，他根本无法从他们那儿得到哪怕是一丁点儿的支持和鼓励。而和他在同一组比赛的三个白人球手则从一开始就用一种奚落、嘲讽的眼光看着他，在“老虎”开始击球的时候，他们甚至还在一旁大声说笑，企图以此来干扰“老虎”的判断和发挥。年轻的“老虎”显得有些沉不住气了，他连续击出了两记高于标准杆的进球，观战的人群立刻冲他响起了充满敌意的起哄声。第一轮比赛结束后，“老虎”的成绩远远落后于其他参赛的白人球手。

然而，人们对他的轻视激发了他更加旺盛的斗志，他发誓要和所有的人作战。在接下来的三轮比赛中，“老虎”似乎忘记了身边发生的一切，他集中精神打好每一杆球，并不断以一记又一记漂亮的小鸟球收复失地，人群中再也听不到对“老虎”敌意的嘘场，“老虎”精彩的球技让他们惊叹和折服——无论是他的击球力量、准确程度和救球能力都是那么的完美，完全具有顶级高尔夫球手的水准！最后“老虎”凭借他无懈可击的球技赢得了个人职业生涯首场比赛的冠军。至于那位赛前曾扬言要将“老虎”赶出赛场的白人球手，早早地就被“老虎”淘汰出局了。然而，拉斯维加斯当地媒体却仍然不愿接受一位黑人球手夺冠的事实，他们认为这只不过是“他的运气比其他球手要好得多”，因此他的夺冠并不能说明什么实质问题，不用多久，这个小黑人就会被自然淘汰出职业比赛。”

但是“老虎”的表现却令所有希望他从职业球坛销声匿迹的人失望透顶。1997 年，“老虎”迎来了他职业生涯的第一个高峰期，他不仅取得了三项 PGA 职业巡回赛的冠军，还成为第一位获得大满贯赛事胜利的黑人球手。

不会消费的亿万富翁

加入职业高尔夫球坛短短 4 年，“老虎”不仅成为高尔夫球坛的统治者，也变成了所有运动员中最富有的人。巨额的比赛奖金和他与各大公司签订的广告合同已使“老虎”跨入了亿万富翁的行列。

老厄尔非常信任自己的儿子。他说:"'老虎'的日常开支很小,他的生活很简朴,对那些奢华的玩意儿他从来都不感兴趣。他甚至连一张信用卡都不需要。""老虎"似乎还没有学会该怎样消费,他不爱逛街购物,也不爱名牌服饰,连穿皱的衣服都是他自己熨,干洗店根本赚不了他一分钱。然而,"老虎"对贫穷的黑人家庭却非常慷慨,以他的名字命名的慈善基金会总是给予穷人无私的帮助。"金钱对我而言,没有任何的意义,""老虎"说,"我希望我的钱能够用在那些急需用钱的穷人身上,帮助他们解决实际的困难,我觉得这样花钱才最有意义。"为使更多的黑人儿童能有机会得到高尔夫球专业训练并从事这项他们原本可望而不可即的运动,他专门捐资开办了高尔夫球训练班,免费培训那些勤劳而又有天赋的黑人孩子。

"老虎"还经常抽时间带着小礼物,去一些儿童医院看望那些身患绝症的孩子们。孩子们见到他们最崇拜的偶像,总是兴奋得涨红了小脸,七嘴八舌地询问"老虎"很多问题,而他总会给孩子们满意的回答,并鼓励他们坚强地与疾病作斗争。"老虎"的内心始终保持着一份永恒的童真。

黑人中的"老虎" ◎ 梁诗雅

高尔夫——这是一项优雅与尊贵并存的运动,历来只有自称具有高贵血统的白种人才胆敢涉足。但是他——泰格·伍兹,却创造了奇迹、改写了历史,赢得了世人对黑人的尊重。

在"老虎"成名之前,他面对的不仅是家境的窘迫和无法支付的高昂学费,更难以忍受的是白人对黑人的歧视、轻蔑。但他没有退缩,反而迎难而上,用对高尔夫的热爱和追求打动人们冰冷的心,以顽强的斗志展示了人性的光辉。令我折服的是他的那种坚持到底的毅力,那种内心深处的对生命的负责。

我们做任何事情,都不可能一帆风顺。没有磕磕碰碰的平步青云,终究是神话般的幻想,如镜花水月,可望而不可即。路上的荆棘只为勇士生长,雷雨过后的阳光只属于勇者。"老虎"的成功不是一部简单的成功史,他用辛勤浇灌了心中的奋斗之花。在他心中不存在“失败”二字。当一个人无论何时何地都不放弃的时候，他就凌驾于成败之上，化为一个胜利者。“一个人可以被毁灭，却不可以被征服。”海明威的怒吼正是勇者的宣言。

风雨侵袭过后是灿烂的阳光，艰难愁苦孕育着生命的奇迹。勇者无惧，就会做到“笑看庭前花开花落，坐观天上云卷云舒。”“老虎”以“舍我其谁”的勇气，坚强地微笑面对练球的艰辛和白人无理的耻笑，终于获得大满贯赛事的胜利。

痛，生命本来就有痛；苦，人生本来就有苦。

虽然痛苦，我们依然以“老虎”式的勇气，勇往直前。

虽然痛苦，我们依然以“老虎”式的微笑，迎难而上。

每个苦闷、矛盾与挣扎，都可能是地狱；每个顿悟、释怀与胜利，都可以是天堂。要实现从地狱到天堂的摆渡，就必须是以勇者无惧的态度去傲视前方的荆棘。

对一个坚决朝向目标走着的人，别人一定会为他让路；而对一个踌躇不前、走走停停的人，别人一定会抢在他前面，决不会让路给他。

为梦想而不歇奔忙

佚　名

唐纳德·希尔顿的成功，幸运所占的成分很少，除了天赋的才能之外，早期生活的磨炼是主要因素。他真正的艰苦生活，是从二十岁开始的。父亲老希尔顿在1907年经济不景气的大环境之下，被迫结束了他的皮货等生意，搬到镇上开了一家只有5个房间的旅馆招待过路的客商。

在他父亲这家旅馆中，希尔顿的主要工作是到火车站去等车接客人。除此之外，他还要做其他杂务工作，如照顾客人吃饭，替客人喂马洗车等，从早上8点钟开始，要一直工作到晚上6点。夜间还要两次去火车站接客人。这样一来，每天的睡眠自然不够。

有一个冬天的夜里，希尔顿拖着疲乏的身子去火车站接客人，在路上走着走着睡着了，竟迷迷糊糊掉到了小桥下面的湖里。幸亏水不深，只湿了裤管和靴子，但被风一吹，他冷得像冰裹在身上一样难受。但他并没有回家还是照常去接三点的车。正是对痛苦的这种体验，使得他在后来创业的日子里，能够经受得住更大的失败和挫折。

第一艘船意外出航

1919年，希尔顿来到了当时因发现石油而兴盛的得克萨斯州，那里云集着大批来发石油财的冒险家。

得州似乎遍地都是黄金。一心想当银行家的希尔顿，怀揣着父亲留下的一小笔遗产，迫不及待地连续跑了两个城镇，但没有一家愿意出手。他碰了一鼻子灰，却并未因此气馁，他又来到第三个城镇锡斯科。

锡斯科这片热情的土地拥抱了希尔顿。他刚下火车，走进当地一家银行，一问就被告知它正待出售。希尔顿一阵狂喜，他立即给卖主发了份电报，愿以75000美元买进这家银行。

然而，卖主却在回电中出尔反尔，将售价涨至8万美元。这令希尔顿当即决定放弃当银行家的念头。一个偶然的机会，希尔顿以4万美元成功收购了一家名为莫不利的旅馆，从此干起了旅馆业。他立刻给母亲发电报报喜："新世界已经找到，锡斯科可谓水深港阔，第一艘大船已在此下水。"

希尔顿的高招：微笑

希尔顿饭店以微笑称雄全球。他确信微笑会使希尔顿饭店获得世界性的大发展。

1930 年是美国经济萧条最厉害的一年。希尔顿饭店也一家接着一家地亏损，一度欠债达 50 万美元。但他并不灰心，召集每一家饭店的员工特别交代和呼吁："我请各位注意，万万不可把心里的愁云摆在脸上，无论饭店本身遭遇如何大的困难，希尔顿饭店服务员脸上的微笑永远是属于饭店的。"经济萧条刚过，希尔顿饭店系统果然率先进入了新的繁荣期。

如今，希尔顿的资产发展到了数十亿美元。"你今天对客人微笑了吗？"已成为希尔顿饭店的名言。

为梦想而不歇奔忙

经营旅馆业，从无到有，从小到大，直至最后成功，希尔顿并不是一帆风顺的。他经历过难以想象的困难，特别是 20 世纪 20 年代。但凭借着顽强的意志和坚强的信心，他艰难地维持了下来。

1936 年，希尔顿拥有的旅馆又恢复到了 8 家。1938 年 1 月，希尔顿将德雷克爵士饭店买了下来。1939 年，他又买下了长堤的布雷克尔饭店。这几次成功的收购，并没有使希尔顿满足，反而更加激发了他的梦想。

1945 年，希尔顿与史蒂文斯饭店老板经过 3 次讨价还价，终于买下了这家饭店。不久，他又以 1940 万美元的巨款买下芝加哥帕尔默饭店。1949 年 10 月，被誉为"世界旅馆皇后"的华尔道夫大酒店也属他所有。1954 年 10 月，他又以 1.1 亿美元的巨资买下了有"世界旅馆皇帝"美称

的“斯塔特拉旅馆系列”。

希尔顿实现了他独霸旅馆业的美梦，成了名副其实的美国旅馆业大王。然而这时，他的目光已超出了美国，开始放眼世界旅馆事业。他成立了国际希尔顿旅馆有限公司，将他的旅馆王国扩展到世界各地。在伊斯坦布尔、马德里、波多黎各、纽约、伦敦、东京、曼谷、香港、雅典。一座座希尔顿饭店巍然耸立。现在，“希尔顿”已遍布全球，希尔顿的事业跃上了新的巅峰。经过几十年的奋斗，在希尔顿的创业史上，记下了这些数字：1921年拥有3家小型旅店；1963年61家，共34000个房间，分布在全世界；现在，发展到210家。

希尔顿到了晚年，仍然马不停蹄地为实现他的梦想而奔忙。现在，他所创建的“希尔顿旅馆帝国”，则由他的次子巴伦继承，并进一步发展着。

放飞梦想

◎ 郭小瑜

有人说：“等我有了钱，我一定要周游世界。”

有人说：“我要当一名化学家。”

有人说：“我要比比尔·盖茨更富有，我要比贝克汉姆更帅。”

然而，未来来了，未来的希望还在未来；明天变成今天，今天的希望还在明天。真正抓住“今天”的人却很少很少。

但希尔顿做到了！经营旅馆业，从无到有，从小到大，直至最后成功。希尔顿经历过许多难以想象的困难，曾面临着酒店接连亏损，一度欠债达50美元的困境。但开创旅馆霸业的梦想一直在支撑着他，他凭借顽强的意志、持之以恒的毅力和坚持不懈地努力，最终冲出商业泥潭，并成为名副其实的旅馆业大王。

法国著名作家罗兰曾说过：“对一个坚决朝向目标走着的人，别人一定会为他让路；而对一个踌躇不前、走走停停的人，别人一定会在他前面，绝不会让路给他。”其实，在我们每个人的心中，都有着一个梦想。我们每个人都想实现自己心中的梦想，我们也都在为实现梦想而努力奋斗。可到头来，有的人成功了，有的人却失败了。究其原因，就在于恒心与毅力。古人有云：锲而舍之，朽木不折；锲而不舍，金石可镂。伟人们之所以创造出伟业，正是凭借持之以恒的毅力！梁启超感叹说：“有毅力者成，反是者败！”

动物中真正的大力士不是大象，也不是骆驼，而是小小的蚂蚁。你瞧，那细细如丝的小家伙，竟要驮走超过自身体重数十倍的东西。它们靠的正是锲而不舍的毅力。

这就是毅力！我们无论做什么事，都离不开这种韧性，否则，就不可能克服这一个又一个的困难，也就不可能达到既定的人生目标。这种毅力就表现在“坚持到底”四个字之中。但说说容易，真要做到这四个字却很难了，首先你要经受困难的洗礼，咬紧牙关、持之以恒、始终如一；其次，你要经受时间的考验，耐得住寂寞、孤独；第三，你还要为既定目标付出身心的努力……

放飞你的梦想，让我们的毅力为梦想而奋发！

作为一名残疾人演员，她的艺术道路虽然洒满了艰辛和汗水，但更铺满了阳光和梦想。

“千手观音”邰丽华的人生

刘　健

曼妙的舞姿、炫丽的舞台造型、金光闪闪的服饰、整齐完美的动作、神秘幽雅的气氛让人无法用言语来形容，这是2005年春节晚会上的舞蹈《千手观音》带给众多观众的印象。邰丽华与20位同样生活在无声世界里的同伴结为一体，以千手观音形象立于莲花台上，在镶嵌着一千多只手的金碧辉煌的拱门下，用缤纷的手姿和斑斓的色彩，"诉说"内心世界的美丽话语。

邰丽华两岁时，因一次高烧失去了听力。没过多久，她甜美的歌喉也关闭了。那以后，她陷入了无声世界，自己却茫然不知。

为此，父亲带她辗转武汉、上海、北京等地求医问药，但始终不见好转。眼看要满7岁了，父母将她送入市聋哑学校学习。

幸运的是，邰丽华在艺术方面的天赋和潜能被聋哑学校的教师慧眼识中，并着手对她进行舞蹈培训。

13岁的邰丽华只身到武汉上中学，并开始在一些场合崭露头角。15岁那年，中国残疾人艺术团的艺术家们挑中了她，让她到该团学习舞蹈。从此，她开始正式接受舞蹈训练。

她每天都要挤时间练舞蹈，练得身上总是青一块、紫一块。她怕母亲看见了心疼，夏天总是捂着一条长裤子。有一天，妈妈趁女儿午睡时，悄悄地卷起她的长裤，震惊地发现女儿腿上伤痕累累。母亲心疼得哭了，而邰丽华却笑着指着自己的胸口告诉母亲："我喜欢跳舞，一点儿不觉得疼。"15岁第一次出国表演时，艺术团集训恰巧在冬天，邰丽华身穿棉袄进场，训练时只穿一件单衣仍汗流浃背，膝盖被磨得流血、红肿，可她却从不叫苦。她知道，自己没有语言能力，而舞蹈能成为自己的一种语言。

正是凭着这种执著和天赋，邰丽华在众多的舞者中脱颖而出，她获得了一个又一个的舞蹈大奖，还获得了著名舞蹈家杨丽萍的赏识与指导。当杨丽萍亲眼看见邰丽华跳《雀之灵》时，感到无比惊讶："我创编了《雀之灵》这么多年，如果听不见音乐，我都不知道自己还能不能跳出那种味道来，而你竟然跳得这么好，真不简单!"她情不自禁地为邰丽华做起示范来。

如今的邰丽华，已经把自己融入了《雀之灵》。每当大幕拉开，舞台灯光亮起，舒缓的音乐声徐徐飘来，轻灵舞动的，仿佛就是一只美丽而充满灵性的孔雀，在寂静的山林，在如茵的草坪，在潺潺的溪畔，徜徉，曼舞……一颦一笑，一举一止，都那样出神入化，都那样恰到好处。人们欣赏到的，并不只是美丽动人的雀之形，而是充满神魄和魅力的"雀之灵"。

邰丽华曾经用这样一段文字，精辟而质朴地概括了自己的人生哲学："其实所有人的人生都是一样的，有圆有缺有满有空，这是你不能选择的。但你可以选择看人生的角度，多看看人生的圆满，然后带着一颗快乐感恩的心去面对人生的不圆满——这就是我所领悟的生活真谛。"

舞蹈使邰丽华品尝到无穷的欢乐，但她知道，在现代化的今天，知识对于一个人的重要。17 岁那年，她给自己定下新的目标：上大学。于是她又将自己练舞的倔劲放在学习文化课上，1994 年如愿以偿地考取了湖北美术学院装潢设计系，成为一名大学生。

如今，邰丽华成了中国残疾人艺术团里的台柱子。她不仅担任了残疾人艺术团演员队队长，出任了中国特殊艺术协会的副主席，同时也是中国残疾人艺术团的"形象大使"，先后在 40 多个国家巡回演出。

作为一名残疾人演员，她的艺术道路虽然洒满了艰辛和汗水，但更铺满了阳光和梦想。1992 年 8 月，在意大利斯卡拉大剧院，举办了被称为人类艺术盛典的"无国界文明艺术节"，前来演出的都是世界上顶级的舞蹈家、音乐家。邰丽华作为唯一参加演出的残疾人，被誉为"美与人性的使者"。

在波兰，当她跳完《雀之灵》退到后台换服装时，主持人来到后台对她说："全体观众，包括总统夫妇，一直不停地鼓掌，等着你再一次到台前和大家见见面。"当主持人看到她已经卸装，不便再出场时，只好回到前台对观众说："对不起，由于演员是聋人，听不见大家热烈的掌声和邀请声，正在换服装准备下一个节目的演出，无法再出来和大家见面。"很多观众为她听不到他们热情的掌声而流了泪。

2004 年 6 月，邰丽华赴美国巡演《千手观音》时，接到了雅典残奥会闭幕式文艺表演任务。她把"备战奥运，为国争光"当成神圣使命。为了

备战奥运，邰丽华和伙伴们每天清晨闻鸡起舞，反复练习分解动作，强化基本训练技巧，夜晚在月光映照下，仍在街边广场精益求精地练习，就连父母到北京看望她的一个月时间里，邰丽华也只休息了一天。9月6日，经过重新创作、编排的奥林匹亚版的《我的梦》(即《千手观音》)，在土耳其古老的"阿斯班度"露天剧场第一次亮相，立即引起轰动。在演出过程中，观众难以控制自己的情绪，掌声淹没了舞蹈的音乐，好在舞者听不见音乐，她们继续舞蹈着。

在雅典表演之后，《千手观音》没有再公开演出，所有演员都全身心地投入到"春晚"的排练当中。邰丽华表示："我们大家憋足了劲，希望能尽心尽力地为全国人民献上一次精彩的表演。我们正式接到剧组的通知是在 20 多天之前，时间很短，为了保持演出状态，每天我们都要早起跑步，很多演员刚从南方回来，在瑟瑟的寒风中脸吹得生疼。除此以外，我们在'春晚'彩排之前，上午和下午还要自己排练。能在春节联欢晚会上演出，代表残疾人为全国电视观众奉献最美的演出是我们的心愿。"

舞蹈《千手观音》共有 21 人表演。"心手相连，我们聋哑人平时通过手语交流，手指灵活，更善于用手来表达感情。《千手观音》通过观音丰富的手姿变幻来诉说内心的语言，特别适合我们聋哑人表演，手语应用在舞蹈之中变为了舞蹈语言，变幻的动作表达了我们的心声，更富有艺术美和感染力。"在听不到音乐的情况下，演出的现场有 4 位艺术团的手语老师分别位于舞台四角用手语指挥她们演出。"虽然我们听不到音乐，但是手语老师就是我们的耳朵，她们随着音乐的节奏用优美的手语传达给我们，在无数次的排练之后，我们对音乐的旋律已经非常熟悉了，音乐已经融入了我们的身体，融入了我们的血液。"

对于自己人生的路，邰丽华很坦然地称："残疾不是缺陷，而是人类多元化的特点；残疾不是不幸，只是不便；残疾人，也有生命的价值。残疾人不仅仅渴望'平等、参与、分享'，还希望以自己的意志和智慧，与大家共创人类美好！"

静寂中的灵动人生 ◎王 嘉

2005年的春节晚会上，舞蹈《千手观音》一夜之间感动了全中国。当神情娴静的邰丽华与20位同样生活在无声世界的伙伴站在舞台上，用千手千眼将爱撒向人间时，人们来不及思量这些身有残疾的少女如何能舞动出那么优美的舞姿，剩下的只是心灵的震撼。读着文中邰丽华的成长经历时，眼前仿佛又出现了她那优美的舞姿，一股感动浸润着我的心田。邰丽华用汗水和努力证明，残疾人也可以用自己的意志和智慧给人们带来至纯至美的艺术享受。

舞蹈艺术是音乐艺术与肢体语言艺术的完美结合，作为一个聋哑人，邰丽华甚至欠缺一名舞者最基本的权利——聆听音律。然而，她却凭借着毅力与意志把上百个节拍牢记于心，演出撼人心魄的舞蹈，她的舞蹈是生命与艺术的完美结合。

从一个连基本功动作都难以达标的小女孩，成长为一位让世界惊叹的舞蹈艺术家，生活在无声世界中的邰丽华比常人付出了百倍、千倍的努力。优美的舞姿并不能掩盖背后无声世界带来的创伤，红肿流血的膝盖、伤痕累累的双腿无不诉说着这位柔弱女子曾走过多少艰辛、多少苦痛。但是正是这样一位聋哑女子，用追逐梦想的精神书写着未来，用精美绝伦的舞姿征服了观众，感动了世界。

一个聋哑人可以用毅力战胜缺陷，可以用舞蹈表现生命的美丽，她是真正的强者！“天行健，君子以自强不息”——这正是邰丽华的精神写照。正如2005年感动中国人物评选的颁奖词所说：“从不幸的谷底到艺术的巅峰，也许你的生命本身就是一次绝美的舞蹈，于无声处，展现生命的蓬勃；在手臂间，勾勒人性的高洁。一个朴素女子为我们呈现华丽的奇迹，心灵的震撼不需要语言，你在我们眼中是最美。”

父亲是个工作狂，他通常每天工作18个小时以上。他认为："睡眠有如药物，一次服用太多，头脑就不清醒。你会浪费时间，活力减少，错过机会。"

父亲爱迪生

[美]查理斯·爱迪生

在美国新泽西州曼罗园的实验室里，我的父亲爱迪生踱来踱去，一缕乱发覆盖着前额，锐利的眼睛，皱了的衣服尽是污痕和被化学品烧破的洞，完全不像一位改革家，他也不充什么派头。有一次一位要人来访，问他是否曾获得许多奖章奖状，他答："唔，有的，家里有两瓶酒，是妈妈奖赏的。""妈妈"是指他的太太，我的母亲。

父亲是个工作狂，他通常每天工作18个小时以上。他认为："睡眠有如药物，一次服用太多，头脑就不清醒。你会浪费时间，活力减少，错过机会。"

有些人问："他从来没有失败过吗？"当然失败过。他时常碰到失败。他的第一件专利品是电动投票记录器，用以对低

级铁矿做磁性的分离。但是后来因为开发了蕴藏量丰富的高级铁矿，这项设计便完全白费了。

但他从不会因恐惧失败而趑趄（zī jū）不前。在从事一系列艰苦的实验期间，他告诉一位气馁的同事说：“我们并未失败。我们现在已晓得有一千种方法是行不通的，有了这些经验，便容易找到行得通的方法。”

他对于金钱得失的态度也是如此。他认为金钱是一种原料，跟金属一样，我们应该加以运用，而不要积聚。

有一天，父亲在观察一部矿石压碎机的效能。他对那部机器的运转情形很不满意，吩咐操作工人说：“把速度加快。”“我不敢。”那工人回答，“再加快速度，机器会坏的。”

父亲转过头去问工头：“艾德，这部机器要多少钱？”“两万五。”“我们银行存款有这么多吧？把速度再加快一级。”

操作工人把动力加大了，然后再度警告说：“机器响声很大，如果爆炸，我们都会没命的！”

“那没关系，”父亲大声喊道，“尽量开动！”

响声越来越大，大家开始往后退避。突然轰隆一声，碎片四射。矿石压碎机垮了。

“怎么样，”工头问父亲，“从这项经验又学到什么？”

父亲微笑着说：“学到我们可以把制造者所定的动力极限提高百分之四十——只要不超过最大极限就行。现在我可以再造一部机器，增加产量。”

我的父亲从小就几乎是个十足的聋子。他只能听到最大的响声和喊声，但是他对这个缺陷并不在意。他说：“从12岁起，我就没听见过鸟叫。但是耳聋对我不但不是障碍，也许反而有益。”他认为耳聋使他提早读书，还能够专心，不必和人闲聊，省下许多时间。

有人问父亲，为什么他不为自己发明助听器，他总是回答说：“你在

过去 24 小时听到的声音，有多少是非听不可的？”然后他又补充说：“一个人如果必须大声喊叫，绝对不会说谎。”

父亲从没退休，也不怕老。在 80 岁高龄，他还开始研究一门以前未曾研究过的学科——植物学，想在当地植物中找出橡胶来源。他和助手们把一万七千万种植物加以试验和分类之后，终于研究出从紫菀科植物中抽取大量胶汁的方法。

到了 84 岁，父亲因患尿毒症危在旦夕。数十位新闻记者前来探访他的病情，整日守候。医生每小时向他们宣布一次消息：“灯火仍然在照耀着。”到 1931 年 10 月 18 日上午是 3 点 24 四分，噩耗终于传来：“灯灭了。”

举行葬礼之日，美国政府为了向他表示哀悼和敬意，本来预备把全国的电切断一分钟，但是考虑到那样做所付代价太大，而且可能产生危险的后果，所以只把一部分灯光熄掉片刻。

进步之轮是片刻不停的。父亲要是泉下有知，一定也同意这样做。

永远不灭的灯 ◎ 张艳霞

爱迪生发明的电灯，照亮了我们的世界，而他的一生，照耀了我们的心灵。

一个人能够永存人们的心间，有时不单是因为他给人们带来了多少物质，或许更是由于他为世人留下的精神财富。不着眼于物质和功名、永无休止地工作、从不惧怕失败、敢于挑战极限，这些都是爱迪生留给后人的美好品格。

爱迪生是一盏永不熄灭的明灯，他对我们的影响与贡献并没随着他的离去而消失或被忽略。我们纪念他，更要学习他，学习他的为人，学习他不朽的精神品格、学习他身上的闪光点，用他身上那道明亮的光为我们引路，就如用他发明的电灯为我们带来光明。

62岁的潘基文在他人眼中是天生的外交官。他英语流利，还通晓德、日、法语。他谈吐温文尔雅，总是避免与人结怨，但熟悉他的韩国外交部发言人则称他为“丝绒手套包着的铁拳”。

潘基文：联合国新当家

沈　林　王轶锋　段聪聪

北京时间2006年10月9日晚，联合国安理会举行会议，15个成员国一致同意向第61届联合国大会提名韩国外交通商部长官潘基文接替安南担任联合国秘书长。由于潘基文是目前的唯一候选人，因此安理会不再采用以投票方式产生提名人的惯例，取而代之的是全体成员国代表以鼓掌的方式表达他们对潘基文的支持。这一提名经联大批准后，潘基文成为联合国历史上的第八位秘书长，也是继缅甸的吴丹之后第二位出自亚洲的联合国秘书长。

当选联合国秘书长，为韩国献上中秋大礼

金秋十月是收获的季节，而今年(即2006年)的十月则让韩国人民收获了双份的喜悦，在韩国传统的重要节日——中秋节到来之际，韩国外交通商部长官潘基文在联合国新秘书长候选人的第四轮意向性投票

中以绝对优势胜出，为韩国人送上了一份中秋大礼，极大地增添了节日的喜庆气氛。

得知投票结果后，整个韩国兴奋不已。韩国前总统卢武铉 10 月 3 日一大早就打来了祝贺电话，而在中秋节当天回乡祭祖的潘基文更是受到了家乡父老的热烈欢迎和祝贺。一向在中秋节期间休刊或减版的韩国报纸也一反常态，纷纷大篇幅地连续报道了潘基文即将当选联合国秘书长的消息和他的生平故事。韩国《东亚日报》在社论中指出："潘基文被内定为第八任联合国秘书长不仅是他个人的荣耀，而且还是韩国的喜事。这件事情向全世界展示了我国的国力，给韩国人民注入了自豪感和自信心。"

曾赢得"英语神童"美誉，被肯尼迪"领进"政坛

对于这位新任联合国秘书长潘基文，许多人知之甚少，而他从一个小公务员走向世界之巅的历程更是勾起了人们的好奇心。

1944 年 6 月 13 日，潘基文出生在韩国忠清北道的一个小镇。早在幼年时代，他就显示出了自己非凡的外语天赋。还在读高一时，他就给同班同学编写了英语教材，赢得了"忠州英语神童"的美誉。

1962 年，美国红十字会举办了"外国学生访美活动"，给了韩国 4 个

名额，当时正在念高二的潘基文在选拔中脱颖而出，而这次美国之行彻底改变了潘基文的人生。他启程赴美前，乡亲们为他举行了隆重的欢送仪式，还特别安排了一群女学生制作了“福袋”让潘基文交给美国人。当时，将福袋送给潘基文的是忠州女高的学生会会长柳淳泽。后来，这名女生 9 年后成了潘基文的妻子。

访美期间，潘基文在美国白宫受到了肯尼迪总统的接见，肯尼迪的潇洒身影给他留下了深刻印象，更令他下定决心投身外交界。从美国回来后，潘基文经常回味与肯尼迪的合影照片，激励自己为实现梦想而努力。

1970 年，潘基文从韩国国立首尔大学外交学专业毕业后，以优异的成绩通过了外务部(现为外交通商部)高级公务员考试。外交官实习结束后，潘基文被分配到韩国驻美大使馆工作。但潘基文却提出到驻印度总领事馆工作。潘基文的弟弟潘基相回忆说：“当时去美国就很难存钱，而到落后国家，只要节约花钱就可以补贴家用，因此哥哥申请去了印度。”

潘基文到印度工作，成了他和韩国驻新德里总领事卢信永相识的契机，卢信永对潘基文的外交官生涯产生了深远的影响。潘基文的英语实力、思维敏捷性、判断力和诚实深得卢信永的喜爱。通过卢信永的提拔、引荐，潘基文在金泳三执政时期可谓平步青云，官居总统府外交安保首席秘书官。但金大中上台后，潘基文的官运大不如前。

2001 年，潘基文遭遇了外交生涯中的最大难关。由于工作失误，韩方在韩俄首脑会谈的协议文件中竟然包括了保留和加强反导条约等内容，而布什政府却主张废除反导条约。此事在韩美间引起了巨大风波，潘基文随即被撤掉。幸运的是，仅仅过了 4 个月，潘基文就走出了事业的低谷，被任命为联合国大会主席秘书室室长兼韩国常驻联合国代表，而这段联合国的工作经历则为他日后竞选联合国秘书长起到很大的帮助作用。2004 年，潘基文通过努力，再次回到了权力中心，出任韩国外交通商

部长官。

62 岁的潘基文在他人眼中是天生的外交官。他英语流利，还通晓德、日、法语。他谈吐温文尔雅，总是避免与人结怨，以至于有人觉得他不够硬，不能胜任秘书长，但潘基文却认为自己是“外柔内刚”，而熟悉他的韩国外交部发言人则称他为“丝绒手套包着的铁拳”。

在担任韩国外长期间，潘基文工作十分勤奋，以至于他的助手每天早上 5 点半就要到他的官邸候命。由于无暇顾及家庭，他曾多次公开表示对自己家人的歉意，“我对自己的家人感到很抱歉，但干好自己的工作是第一位的”。去年，潘基文的长女举行婚礼，但婚礼时间与一个国际会议发生冲突，潘基文只好在短暂的休会期间前往婚礼现场，仪式结束后便匆匆赶回参加会议。

绕道也是前进 ◎ 李林荣

一个人的天赋是不能改变的，但他的学识与魅力主要还是靠后天培养的。潘基文，一位看似发展顺利的人，其实也付出了很大的努力。在中学时代，他就确定了自己的理想，并一直为之奋斗。奋斗的过程是艰苦的，但没有努力的开拓，人生的道路是不可能那么畅顺的。

不是每个理想都可以直接实现的，但迂回观察，更能看清前面的方向。从另一条弯曲的小道攀登，看似离目标越来越远，但经过许多尝试跋涉之后，我们会发现目标就在眼前。其实，潘基文毕业后去印度，而不直接去美国，也是一种很好的绕道方法。只要我们记住自己的理想方向，就算多兜一个圈，也能到达目的地。

遇到人生的障碍，不要气馁。沿着固定的大路不能通行，我们可以寻找另外的途径，即使多花费一些时间、精力，都不要轻易放弃，放弃就意味着永远不能达到理想的彼岸；坚持探索，就算走了许多弯路，也能到达理想的圣地。

我就一定要证明给你们看，证明给所有人看：我天生条件不好，但是我一样可以跳得好！

舞蹈精灵黄豆豆

佚　名

黄豆豆，1977年2月出生于浙江温州。1997年以优异的成绩毕业于北京舞蹈学院。现为上海歌舞团艺术总监、国家一级演员（享受国务院国家特殊津贴）。黄豆豆酷爱舞蹈事业，他的表演风格阳刚洒脱、情意并茂，专家们评价“他的舞蹈技巧和舞蹈表演已达到炉火纯青的境界”，“是近年来中国舞蹈教学最骄傲的产品之一”。

“拔苗助长”

在父母的影响下，黄豆豆自幼学习舞蹈，父母亲也希望黄豆豆能在舞蹈方面有所造化。没想到他在报考舞蹈学校时，三番两次地遭到意外打击。

1987年，年方十岁、憨态可掬的黄豆豆，去北京投考最高舞蹈学府北京舞蹈学院（附中）。然而，命运似乎并不青睐这位未来的舞坛王子。学员的录取条件有一些不能改变的硬性指标，跳舞人的身材比例，

最低标准也要下身比上身至少长十厘米以上。而黄豆豆当时距这个最低标准还短四厘米,所以他根本就没有录取的机会。初考失利返回温州老家后,母亲请教医院的专家,制定了一个为豆豆“下肢加长”的土方法。首先,家里人安好吊环,异想天开地想以此把黄豆豆的腿吊长。如此一来,年少的豆豆每天就有了最痛苦的两件事:一是每天早晨一起来,就开始练习身体的柔韧性。妈妈把豆豆的腿放在小床头柜上,然后用她整个身体压住豆豆的上身,让豆豆的上身弯下去紧挨着他自己的脚,以拉长韧带,豆豆常常练得满头大汗,疼得直哭。练完后,两腿又酸又疼,走在去学校的路上直打晃。二是每天做完作业后,在吃晚饭前,黄豆豆要把双脚倒挂在吊环上做着各种动作,以求用身体的重量来拉长下肢。那时的豆豆人小体弱,每次倒吊着血液就往下流,憋涨着的脸先红后紫,脸上的毛细血管像要爆裂似的。以致豆豆小时候的那段时间,脸上老是像充了血的麻皮一样,同学们都不叫他名字了,而给他起了个绰号叫小麻皮。黄豆豆父母采取的这种拔苗助长的方式,并没有使豆豆的下肢因此而加长。但黄豆豆对舞蹈的执著和热爱,终于感动了前往温州招生的上海舞蹈学校的老师。就这样,身高不足 170 厘米的豆豆,进了上海舞蹈学校当试读生。

求学生涯的苦与泪

来到上海的第一个学期,黄豆豆不仅文化课跟不上,而且他不合比例的体型,也不断遭到同学耻笑,那些身体条件比他好的同学,经常对他冷嘲热讽,这让 15 岁的豆豆第一次尝到了苦闷的滋味。心理上也开始变得复杂敏感起来,常常萌生出很多怪异的想法。而更多的是,他被自己的身体劣势深深地困扰着,也为老师和同学们对他的轻视态度感到烦恼。

15 岁的黄豆豆这时最希望的,就是向父母倾吐自己心中的苦闷,得到父母的劝慰与开导。可他的父母却不敢到上海去看他。因为黄豆豆所住的十个同学一间的宿舍里，只有他是唯一的外地人。这些上海本地的学生，常常为自己是大都市人而看不起来自温州的黄豆豆。更让黄豆豆感到不能容忍的，是他们对黄豆豆的学习落后、身体柔韧性不好、下肢比例短的讽刺和嘲笑。住在这个寝室里，黄豆豆感到非常地压抑和不自在，他怎么能让自己的父母来受这些同学的嘲笑呢？

在上海舞蹈学校试读的一年里，为了弥补身高上的缺陷和柔韧性的不足，黄豆豆用一种近乎疯狂的态度和热情，去学习和练习舞蹈。憋着那股子劲，黄豆豆简直达到了废寝忘食的地步。他把八仙桌搬到练功房把杆旁边，在把杆和八仙桌之间架两根竹竿，上面挂上蚊帐，实在太热了，他又买个小电扇放在帐子里降温。他就这样每天在练功房里练功、跳舞，夜晚在练功房里休息、睡觉。那时，老师也没怎么管他；其他人怎么跳，黄豆豆也不管。他只是忘我地练习着、舞蹈着，自己想怎么跳就怎么跳。他不知道他的那股激情是怎么来的，他一遍一遍地跳，跳得汗流浃背、气喘不止，跳得脚酸腿软、肩麻背痛。他只有一个想法：我既然学了跳舞，既然来到了这里，我就一定要证明给你们看，证明给所有人看：我天生条件不好，但是我一样可以跳得好！

命运的转折点

一年的试读马上就要到期了，虽然黄豆豆的专业课成绩很突出，但由于腿短造成的自卑心理，仍无时无刻地在折磨着他。正当黄豆豆对此感到迷茫时，一次和残疾人演员一起排练演出，让黄豆豆对自己对舞蹈有了一个全新的认识。他开始重新考虑舞蹈对自己的意义，或说是他对舞蹈的态度。他觉得自己对舞蹈的认识有几个阶段。先是无奈被动，自己不想跳，被家人逼着跳；二是被功利驱动，别人看不起我，我一定要去拿奖，我一定要跳得比别人好，让全中国的人都知道有个跳舞的小伙叫黄

豆豆；再接下来是把它作为一种事业，可以为它牺牲一切，拼了命也要做好。从那时起，黄豆豆觉得，他有责任有义务一定要在舞蹈上继续发展，有所前进，有所成就。正因如此，黄豆豆的舞技才一步一个台阶，年年更上一层楼。

奇迹垂青于勤奋 ◎张　婷

黄豆豆，一个年轻俊俏的小伙子，一位为舞魂牵梦绕的舞蹈精灵。在雅典奥运会闭幕式上，他用夸张的勾勒向世界呈现"中国功夫"的短短几分钟画面又一次清晰地浮现在我脑海中，我不禁想起一句话"台上一分钟，台下十年功"。"十年"只是对于一般的舞者来说，可是如果换了是豆豆呢？他会付出以"倍"计的时间。他身上流淌着的，不仅仅是那鲜红如火的血液，更多的是中华民族经过五千年风风雨雨的洗礼后所形成的那一股誓与天公试比高、自强不息、越挫越勇的民族精神。

命运的"插曲"没有使他退缩，生活中的冷嘲热讽也不能令他一蹶不振。

先天的不足可以说明什么呢？难道它真的能决定一个人的命运，能够让我们放弃对理想的追求吗？以前，我会觉得答案是肯定的，因为人本来就是很脆弱的，加之命运的捉弄，岂不雪上加霜？但是，黄豆豆的那一股韧劲却使我动摇了，令我对人生又充满了期待。奇迹还是会诞生在那对命运永不低头的勇者身上。

然而，要得到奇迹的垂青，谈何容易呢？黄豆豆，付出的是血与泪、苦与痛、孤独与无助的代价。我们呢？会畏缩？会放弃？还是我们有些人已经另谋高就了呢？我们总是在怨天尤人，却总不在自身找原因，从自身去改革、去努力。

在艰难和逆境前，可以屈服，但是也可以变得更坚强。改变不了环境，但是可以改变自己；改变不了事实，但是可以改变行动；不能控制他人，但是可以掌握自己。

Part Four

银河灿星

宇宙的灿烂距离我们总是太远，需要我们去仰视。

我们不如化做人间的星星，因为生活需要我们的创造，需要我们的辉煌。

竞争吧！我这个人比较懒，在一个没有竞争的环境中，能量就发挥不出来。当面对重要时刻，我会意识到 this time is serious，感觉到竞争，所以我可以发挥出能量。

搜索人生

——百度总裁李彦宏

刘天时

转向带来飞跃

开门立户前悄悄地考察从 1996 年就开始了，李彦宏利用每年回国的机会，在各地转悠，看高科技公司在做什么，大学里在研究什么，老百姓的电脑在干什么。直到 1999 年国庆，大家的名片上开始印 E-mail 地址了，街上有人穿印着.com 的 T 恤了，李彦宏断定：互联网在中国成熟了，大环境可以了；而李彦宏个人呢，存折上的钱也差不多了——就算是两三年一分钱挣不到，也可以保证全家过正常的生活。所以，他意识到，辞职创业的时机到了。

接着是回美国找钱。本来不爱开车的李彦宏整天开车在旧金山风险投资集中地——沙山路走门串户。最后，李彦宏拿到了有生以来数额最大的一张支票，120 万美金！拿到钱的那一刻，他的心情反而平静了下来，觉得没什么好激动的了。一个动听的故事——“中国市场 + 李彦宏雄厚的技术背景 + 李彦宏愿意放弃优厚待遇创业的决心”，让本来只要求 100 万美金的李彦宏多得了 20 万。

立即买机票，圣诞节之日降落在北京。

然后的开张，没有红绸子也没有红气球，甚至牌子什么时候挂的都模糊不清了——2000 年 1 月 1 日清晨，李彦宏把一个财会人员和五个技术员叫到自己和合作伙伴徐勇合住的北大资源宾馆房间说，我们这就开始了，办公室两条纪律，一是不准吸烟，二是不准养宠物。

说开始就开始了，就在这个三星级宾馆 1414、1417 两个号码并不大被看好的房间。白天办公的地方和晚上睡觉的地方在一个院里。早上爬起来就进办公室，晚上办公室出来回屋就睡觉。

再然后就是网络泡沫破灭后的第一个春天，李彦宏开始找第二笔钱。有压力，但不怕断炊——当初按 6 个月拿到的钱，李彦宏留着心眼儿，按 12 个月来花的。说服投资人比年前要难，但也没多难——老实地讲现状，更老实地预期前景——9 月，1000 万美金顺利到位。

就这样，百度一步步成长起来了。“没有反复、没有动荡”，直到 2003 年年底，李彦宏在北大开讲座，不必再以“在座的谁用过百度”为开场白，在中场，总会有人不断站起来，或者表达钟爱，或者探讨具体的搜索技术。“这时候，我意识到，百度算是基本上成了”。

有知识的人如何发财致富

如果我们从百度创业向前追溯李彦宏本人的成长历程，我们看到的同样是“一步一个脚印”的渐进：实用的理想主义或者理想的实用主义，缜密的自我设计里有对环境的敏感和参照，亦步亦趋里不忘自信自我；而且，在每个阶段，都有充分自学的目的性，“有播种有

收获”。

1987 年，山西小城阳泉，19 岁的李彦宏填报高考志愿。高中时参加全国青少年程序设计大赛的他，毫无疑问地喜爱计算机，但是第一志愿却不是北大计算机系，而是信息管理系，因为他考虑到，将来，计算机肯定应用广泛，单纯地学计算机恐怕不如把计算机和某项应用结合起来有前途。

读北大，他学会了独立思考。1991 年，决定“走出去看世界”的李彦宏如期接到布法罗纽约州立大学的入学通知。

留学读研期间，偶然间，导师的一句话启发了他，“搜索引擎技术是互联网一项最基本的功能，应当有未来”。这时候正是 1992 年，互联网在美国还没有开始普及，但李彦宏已经开始行动——从专攻计算机转回来，开始钻研信息检索技术。从此，他认准了搜索。

然后在松下研究所实习，工业界的鲜活让李彦宏决定放弃攻读博士学位，进入华尔街，开始做金融信息检索技术。他的老板，耶鲁博士从贝尔实验室出来办了公司，再把公司卖给道琼斯。从这里，李彦宏看到，“一个有知识的人如何利用知识发财致富，在花时间读硕士博士当教授之外，另有一条明亮的成功途径”。

接下来，李彦宏意识到华尔街最有前途的是金融家而不是计算机天才，而自己的兴趣和长处只在计算机。于是，他来到硅谷当时最成功的搜索技术公司 Infoseek。在 Infoseek，李彦宏见识到了一个每天支持上千万流量的大型工业界信息系统是怎样工作的，并写成了第二代搜索引擎程序。

李彦宏善于倾听，他详细地了解 Infoseek 成立两年

就红火上市的后面的艰辛，认识到成功之前必须历练的谨慎和勤俭——这，先是被李彦宏写成畅销书《硅谷商战》，然后这个意识又让建立百度初期的他“心满意足”地不租嘉里中心，不坐商务舱，也不住五星酒店。

摆正自己的位置

回忆艰难时期争取投资的技巧，李彦宏认为关键是摆正位置，有自知之明。譬如，IDG 投资百度，投资人最后下决心不是因为李彦宏让他们认识到“搜索在中国巨大的前途”，而是，他们发现这个 30 来岁的年轻人，滔滔不绝地讲的不是自己怎么怎么厉害，而是怎么怎么去找“比自己强”的技术人员、管理人员，怎么怎么组建最好的团队。

这个被人们看好的“创业者难得的心态”，延续到对公司的管理上，李彦宏认为自己的核心概念还是“摆正位置”，“管理者不过是给大家提供一个好的工作环境、氛围，让有才能的人愉快充分地发挥创造潜力”。这种低姿态，具体到公司日常管理中，是细小温暖的体贴。比如，2000 年公司开业，百度的办公室就开始提供免费早餐，虽然不过是白粥、煮鸡蛋，但让早上爬起来就上班的年轻人不至于一个上午饿肚子；搬入理想国际大厦了，不准做饭了，百度在大厅里摆上了咖啡机，开始提供免费咖啡。

对他人，是平实和体谅；对自己，对心中梦想，李彦宏也没什么高调，就是那两个不大新鲜的词儿：专注、坚持——“认准了，就去做，不跟风、不动摇”。

认准了搜索引擎，认准了自己的兴趣所在，认准了前途利益所在。接下来的执行，哪有徘徊迷茫的工夫，“我是个心理素质不错的人，自我调整能力很强，能比较快地走出低潮”。

至于童年、恋爱、孩子和业余生活，李彦宏对外界的表述，也完全没有噱头可抓，稳当、平淡，没有多愁善感可供同情，没有自恋自怜可资观赏。

童年呢，快乐、没压力、没太多束缚的自由成长——却没什么越轨。恋爱，相识 6 个月就结婚，“至今，总体来说很美满”。孩子，只希望她做

个正直的人。业余生活，陪夫人逛店，带女儿爬山、游泳。

最后，对自由、幸福、有价值的人生的定义，“真是没认真想过，都是非常美好的词，值得追求——不过，我每天认认真真地忙忙碌碌，很快乐，很充实”。

生命处处是竞争 ◎ 陈彩声

“竞争吧！我这个人比较懒，在一个没有竞争的环境中，能量就发挥不出来。当面对重要时刻，我会意识到 this time is serious，感觉到竞争，所以我可以发挥出能量。”这就是李彦宏对记者说的话。他从山西一个普通的子弟学校考入山西“高考大户”阳泉一中，再从阳泉一中以优异的成绩考入北京大学，用他的话就是：成功源于竞争。

其实，在这个连秒都嫌过快的信息网络时代里，我们每分每秒都生活在竞争中。从广告上的商业竞争，到国家与国家间的实力竞争；从每一次比赛中的竞争到千军万马过独木桥的升学竞争……有人说，充满竞争的生活使人心力交瘁，活得很累。的确，竞争无疑是痛苦的，但痛苦之中孕育的是新生，因为在你剔除自己劣根的过程中，获得的是对生命更真切、更准确的把握；竞争无疑是孤独的，但孤独中闪烁着美丽，因为你远离那华而不实的喝彩和光环时，你将获得真正清醒的心态和敏锐的洞察力。竞争是一种进步，是为了更好地参与而做的一种“自然选择”。竞争是每个人生命中必修的一门课程。

曾几何时，校园流行这样一首诗：“做不成太阳，就做一颗星星吧！做不成大树，你就做一棵小草吧！”其实这首诗是一剂精神鸦片。你准备做小星星，当然不会爆发光华成为太阳；你准备做小草当然不会长成大树。没有目标的人生是迷茫的，没有竞争的人生是颓废的。非洲有个谚语说得好：“每天早上，一只非洲羚羊醒来，它就知道它必须比跑得最快的非洲狮子还要快，否则，它就会被吃掉；每天早上，一只非洲狮子醒来，它就知道它必须比跑得最慢的羚羊要快，否则它就会饿死。”

如果他不是坚定地走自己的路，也许他的一生都是一个要饭的流浪汉，一个让人怜悯的可怜虫，根本不可能获得皇室的礼遇，成为世人喜爱的喜剧之王。

喜剧之王:查理·卓别林

梁　绯

1900年，人们经常看到一个叫查理·卓别林的黑发小男孩在伦敦各大剧院的后门外等待。他看上去十分饥饿，但那双蓝色的眼睛却透着坚定。他期望在演艺圈找到工作。他能歌善舞，尽管自己的童年痛苦艰辛，他却懂得如何让人欢笑。

他的父亲死于饮酒过量，母亲实际上无法照顾查理和他的异母哥哥锡德，她常常因精神问题不得不被送进医院。

查理找不到工作时就在街上闲逛，到处寻找食物和住所。有时候他会被送到孤儿院，在那儿他又冷又可怜，孩子们犯一丁点错误就会遭到责骂和惩罚。他恨那个地方。

30年后，就是这个查理·卓别林受到了国王般的礼遇，人人都想和他谋面，和他合影的人中甚至还有丘吉尔、爱因斯坦和甘地这样的名人。在耀眼的电影新世界，他几乎成了皇家级的人物——喜剧之王查理·卓别林。

对于自己的成功，他曾写道："你得相信自己，这就是秘诀，即使我在孤儿院或沿路要饭果腹的时候，我都认为自己是世界上最棒的演员。"

任何一个电影院的常客想必都看过几部查理·卓别林的电影，世界各地的观众坐在屏幕上总是笑得泪流满面。他第一次亮相就让人们看好这个和善的小个子——一撮僵硬的小胡子，双目圆睁，头戴黑色圆礼帽，还有那双大得过头的皮鞋。

在卓别林演过的几百部电影里，"流浪汉"是任何人都看得懂的角色。那个可怜的流浪汉处处犯傻出错，总是麻烦不断，可他胸怀远大的理想。他想摆脱残酷的命运，他的疯狂尝试让我们捧腹不止。他总能找到怪招摆脱困境，生活也从未真正将他打垮。从前那个无家可归、挨饿受冻又衣衫褴褛的孩子拒绝绝望，这个流浪汉和他没什么不同，他像那个小孩一样弱小、胆怯和愚蠢，但他从没放弃过。

不懂英语的人也能够欣赏他的电影，因为它们大多都是无声片。让我们发笑的并不是他说的话，他的喜剧效果来自那些细微的一举一动，它们的含义对全世界的人来说都是一样的。

卓别林在影片中时而抬起浓黑的眉毛或者转动那双眼珠，时而抻一抻外套或在空中晃一晃他的文明棍；为了逃避对手，他会躲在肥胖女士的身后或钻到桌子底下；本来想英勇一次，却晕倒在地；他抖掉破衣上的灰尘自豪地出现在盛大的社交场合；他派头十足，俨然一个富有、成功的

重要人物——一个他做不到也永远不可能企及的人物。所有这些都是卓别林获得巨大成功的秘密。

他得到流浪汉这个角色纯属偶然。年轻的他和哥哥随着一小队演员到美国各个城市巡回演出，一家新电影公司邀请他加盟拍喜剧片，他接受了邀请并迅速走红。他很快就为这家公司拍了几十部电影，不过使他一举成名的是第二部影片中他的那身行头——黑色礼帽，紧身外套，肥大的裤子，尺码超大的皮鞋，外加一撮小胡子和一根文明棍。

他的这一形象一炮打响。不过他最初的那些电影都没有多少故事情节，全靠动作取胜，他极其滑稽的神情和举动使观众们捧腹大笑。

30 岁时，卓别林成了世界上最棒、最有名、最受青睐的喜剧演员，他拍一部电影片酬达到数千美元。他组建了自己的电影公司并自己写剧本、拍片子。他所到之处受到夹道欢迎，但他仍然努力工作，也没有什么知心朋友。

也许正因为如此，他的影片中流浪汉的悲哀一面更显突出。那个小人物需要的不仅仅是食物和头顶的屋檐了，他开始需要爱情。

在他最知名的电影《淘金记》中，一个女孩作弄了这个小个儿男人，事后又觉得对不起他，于是对他友善起来，而他却将她的怜悯误当做了爱情。《城市之光》中的女孩是盲女，虽然她看不见他的模样，却认为他是自己遇到的最棒的男人。可是她恢复视力后，看到的他却十分愚蠢。这种悲哀赋予了卓别林的电影一种很深刻的人生意味，没有几个喜剧演员能与之并肩。

卓别林经历了几次婚姻。名利双收的他在爱的愿望满足之时已不再年轻。后来他娶了美国作家尤金·奥尼尔的女儿欧娜，并与之白头到老。

渐渐地，他厌倦了美国——这个他生活了 40 年又功成名就的地方。他偕同妻子和一大家子人去了瑞士。他说自己是个世界公民，不属于任何特定的国家。

在他漫漫人生的最后几年，他重返美国和英国，接受他在电影事业

上的各种荣誉。1977 年圣诞节,这个喜剧之王在瑞士辞世,享年 88 岁。噩耗传来,全世界都为之悲痛。

成功的秘诀就是如此简单 ◎ 杨茂杏

“你得相信自己,这就是秘诀。”喜剧之王查理·卓别林如是说。

我曾经认为成功的秘诀高深莫测,成功也距离自己很遥远。原来成功的秘诀也可以如此简单。也许自己真的很平凡:没有出众的外表,没有殷实的家底,如同大海里的一滴水,沙滩上的一粒沙,走在大街上常常淹没于人海不被人注意。在失落中抱怨上天的天平发生了倾斜,让自己失去了别人的理解和认同。

面对强大的压力和自己内在的倔强,常常找个无人的地方落泪,倾泻内心所有的孤苦、悲伤。然而,骨子里的清高和不安分的灵魂,注定了要陷入难以测量的痛苦里。一点也不亚于古代怀才不遇的才子,独守空房的佳人。因为人们总是在残缺不全的人生中拼命地追求完美。而痛苦的根源常不在过程,而在于不自信带来的自卑——这背后意味着一种恐惧伴随着你的一生,害怕失去你渴求而又难以企及的东西!

卓别林的例子,让人读到了人生的坎坷和背后的辛酸,也让众多的人读出了自信。如果他不是坚定地走自己的路,也许他的一生都是一个要饭的流浪汉,一个让人怜悯的可怜虫,根本不可能获得皇室的礼遇,成为世人喜爱的喜剧之王。

是的,一个人可以很平凡,但绝不能平庸;他可以被困难所阻拦,但绝不能失去挑战的自信。当你一旦确立了目标和方向,就要有“天生我才必有用”的意气和浪漫。成功的秘诀就是这样简单!

在未来的充满艰辛的日子里,面对生命里的坎坷路途,希望一种坚定的信仰伴随着你的一生,长风破浪,愿自信的灯火照亮世间所有苦苦守候的心灵。

当我们在抱怨境遇之不如意时，有没有想过我们缺乏点什么？比如，永恒的信念……我们常常不经意地发现：我们缺少的正是使古人青史留名的东西！

西天在心

——一代高僧唐玄奘

王　族

公元629年，玄奘开始西行。

此前，玄奘曾约几位“同志”合力上书皇帝，陈表西行取经之欲求。当时的唐朝刚立国不久，正忙于平定国内此起彼伏的藩镇封建割据势力，再加上河西走廊当时正处于西突厥的控制之下，故李世民将上书驳回。其他人都知道西行无望，放弃了原来的打算，唯有玄奘仍然矢志不移。

终于，他混在难民中“逃出长安”，向西而去。

至此，我们就完全可以看清，玄奘已经把西行取经当成了一个人的事情。这种选择不光使他要面对艰难的长途跋涉，而且还要背负违抗朝廷之命的罪名。

就在他出长安后不久，朝廷就发出了让沿途县衙捉拿他的命令。

这几年，我去过西安几次，想极力寻找玄奘出发时的资料。我相信玄奘这样一个人是不会因为政治而悄无声息地“逃”出长安。我不喜欢这个逃字，故在上面使用时就已经加了引号。找到几位宗教界的名流，几经交

涉，他们让我看了已经发黄的《大唐大慈恩寺三藏法师传》，就这已经是“再版”好几次的了。

该传卷一记有玄奘“誓游西方”的壮语：昔法显，智严亦一时之士，皆能求法，导利群生，岂使高迹无追，清风绝后，大丈夫会当继之。

由此可见，玄奘要身体力行以此证明“中国的脊梁”精神。

这一去，就是10多年，玄奘硬是用双脚经行5万余里路，历130多个国家。这些数字，是用精神和生命一起完成的，或者说，这些数字是玄奘灵魂的体现。一路上，玄奘“无顾生命”，“冒越宪章，私往天竺，践流沙之漫漫，陟雪岭之巍巍，铁门巉崄之途，热海波涛之路”，有人赞誉他是行走在古代丝绸之路上最伟大的探险家和旅行家。

现在我们能从不少书籍中看到玄奘的画像，他右手执拂尘，左手捏佛珠，背负佛家弟子专用行囊，行囊顶部有一个遮伞，起到挡太阳和避雨的作用，囊顶有一盏小灯，垂落于他头部。自从上路，这盏灯就一直亮着。它的实质作用就是供佛之意，但在多少个黑夜和茫茫大漠中，它又成为玄奘不泯的信念之火。

玄奘走到凉州(今武威)时，见此州“为河西都会，襟带西蕃，葱右诸国，商侣往来，无有停绝”，便停留讲经。此时的玄奘，我想是非常清楚自己的处境的，食粮、道路关卡等等可能时时困扰他，他必须去化缘，去扩大影响，以便能够使自己顺利地走下去。他的讲解，吸引了当地和各“国”的许多人，人们给他布施的珍宝金银堆积如山，送来的马匹数不胜数。而玄奘只接受一半钱财用于燃灯，其他均赠各寺。各“国”听讲者回去后向自己的“君长”大力称扬玄奘，由此为玄奘在以后能够通行打下了基础。

而这时候，朝廷的“通缉令”也正在马不停蹄地向他追来。

终于，在瓜州，“通缉令”追上了玄奘。

瓜州州吏李昌崇信佛教，捉拿玄奘的文书送到他手上时，他陷入了沉思。他悄悄走到玄奘住处，拿出告示问：“师傅您是不是这个人？”玄奘见告示上自己的画像，心头悲酸交加，但他还是临危不惧地说："是我。"接着他又把情况一五一十地给李昌说了，大有一种要杀要捕随你，但我不会改道不前的凛然之气。

李昌深为玄奘的精神所感动，他觉得，像玄奘这样能舍身求法的人实属罕见，便将文书撕毁，让玄奘及早动身出瓜州。写到这里，我放下笔，想象着这位李州吏的面容。在玄奘西行长旅中，他不能算是一位重要人物。他在那一刻所表现出的果断与英明，是常人，尤其是处在他这样的位置上的人难以做到的，在所有有关玄奘的记叙中，只有李州吏是模糊的。但在我看来他对玄奘的帮助却是最大的。要知道此时玄奘尚未出关，他所面临的最大困难，实际上还是朝廷，而就他个人的能力而言，显然是无力与朝廷抗争的。因此可见李州吏对玄奘的帮助有多大。

第二天，玄奘悄悄离开瓜州而去。出瓜州，他驻足回头凝望，身后没有李昌的身影。一股很复杂的东西倏然涌上心头，他不知道，撕毁文书，放走要犯的李州吏该如何向朝廷交代。

在后来的旅途上，胡人石磐陀成为玄奘生命中遭遇的一个重要人物。

石磐陀聪明机智，身体健康，待人恭敬严肃，他发誓要送玄奘过"五烽"。玄奘十分高兴。"五烽"是辅卫玉门关的五座烽火台，担负着守备边关通讯报警的重任。当然，也是"偷渡"最困难的地方。

石磐陀在这时候是一个给玄奘温暖的好人形象，他积极地为玄奘引见一位胡人，求那位胡人指引从敦煌到伊吾的道路，而且说服他把他的马匹"健而知道"的老赤瘦马换给了玄奘。石磐陀很热心地告诉玄奘：西路险恶，沙河阻远，鬼魅热风，无赤瘦马难以通行。

玄奘和石磐陀乘夜出发，三更抵达沙河。玉门关硕大的关隘在夜色中隐约可见。两人在离关十里的地方砍树搭桥，割草填沙，顺利"渡过"沙河。两人非常高兴，便择地休息。

玄奘铺了褥子，躺在沙床上，恍惚入睡。不一会儿，石磐陀持刀向玄奘逼近，行数十步又返回。玄奘眯眼观察，不知他为何起歹心。此时，他

内心难免伤感：就是在修灵魂超生的佛门，人的肉身性命也会时时受到威胁和伤害。

玄奘默诵经课，请求观世音菩萨帮助。

石磐陀折腾一阵睡下了。

天亮时，玄奘非常平静地叫醒石磐陀，取水洗漱，用斋，准备出发。石磐陀终于说出了他的心事：前途险远，又无水草，唯五烽下有水，必须夜里到此偷水而过，但一处被觉，即是死人，不如归还。

玄奘决然不走回头路。

石磐陀暴跳如雷，拔刀逼迫玄奘。玄奘丝毫没有惧色，不看刀刃，只是用双眼盯着石磐陀的眼睛。石磐陀大喊大骂，玄奘不作一语。过了一会儿，石磐陀终于抵挡不住玄奘目光中的威力，扔下刀，独自返回，他走数里又回来对玄奘说："弟子不能随师傅了，家有老小，而王法不敢违犯啊!"

玄奘说："我理解你，你回去吧。阿弥陀佛，善哉善哉!"

石磐陀仍担心玄奘被官吏俘获后自己受牵连。玄奘说："若不至波罗门国，终不东归。纵死中途，非所悔也——纵使切割此身如微尘者，终不相引。"

石磐陀返回，玄奘孑然一身，独自在沙漠摸索前进，那些骸骨和马粪成了他辨认道路的有力依据。其实从石磐陀弃他而去开始，玄奘就获取了走大漠必备的心理，在那样的条件下，信念有时候会直接充当双脚，而少了他人的帮助和干扰，玄奘有可能更好地保持这种心态，走得更坚决一些。

玄奘进入莫贺延碛后，开始了他真正的远征。玄奘一个人牵着那匹马在茫茫的大漠中踽踽而行。

一天，玄奘不慎将水袋打翻，等他扑到水袋跟前，水已经全部在沙子中化为轻烟。没有了水，他万念俱焚——"千里行资，一朝斯罄。"懊悔之中，玄奘准备东返。他知道在没水的情况下再往前走，就是直接走向死亡。他转念又想："我先发愿，若不至天竺，终不东归一步，今何故来？宁可就西而死，岂归东而生!"于是拨转马头，口念观音，继续西行。就这样，在燥热难耐的沙漠中，玄奘走了五天四夜，其间人马皆无滴水沾喉。

第五天，玄奘和那匹马双双跌倒在沙漠中。也许那匹马真“健而知道”，当玄奘半夜被冷风吹醒后，发现它已经站了起来，像是得到了很好的歇息。那匹马凭着本能带着玄奘一直往前走去，天亮的时候，一幅令人叹为观止的奇景在眼前出现了：前面一片绿草地，旁边有一池塘。

玄奘和马得救了。

这个颇为离奇的故事无疑是玄奘西行途中的一个高潮。故事虽然很美，但从中凸现出的玄奘的精神仍不可忽视。我们已经听过不少这样的故事，有一个共同之处是，人只有彻底地把自己投入到孤独无助的环境中，而且还因为人的行为已彻底改变，事情的结局才会发生预想不到的变化。

两天后，玄奘到达伊吾(今哈密)，对玄奘西行早有耳闻的高昌王文泰派人在路口迎接他，热情请他在高昌布道。玄奘在高昌讲经三月。高昌王见他知识渊博，修养颇高，执意请求玄奘留在高昌担任国师。玄奘婉言谢绝，坚持要西行，后又以绝食相抗。玄奘这样做，反而打动了高昌王，他应允放玄奘西行，二人结为兄弟。

高昌王给玄奘赠送了大量物资，又给前方沿途各国写信，请他们沿途提供方便。正因为有了高昌王的帮助，玄奘在后来的行进中畅通无阻。成大事者，都会受到很多人的帮助。在玄奘的生命里，高昌王和那位李州吏，还有那匹马都是很重要的支持。

离别高昌后，玄奘爬冰山、过草原、穿越戈壁沙漠，历尽磨难，最后进入佛国天竺(印度)。

在天竺，玄奘如鱼得水，四处拜师觅经，苦心钻研着佛学理论的精义奥妙。

我们不应该忽略玄奘学成东归时的情景。尽管他此时已经是一个成功者，但他仍像来时一样，低着头上路。也许，来时的经历已经深深地让他明白，走路最重要的还是精神，所以面临着同样充满艰难困苦的东归路时，他仍然沉默把持着内心重要的一些东西。

这时候的玄奘，无疑已经是一位心智和毅力过人的高僧。

东归的路上，他有意识地又选择了一些来时未走的路。这样，归乡的路实际上又变成了一条征途。

一个人在取得成功后，按捺着内心的喜悦，或者丝毫不为这种成功所动，向着更大的目标迈进，这个人的心有多大啊！

公元 645 年，玄奘终于回到了阔别 10 年的长安，他往返之途几乎涵盖了丝绸之路的全部。他带回的佛经许多是当时国内孤本。

玄奘表现出的意志和最终取得的成绩哪个更重要呢？假如他没有西行之举，那些佛经在后来恐怕还是能够传播到中国。但有些事还是需要那样去做的，特殊的时代，就必须要有特殊的行为为它勾勒出面容，而且因为一些人的行为发生他所处的时代，也便为时间打下了烙印。

一步一步，一个人从远处走来，又向远处走去。

路是人的心。

心路漫漫 ◎ 赖东安

“你挑着担，我牵着马，迎来日出，送走晚霞……”每当听到这首有着怀旧色彩的音乐时，常让人想起唐僧骑着马踏着岁月远去的背影……

然而，现实中的玄奘法师的经历却并没非如此，孤身求法的玄奘比《西游记》中前呼后拥的唐僧要苦得多，我也因此更被玄奘的精神所折服。玄奘在孤身走“我”路的时候，也是在演绎着一种信念的人生——对理想至死不渝的追随！

听，那令人震撼的千古遗音——

“昔法显，智严亦一时之士，皆能求法，导利群生，岂使高迹无追，清风绝后，大丈夫会当继之。”他就是这样无怨无悔怀着舍身求法之心上路的。在日后的艰难岁月里，信念始终是他头上的明灯，是他前进的强有力的动力。在身处绝境的时候，他始终都在期待着雨后的彩虹。

是的，是信念在缔造着人类不朽的精神史诗。“文王拘而演《周易》，仲尼厄而作《春秋》，屈原放逐，乃赋《离骚》……”世间所有的羁绊都阻挡不了勇士前行的步伐。违抗朝廷的罪名吓不倒他的决心，官府通缉、河沙阻远乃至九死一生，都无法让他却步，这是如何的执著！

也许有一天，上天也将考验你，他让你面对着那漫无边际的人生沙漠时，你是否还有勇气前行呢？而当我们在抱怨际遇之不如意时，有没有想过我们缺乏点什么？比如，永恒的信念……我们常常不经意地发现：我们缺少的正是使古人青史留名的东西！

路是人的心，心有多大，路有多长！

19世纪有两个奇人，一个是拿破仑，一个是海伦·凯勒。

巨　人

[美]海伦·凯勒

耳聋的孩子如果迫切想用嘴说出那些他从来没有听过的字，想走出那死一般的寂静世界，摆脱那没有爱和温暖、没有虫鸣鸟叫、没有美妙音乐的生活，他就怎么也不会忘记，当他说出第一个字时，那像电流一样通遍全身的惊喜若狂的感觉。只有这样的人才知道，我是怀着多么热切的心情同玩具、石头、树木、鸟儿以及不会讲话的动物说话的；只有这样的人才知道，当妹妹能听懂我的招呼、那些小狗能听从我的命令时，我内心是何等喜悦。

但是，千万不要以为在这短短的时间内，我真的就能说话了。我只是学会了一些说话的基本要领，而且只有富勒小姐和莎莉文老师能够明白我的意思，其他人只能听懂其中很小一部分。在我学会了这些基本语音以后，倘若没有莎莉文老师的天才，以及她坚持不懈的努力，我不可能如此神速地学会自然的言语。

我无法记笔记，因为我的手正忙于听讲。通常是回家后，才把脑子里记得的，赶快记下来。我做练习和每天的短篇作文、评论、小测验、期中考试及期末考试等，都是用打字机完成的。在我开始学习拉丁文韵律时，我自己设计了一套能说明诗的格律和音韵的符号，并详细解释给老师听。

我所学习的各种教材很少是盲文本的，因此，不得不请别人将内容拼写在我手中，于是预习功课的时间也要比别的同学费时得多。有时，一点儿小事都要付出很大的心血，不免急躁起来。一想到我要花费好几个小时才能读几个章节，而别的同学都在外面嬉笑、唱歌、跳舞，更觉得无法忍受。但是不多一会儿我就又振作起精神，把这些愤懑不平一笑置之。因为一个人要得到真才实学，就必须自己去攀登奇山险峰。既然人生的道路上没有任何捷径，我就得走自己的迂回曲折的小路。我滑落过好几次，跌倒，爬不上去，撞着意想不到的障碍就发脾气，接着又制服自己的脾气，然后又向上跋涉。每得到一点进步，便受到了一份鼓舞。我的心越来越热切，奋勇攀登，渐渐看见了更为广阔的世界。每次斗争都是一次胜利，再加一把劲儿，我就能到达璀璨的云端、蓝天的深处——我希望的顶峰。

母亲在世时常说，希望将来年老的时候，不要太麻烦别人，宁可静静地离开这个世界。母亲去世时正住在妹妹那儿，她安详平静地告别人世，没有惊动任何人，事后才被人发现的。我在临上台表演前两小时才听到母亲去世的噩耗，在此之前，我不曾得到母亲生病的任何消息，因此，一点心理准备都没有。

“啊!这种时候，我还要上台表演吗？”我马上联想到自己也要死了。我身上的每一寸肌肉几乎都想痛哭出声。可是，我竟然表现得很坚强，当我在台上表演时，没有一个观众知道我刚听到如此不幸的消息，这点令莎莉文老师和我都感到很安慰。

当天，我还记得，有一位观众问我：“你今年多大岁数了？”

“我到底多大了呢?”我把这问题对自己问了一遍。在我的感觉上，我已经很大了。但我没有正面答复这个问题，只是反问道：“依你看，我多大岁数呢？”

观众席上爆出一阵笑声。

然后又有人问：“你幸福吗？”

我听这个问题，眼泪几乎夺眶而出，可还是强忍住了，尽量平静地回答：“是的!我很幸福，因为我相信上帝。”

最后，我要说，虽然我的眼前是一片黑暗，但因为老师带给我的爱心与希望，使我踏入了思想的光明世界。我的四周也许是一堵堵厚厚的墙，隔绝了我与外界沟通的道路，但在围墙内的世界却种满了美丽的花草树木，我仍然能够欣赏到大自然的神妙。我的住屋虽小，也没有窗户，但同样可以在夜晚欣赏满天闪烁的繁星。

我的身体虽然不自由，但我的心是自由的。且让我的心超脱我的躯体走向人群，沉浸在喜悦中，追求美好的人生吧!

超越了时空的信念 ◎ 郑惠文

海伦·凯勒，一个平凡的名字，却给了我们不平凡的精神力量。因为她的坚强，因为她的高尚人格，使100多年后人们仍然无法忘记她。

海伦一生度过了88个春秋，却熬过了87年无光、无声、无语的孤独岁月。然而，正是这样一个幽闭在盲聋哑世界的人，竟然毕业于哈佛大学。我们很难想象，一个盲聋哑人如何能取得如此巨大的成绩。

海伦并未因自己的不幸而自暴自弃，她以特殊的方式接受知识的熏陶。从拼写单词到阅读文章，再到学会说话，海伦一点一点地用独特的色彩填补自己的人生空白，一步一步地向前迈进着，去拥抱知识的天空，挖掘文学的奥妙。“我认为没有什么比得上用刚刚学会的文字，来表达稍纵即逝的印象和感情更美了，就像变化多端的幻想，去塑造掠过心灵空洞的观念，并且为它涂上多样的色彩。”海伦是这样描述知识给她带来的乐趣的。那是一种真正发自内心的感触，是难以表达的，就像沉睡了很久的种子又得以发芽生长的喜悦。她让我们在跌倒时有了站起来的希望，在困难面前有了去克服的信心，在高峰脚下有了翻越它的勇气。

海伦的坚强使我们感动，她的勇敢给了我们巨大的力量。这与董存瑞舍身炸碉堡，与闻一多的拍案而起是一样的。她能让我们有一种信仰，一种不屈不挠、勇往直前的韧劲，像在波涛汹涌的大海抓住了一块木板。

海伦的乐观同样使我们难忘。她热爱生活，热爱每一个在她生命中出现过的人。当她学会拼写一个单词时，她内心充满了喜悦；当她在大海面前时，虽然只能靠旁人的描述来“看”大海，但她也会欢呼雀跃；当她要离开居住了13年的屋子时，她仍安慰着自己，因为这幢房子会对另一家人有用途。拥有这些对人对事都能宽容理解的性格，尽管海伦身体上有诸多的不便，但她仍活得非常快乐与十分有意义，这给那些总是自怨自艾的人提供了一付很好的药方。

人类的精神往往能超越时空的限制。无论在什么年代，勇气和爱都是我们生存的基础。海伦展现出来的品质、意志、耐力等强烈地震撼着我们，给我们蒙尘的心灵以洗涤。她告诉我们：不仅要做人，更要做有信念的巨人。

QQ对应的文化是亲情、爱情、友情，这些是人类的共同情感，而人类共同情感是产品亘古不变的卖点。

马化腾：腾讯QQ之父

观　澜

1996年夏天，三个以色列年轻人有感于网上沟通不便，就自行设计了一个可以即时找到对方、点对点谈话的小软件。他们决意给这项小发明起个悦耳动听的名字，最后决定称之为ICQ，也就是英文"I seek you"（我在找你）的读音缩写。

在地球的另一端，有一个黄皮肤的年轻人在打ICQ的主意。他被美国《时代周刊》和有线新闻网评为2004年全球最具影响力的25名商界领袖之一，荣膺香港理工大学第四届紫荆花杯杰出企业家奖，捧走了"2004CCTV中国经济年度人物新锐奖"奖杯。在短短几年内，他创建的企业和产品彻底改变了亿万中国人的沟通习惯。他还不到34岁，却坐拥近20亿资产，在中国IT界创造了一个个不朽的神话。他，就是"腾讯QQ"的掌门人——马化腾。

眼光独到，风景这边独好

1993年，22岁的马化腾于深圳大学计算机系毕业。在校时，马化腾的计算机天赋已小有展露，令老师同学们刮目相看。

1997 年，马化腾第一次认识了 ICQ，一见面，便被其无穷的魅力所吸引，就立即注册了一个号。可是使用了一段时间后，他觉得英文界面的 ICQ，在中文用户中想推广开来可不是一件容易的事儿。他想，能不能做一个中文版的 ICQ 呢？

1998 年，马化腾立志创业。同年 11 月，他与大学同学张志东创办“腾讯”，推出中文网络寻呼机。作为中国第一代网民，马化腾清楚地知道，这不过是 ICQ 的模仿之作，还不能成气候，他决定要做属于自己的 OICQ。

当时许多人对网络还不熟悉。就算 IT 界内的同行，也纷纷对 OICQ 这个“小孩玩意儿”嗤之以鼻。他们认为成天摆弄这个，没多大出息，因为靠 OICQ 捞点儿“外快”都十分渺茫，更遑论借其发家致富了。

马化腾却不这么看，“弱水三千，只取一瓢饮”，他认准了 OICQ 这个“旁门左道”。稍懂一点儿营销常识的人都知道，任何产品的成功都离不开“人口 + 需求 + 购买力”的因素，在此基础之上，马化腾又将“满足特定情感”的营销概念移植过来。马化腾发现，几千年的传统文化与风风雨雨，将中国人打造得深沉内向。相比之下，中国人比外国人更缺乏安全感，所以，可能更容易接受文字之间的“神交”。

商道即人道，马化腾看准了 OICQ 在中国的大好前景——终有一日，它会带来继电话、传真之后的另一种通讯革命！此时的马化腾，八匹马也拉不回头了。

马化腾的企鹅宝贝生逢其时。1999 年，互联网在中国全面铺开，OICQ 独特的离线消息功能和服务器端信息保存功能，在实用性上击败了只有本地保存功能的 ICQ。1999 年底，OICQ 的注册用户达到了130 万人。

成功垂青“偏执狂”

“他是一个专注的人。”几乎所有业内伙伴提到这位年轻的老板，都会用“专注”这个词。六年来，马化腾只专注于 QQ，不做其他的项目。就是在创业最困难的时候，也没有放弃。跟其他刚开始创业的互联网公司一样，资金和技术是腾讯最大的障碍。最初公司运作的全部资本就是几个小伙子的所有积蓄，而整个公司仅三个全职员工。为了能赚钱，他们什么业务都接，做网页、做系统集成、做程序设计……简直就像是个杂货铺。据说，当时在深圳，像腾讯这样的公司有上百家，马化腾和张志东最大的期望就是能挺住。

注册用户增加就要不断扩充服务器，而那时一两千元的服务器托管费公司都难以承受。马化腾说：“我们甚至到处去蹭人家的服务器用，最开始只是一台普通 PC 机，放到具有宽带条件的机房里面，然后把程序偷偷放到别人的服务器里面运行。”

预见到 QQ 的大好形势，马化腾想把剩下的路走完。事实再一次验证了马化腾的眼光。1999 年下半年，互联网在全球范围“发烧”。受昔日老友网易总裁丁磊海外融资的启发，马化腾拿着改了六个版本、二十多页的商业计划书开始寻找国外风险投资，最后碰到了 IDG 和盈科数码，他们给了马化腾 220 万美元的投资。

2000 年 4 月，由于 AOL 状告侵权，腾讯被迫更改网站域名，产品也同时更名为腾讯 QQ，并把形象改造成一只胖乎乎、系着红围巾的 Q 版企鹅。此后，腾讯相继推出广告业务、移动 QQ 业务及付费 QQ 会员制。2001 年年底，腾讯实现了 1022 万元人民币的纯利润。2002 年腾讯的净利润是 1.44 亿元；2003 年，腾讯的净利润为 3.38 亿元，比 2002 年又翻了一倍多。

马化腾的金钟罩铁布衫

一方水土养一方人。广东潮州自古“盛产”名商，潮州人被称为“广东犹太人”。

同样来自潮州的马化腾继承了潮州人一向低调务实的传统。采访过马化腾的记者,都觉着他年轻得让人吃惊,给人的第一感觉是一位白面书生,而非呼风唤雨的企业家。马化腾天生就是个实用主义者,理智冷静是他的特质。例如,许多业内的同龄人把开发软件当成了智力“角斗场”,搞软件只是智力竞赛的一种方式,而马化腾则希望自己搞出的东西被更多的人应用,也愿意扮演一个将技术推向市场的小角色。这种理智冷静的天性,也为他本人带来了不菲的收益。其实,早在1994年,马化腾就已经是一个小小的富翁了。他真正意义上的第一桶金来自股市。1994年入市的马化腾在股市上如鱼得水,手头很快就有了百万资金。这也为他独立创业打下了基础。

创业初期,同行业有许多人嘲笑他的“小企鹅”。这些话如风过耳,马化腾并不在意。凭借QQ3.55亿的用户基础,腾讯在中国互联网上呼风唤雨。挟此余威,马化腾杀了个回马枪,正式切入门户网站,一年内就直逼新浪、搜狐、网易等三大门户网站;随手弄了个客户端搜索,已经悄然排到了国内第四。这一连串的举动,令当初对“小企鹅”冷笑不已的人们目不暇接、瞠目结舌。

马化腾每天大部分时间都在互联网犄角旮旯里寻觅商机。一次,他发现韩国有种给虚拟形象穿衣服的服务,于是把它搬到了QQ上。他甚至找来了诺基亚和耐克等国际知名公司,把这些公司最新款产品、服饰放到网上,让用户下载试用、试穿。因为有大量的用户基础,腾讯一文不花就得到了这些公司的产品设计,而用户也乐于让自己站在时尚前列。马化腾向这些大企业摊手要广告费,他们也乐意给。于是,大把的“银子”又源源不断地流入马化腾的腰包。他说,这一业务的增长很快,目前有超过40%的用户,已经尝试过购买。根据估算,如果每个用户愿意花一两元的话,这就是近4亿元的收入。马化腾的独到眼光又一次为腾讯挣到了钱,2004年前三季度,腾讯净盈利达到3.28亿。

文化，产品永远的卖点

截至2007年6月30日，腾讯即时通讯工具QQ的注册用户数已经超过6.471亿，活跃用户数超过2.732亿，QQ个人空间的活跃用户数超过5700万，QQ游戏的同时在线人数突破317万，跃居中国第一大休闲游戏门户网站。

腾讯以小搏大，四两拨千斤，这背后一定有着什么“秘方”。有人不服气地说，马化腾的运气特别好。马化腾的员工说，马总的眼光独到而且运气好；马化腾自己则总结说，腾讯的独门功夫是在产品背后贩卖相应的品牌文化。QQ对应的文化是亲情、爱情、友情，这些是人类的共同情感，而人类共同情感是产品亘古不变的卖点。

取得如此骄人的成绩，马化腾居然说，他最自豪的事情就是收到用户寄过来的喜糖，说是QQ让他们认识并结婚了。说罢，马化腾露出孩子一般的笑容。

积极创造成功的机会 ◎王 嘉

每个人都想成功，每个人都在努力，创业者跃跃欲试，成功者笑傲在赞美声中；然而，任何一个时代的成功者都是少数一些人，成功者的“英雄”更是凤毛麟角。看了马化腾的成功之路，你又从中想到了什么？

其实，机会随时潜伏在我们的身边，能不能成功，关键在于你有没有去寻找、去分析、去发掘、去利用每一个摆在你面前的机会。当你从自身的特点出发，抓住或创造了这些机会的时候，成功也就离你不远了。当然，在通往成功的道路上，还会有很多杂七杂八的事情和人来影响我们的视线，如果我们不能专注于我们的选择，不加分辨就照单全收，那么，原本已紧握在手中的成功的机会也会悄悄溜走。

亲爱的朋友，不要被不重要的人和事来打扰我们，不要在机会的面前犹豫徘徊，因为成功的秘诀就在于用独到的眼光和专注的热情创造机遇，抓住目标毫不放松。

对于音乐的精神与目标在我20岁时就已经定下来了，我希望我老时，还有人在唱我的歌。

D调的华丽

（台湾）周杰伦

谁都希望自己拥有最强的依靠，而音乐，则是我最美丽、也最温柔的武器。

一个人的玩法

如果有了兄弟姐妹，童年就不会无聊了，也不会东想西想，每天可以跟兄弟姐妹一起出去玩儿。小时候大都是跟邻居还有同学一起玩儿，不能说我自闭，但的确自己的空间比较大，这有好处也有坏处。如果有了兄弟姐

妹的话，我想我的人生想法也会跟现在不同。以后结婚，希望也能多生几个小孩，让他们自己玩耍，可以组成一个乐队，有人会打鼓，有人会弹吉他，或组成一支篮球队，毕竟人多总是比较热闹。

我，是被妈妈打大的

小时候调皮的事情太多了，被痛打也是常有的事。以前我曾偷学过妈妈的签名，好偷签联络簿或成绩太低的考卷，有时还会故意用口水把考卷分数弄得模糊一点儿，再跟妈妈说是被雨淋到的，这大概就是我做过的比较离谱的事。

严厉的钢琴老师

我小的时候常被打，小学时考试成绩没到标准就会被打手心。记得有一次还被老师捏耳朵，直到上初中才稍好一点儿，所以小时候被打都已经习惯了。让我印象最深的就是我的钢琴老师，他很严厉，只要一弹错、不专心或是我回家没练琴他都看得出来。我是比较害怕上他的课，但现在想想，若我当时没上他的课，也不会有现在的音乐底子，所以这位钢琴老师对我的人生真的影响蛮大的。

音乐中毒，音乐，是不死的

希望将来能成为一个时代性的音乐人，而非昙花一现。20 年后当我的歌迷已经成为别人的爸妈后，还能很骄傲地对他的小孩子说："当年你老爸的偶像，就是周杰伦。"我觉得时代性对一个音乐人来说很重要，因为音乐是不死的。对于音乐的精神与目标在我 20 岁时就已经定下来了，我希望我老时，还有人在唱我的歌。

我,注定吃音乐这碗饭

音乐对于我已经算是种习惯,每次练琴时,我总觉得我以后一定是个钢琴老师。那时每天都要练两个小时以上的钢琴,我总觉得自己少了跟朋友游戏的时间。学钢琴有利有弊,但对我现在而言是件好事,正因为学了钢琴才让我走上音乐这条路。小时候就认为有多少人想弹钢琴却不能学,而我有这个机会为什么不学。基本上我是个很好胜的人,从小就已经选择了要走音乐这条路。

跟生小孩一样重要的事

好听的歌不见得要深奥,和弦也不见得要变来变去,这就是好音乐。好音乐会一直流传下去,就像现在的经典老歌,还一直有人翻唱。我可以为音乐不谈感情、不吃饭、不打篮球,因为我正在做跟生小孩一样重要的事——写歌!

自由诚可贵,音乐价更高

当艺人受到的限制实在太多了,第一个就是自由,自由应该是每个人都能享受的权利,应该都能掌握在自己手中,但我却不行,这是唯一让我不开心的限制。

你们都得喜欢我的音乐

在荧屏前本来就有人会喜欢你,有人会讨厌你,我不可能做到让所有的人都喜欢我,因为我并不是神,音乐人并不像是在做偶像。很多人可能会对我的态度不以为然，觉得我玩世不恭、太随性，但这样的我，比较像我，比较像一个音乐人。

光环背后，把自己的感情隐藏起来

了解我的人都知道，在不熟的人面前，我不会主动去说话。我妈说，我会把自己的感情隐藏起来。其实，她说得很对。就连演唱会，我妈拿DV 在下面跑来跑去，要我多看镜头，我也总是不好意思往台下看。在最亲的人面前，就是会这样。可能是没办法表达的关系，也可能害羞，我很少让我妈知道——其实她儿子很关心她。就连对歌迷，我心里其实也是很感动，却不知道说什么，只好说非常谢谢你们的参加，我还是唱歌好了。

朋友是要交一辈子的

为了朋友，我可以付出，只要对他们有帮助。如果我的成功可以为朋友带来一些帮助，我是不吝啬地帮忙到底，因为我也是从默默无闻一路走来，才拥有今天这样的成就。对我来说，朋友是要交一辈子的。只要我好，也希望能尽最大的努力帮助他们。

如果可能，想和你打一场

最遥不可及的当然就是和乔丹打球，之前也想和姚明打一场球，如果能得一分的话我就很开心了。其实我现在还是个很平凡的人，只是在音乐上我有一定的自信。除音乐之外就只有篮球了，如果真的没有音乐的话我什么都不会，所以我其实是个蛮普通的人。

妈妈常告诉我要谦虚，但有一次在颁奖典礼上我告诉她：“今天

可不可以纵容我一下，不要谦虚，我想把我的得奖感言好好地大声说出来，因为那样子，比较不做作，比较像我。”当你在高处时谦虚固然很好，但也唯有在高处，你才可以大声说话。不趁现在讲，那还要等到什么时候呢！

学着为别人着想

其实我是个很随性的人，譬如已经决定好某个行程是我非去不可的，可能这时我会选择逃避或躲起来，让公司的人都找不到我。但大部分还是看我当时的心情，当然有时候我也很理性，要为别人着想是我最近学到的观念。有些时候不要太一意孤行，有时候你的一意孤行可能会害到很多人，也连累到很多朋友。

音 乐 随 想

*做给别人看很简单，做给自己看却很难。自己忘记歌词，却还要歌迷背熟，虽然是一种很不成熟的方式，但却很 diao！

*我不是医生，也不是魔术师，但却能让音乐活起来。

*我们要想的是如何把不流行变成流行，一旦流行之后，则开创另一个不流行。

*光线的明暗会影响我写字的速度,但却影响不了我写字的内容。

*有些音乐是用来发泄的,有些是用来耍帅的,有些则是用来教育的,而更多的是用来欣赏的。欣赏的角度有很多种,对我来说却只有一种,那就是要好听,好听的音乐不一定要有人唱,唱得好也不见得好听。

*diao 的音乐人,应该要有一意孤行的态度,不随波逐流的坚持,不走别人走过的路的勇气。因为就算路远了点儿,你还是比其他人都快,也比原来的你快。

*有时只有在对着录音室的麦克风,才会发现原来我并没有因为外在的批评与称赞而失去了自己。

音乐无尽

◎ 张艳霞

周杰伦为音乐而生,他的人生与音乐结下了缘。音乐带给他的,远不止优美旋律的享受,还有无尽的思索。从周杰伦到音乐,再从音乐到周杰伦,两者都有着不一样的风格。而音乐背后的周杰伦多不为人知,他也有着细腻的情感。本文抒写了他对音乐、对一些人和事的感受和体会。

走音乐之路是周杰伦自幼就确立的理想。从字里行间,我们不难看出,他追求音乐、他执著于音乐、他视创作为一种使命,但完成使命的时候他又是快乐着的。音乐给他无限的乐趣,令他完全地陶醉。唯一能带给一个音乐人幸福感的大概就只有音乐了吧。音乐无尽,享受无尽。

不单有音乐的才华,周杰伦的文字里还有着音乐的灵性。细琢他这些话语,我们就会发现,它们同样有着音乐的节拍和丰富的内涵。在音乐道路上寻觅,他多了一份自信、理性和坚持。从中,我们可以了解到他的个性,还有音乐带给他的如此之多的随想。

心态平和的刘德华一直推崇“老二哲学”，“我只是喜欢做第二。做第二很好，前面永远有个目标追，做第一高处不胜寒。无敌也很寂寞。”

刘德华：我只喜欢做第二

易立静

演艺圈里的“刘铁人”

昙花一现的艺人很多，但是像刘德华这样持续走红二十几年的，极其罕见。香港坊间有种说法：你可以不认识特首，但是绝对不可以不认识刘德华。

2004 年拍了 5 部电影，这个数字对刘德华来说是多还是少？“不多。我曾经一年拍过 12 部电影。”勤奋是他二十多年一直走红的最主要原因吗？“勤奋还不够吗？”刘德华反问。

“刘德华可以一天只睡一个小时，而且神采奕奕，甚至没有黑眼圈；但如果他睡觉超过 10 个小时，反而像几天没有睡觉。”刘德华在香港演艺圈里有“刘铁人”的绰号，看来不是浪得虚名。

2001 年、2002 年刘德华以一票之差错失金马大奖，不知有多少人为他鸣不平，2004 年，第三次获得金马奖提名的刘德华终于凭借《无间道Ⅲ》获得了影帝称号。

从 1984 年进入乐坛开始，到 2000 年 4 月，刘德华史无前例地夺得了 292 个乐坛奖项，平均每年拿 18 个奖。

刘德华凭什么红足二十几年？他的 fans 会不假思考地说："勤奋、形象正面、靓仔。"这几年香港娱乐圈的负面新闻接二连三，从数不完的各类案件到多位艺人涉嫌吸毒，这一切都与刘德华不沾边。多年来他一直保持着健康、正面的公众形象，发挥自己的号召力，为社会和弱势群体做善事。

当刘德华以 43 岁"高龄"在港台年轻人最喜欢的偶像调查中击败周杰伦排名第一时，谁还能不对他肃然起敬呢。

张学友在做刘德华演唱会嘉宾时真情流露："其实华仔是我真正的偶像，他是铁人一个，在圈中论工作态度绝对是第一名。我记得年轻时，经常想停下来休息一下，可是望一望前面的刘德华，正在拼命做，打开电视会见到他，去到哪里都会碰到他。今日的后辈要看前辈怎样在圈中立足，必须要先看看华仔。"

在演艺圈里，"赚钱"很容易，"赚口碑"很难；"做戏"很容易，"做人"很难——你要对得起观众，对得起老板，对得起媒体，很多时候甚至要对得起小人。这些，刘德华做到了。

心态平和的刘德华一直推崇"老二哲学"，"我只是喜欢做第二。做第二很好，前面永远有个目标追，做第一高处不胜寒。无敌也很寂寞。"

从跑龙套到大明星

刘德华出生在香港的一个小山村里，按照族谱，他的名字叫"刘福荣"，家里人都叫他"荣仔"。"刘德华"是后来念小学才改的名字。

刚上小学，刘德华全家从村里搬到市区钻石山居住。自那时起，他跟演艺圈结下了不解之缘。父亲在钻石山经营杂货店和冰室，刘德华每天放学回家就往店里钻，帮母亲洗碗，帮父亲送外卖。冰室附近是坚城片

场，每天都有不少红人台前幕后穿梭往来，也有一些二三线演员跑到他们的冰室喝茶聊天，当红的冯宝宝、曹达华、石坚也会打电话到他家叫外卖，冰室的电话一响，刘德华就飞扑过来，拿起话筒，为的是争取送外卖到片场，一睹明星风采。

第一次面对人生抉择，是中五毕业那年。刘德华左手拿着无线艺员训练班的报名表，右手拿着应届高等程度教育课程的报名表，刹那间觉得自己的前程都掌握在自己手中。“我喜欢艺术工作吗？我可以吃苦头吗？我喜欢什么样的人生？平稳安定，还是多姿多彩，充满挑战？我的心做了我的指南针，只有它才最明白我要的方向，它教我最后选择了左手的那张报名表。我把这个决定告诉父亲，他听后皱了皱眉头，沉默了一会儿，最终也点了一下头。”

训练班的竞争很激烈，第三期考试后，两班只剩下 20 人左右。刘德华的成绩一直在班里领先，最棒的是编剧科，每次都拿甲等成绩。

“虽然我的兴趣一直在编剧上，但导师对我的评语是：正面小生人才。实习期间，我跟家辉本着‘拼命三郎’的性格，得到最多的机会实习，通告差不多每天都有，古装时装、正派反派、唱歌跳舞，什么都做，只差没扮过女人！晚上放学后有空当的话，又跑去夜总会给登台的歌星伴舞；华尔兹、恰恰、迪斯科，似懂非懂的全部都用上了，遇上唱古装剧主题曲的，还替人家编舞呢。一天到晚，时间都排得满满的。”艺员培训班的日子在刘德华的眼里闪着七彩的光芒和希望。毕业后刘德华签约无线电视台，但是，一切却并不如他想象的那样顺畅。

“三百六十五个跑龙套的日子。我一直沉住气，没有气馁。我欠缺的只是一个机会。”可是，刘德华看着手上一厚沓“杀手甲、学生乙、商人丙”的通告显示，却还是挡不住失落的感觉。“我还要耐心地等这个机会。等、等、等，每次传呼机一响，就机械地问同样的三个问题：‘几点？什么地方集合？什么戏？’后来连‘什么戏’也懒得问，因为来来去去不外是甲乙丙丁的角色。”林子祥拍了一个《夜来香》的音乐录影带，刘德华在里面做嫖客甲；周润发主演的《鳄鱼潭》需要杀手一名，也是刘德华。

就是因了这些小角色，就是因为跟这些大明星有过合作，刘德华得来了他的第一个主角。制片人说：周润发、林子祥差不多同时在我面前提起你，大家都跟我说，有个小子很不错，叫刘德华，外形讨好，做戏也不差，最重要的是他很拼命，工作态度一流。

刘德华的处女作《投奔怒海》不仅引起了观众的广泛认同，也引起了影评界的极大关注，一时间好评如潮，创下1500万港元的票房收入。这个数目，在20世纪80年代初，几乎是一个天文数字，全香港，只有李小龙、成龙等人，曾经打破过这一纪录。作为片中两个男主角之一，刘德华的名字，一夜间红遍大街小巷。

这一红，就是二十几年。

有人曾调侃过经常和刘德华搭戏的郑秀文，问她在选男人时会不会选刘德华这类型的，郑秀文连连摆手加摇头："啊呀，不要不要，他太完美了！一个男人又帅，又有钱，又体贴，人又好，又努力，还是零绯闻，跟他在一起会有好大压力，太担心那些每天围在他身边的女人了。"

说刘德华完美的人太多，刘德华却很谦虚："其实男人没有完美的，我也有缺点，也会发脾气。其实发脾气是没有任何用处的，不管是在工作中还是在感情上。"

记者访谈录

记者：你从艺员训练班毕业，很快就做男主角，是一些人或者事让自己开窍，还是靠着自己的琢磨？

刘德华：拍电视剧的阶段，无论演任何剧集，我都会做很多研究。即使在《戏班小子》(1982年)中演一个不重要的角色，我都会向原来的老师请教。记得一件事，1984年拍摄《鹿鼎记》，因为当时被雪藏，只能演第二男主角康熙，我也不介意，心想做康熙也有很多发挥空间。我一定要让观

众记住刘德华版的康熙。我就四处查找资料，翻看清史，就连编审老师傅，名字我现在也不记得了，都佩服我的准备工夫，觉得我给剧里的角色赋予了新的生命。

记者：为什么你没有去好莱坞发展？

刘德华：我觉得还没有那个空间，他们只是喜欢我们的市场，而不是真的爱我们的演员。要等到他们爱我们的演员，他觉得刘德华演那个角色非常好，一定要我演才行。我需要的是一个真心去拍我的导演。

记者：你有个外号叫"刘铁人"，1990 年，你接拍了 12 部电影，为什么一年要接拍那么多的戏呢？

刘德华：为什么会接那么多，我也不知道，我觉得我一定要继续在演艺圈活下去，才可以让大家有机会知道我的演技。因为在那个时候，大家当我是个偶像，不会留意我的演技，关注的可能只是我的外形，耍耍帅就可以了。我那个时候知道，如果我想待在演艺圈，就要多接戏，不管怎样，要让大家对我有印象，我要牢牢地绑在大家的心上。但没有一部卖座，就又觉得，我是不是只适合在流氓黑帮的戏路上发展，就又回过头拍这样类型的片子。

记者：这样的生活态度是从小就有的吗？

刘德华：可以这样说，我觉得从小开始，我就已经很忙了，大概六七岁时，就开始早上四点多起来工作了。我们是卖稀饭、卖炒面的，就是人家早上上班之前吃的早点。店里没有水，我们得四点钟起来去拉水，需要很多水，一直工作到中午，然后去上学。我们家还有一个杂货店，放学回来后一直到 10 点钟才可以开始做我的功课，一个半小时做完，12 点钟之前睡觉，睡 4 个小时。

记者：有人说你这一生活得很值，你获得了一般人难以获得的巨大的爱，你给了几代人心灵的愉悦和精神的支持，你怎么来回顾你这二十几年的演艺生涯？

刘德华：这二十几年我觉得过得蛮开心的。从 17 岁到现在，我经历了很多，我看过起起落落，我经历了香港演艺圈最厉害的时候，最低潮的时候。我横跨三个不同的领域，所以我看到的比任何一个艺人都多。这二十几年，我学习到的东西、看到的东西，对我的整个人生来讲，是非常重要的。我不知道往后我还能做多久，但是我已经很享受我的今天，能多演一天，多陪他们一天，已经超过了我想要的东西。

人生就是这样，有很多很多你想象不到的事情。上天是一个非常烂的编剧，他没有原因地写，他喜欢写什么就写什么，他让你走你就得走。我觉得他给我的时候，我要好好地去用，要活得开开心心。

擦亮自己 ◎ 张艳霞

让我们记住刘德华这个人的，除了他的演技，还有他的气质。他能在演艺圈屹立二十多年，得到观众的一致认可，绝不是靠要要帅就可以的。他以坚持的精神谱写了人生最美妙的一曲，用实力演绎了人生最灿烂的一幕。他的形象已经在公众心目中刻下了深深烙印。

态度决定一切。刘德华认真的工作态度无疑是他成功的一个保证。起点虽然低，但即使是跑龙套的工作，他也同样认真对待。如果没有了当初表现出色的小角色，就没有现在的大明星。难能可贵的是，成名之后的他，一如既往地保留着这优秀的一面，使人无不为之起敬。

勤奋和谦虚也是他的优点。自小开始忙碌做事的他，进入演艺圈之后，从没停止他的工作。一直打拼于演艺圈二十多年，他获奖无数，但他始终能保持平和的心态。在大家眼中他是第一，但他却要做第二。这是一种谦虚，更是拼搏的精神促使他不断向前，追赶第一。

刘德华，他不是圣人，但他近乎完美。他始终具备良好的心态和素质。二十多年的风光，源于他二十多年的为人。

一颗星是否能发光，要靠自己来把它擦亮。刘德华以他身上独具的气质，为自己赢来了最耀眼的光环。

在这个世界上再也没有什么真正的“绝境”。无论黑夜多么漫长，朝阳总会冉冉升起，无论风雪怎么肆虐，春风终会缓缓吹来。

一代硬汉海明威

宋　毅　田　杰

1899年7月21日，欧内斯特·海明威出生在世界五大湖之一的密执安湖南岸一个叫橡树园的小镇。

家里一共有6个孩子，海明威是第二个。母亲很有修养，热爱音乐。父亲是一位有名的医生，又是个钓鱼和打猎的能手。海明威3岁时，父亲给他的生日礼物是一根渔竿儿；10岁时，父亲送给他一支一人高的猎枪。父亲的影响使海明威终生对捕鱼和狩猎充满了热爱。海明威29岁时，父亲因为糖尿病和经济困难，用手枪自杀了。

14岁时海明威在父亲支持下报名学习拳击。第一次训练，他的对手是个职业拳击手，海明威被打得满脸鲜血，躺倒在地。可是第二天，海明威裹着纱布还是来了，并且纵身跳上了拳击场。20个月之后，海明威在一次训练中被击中头部，伤了左眼。此后这只眼的视力再也没有恢复。

中学毕业以后，海明威不愿意上大学，渴望赴欧参战。因为视力的缘故未被批准。他离家来到堪萨斯城，在《堪萨斯明星报》做了见习记者。

1918年5月，海明威如愿以偿，加入了美国红十字战地服务队，来到第一次世界大战的意大利战场。7月初的一天夜里，海明威的头部、胸部、上肢、下肢都被炸成重伤，人们把他送进野战医院。海明威的一个膝盖被打碎了，身上中的炮弹片和机枪弹头多达两百三十余块。他一共做了13次手术，换上了一块白金做的膝盖骨。有些弹片没有取出来，到死都仍留在体内。他在医院里躺了三个多月，接受了意大利政府颁发的十字军功勋章和勇敢勋章，这时他刚满19岁。

大战后海明威回到美国，战争除了给他的精神和身体带来痛苦外，没有带来任何值得回忆与高兴的事。旧的希望破灭了，新的理想又没有建立，前途渺茫，思想空虚。

尽管这样，海明威依旧勤奋写作。1919年夏秋，他写了12个短篇，寄给报社被全部退回。母亲警告他：要么找个固定的工作，要么搬出去。海明威从家里搬了出去，因为什么也改变不了他献身于文学事业的决心。他只想做第一流的、最出色的作家。

1920年的整个冬天，他独自坐在打字机前，一天到晚写作。有一次参加朋友们的聚会，海明威结识了一位叫哈德莉的红发女郎。她比海明威大8岁，成了海明威的第一个妻子。这时海明威22岁。

1922年冬天，他赴洛桑参加和平会议时，哈德莉在火车站把他的手提箱丢失了。手提箱里装着他的全部手稿，一个长篇、18个短篇和30首诗。这使海明威痛苦万分却又毫无办法，只能重新开始。

1936年7月西班牙内战爆发。海明威借款4万美元为忠于共和国的部队买救护车。为了还清债务，他作为北美报业联盟的记者到西班牙采访，并拿起武器参加了战斗。西班牙内战以共和军失败而告结束，这让海明威十分难受，他写了他一生中唯一的剧本《第五纵队》，歌颂献身于正义事业的人们。

海明威始终态度鲜明地反对法西斯分子。日本偷袭珍珠港，美国对

日宣战的当天,海明威就参加了海军。他以自己独特的方式参战。他改装了自己的游艇,配备了电台、机枪和几百磅炸药。他的行动计划是,在古巴北部海面搜索德国潜艇;如果发现潜艇,就全速前进,撞击敌船,与之同归于尽。这项计划不但得到了美国驻古巴大使的批准,而且得到美国情报参谋部的赞同。海明威指挥船员在海上追踪德国潜艇近两年,始终没有找到相撞的机会。

1944 年 6 月,海明威随美军在法国诺曼底登陆。他自己率领一支法国游击队深入敌占区侦察, 不断地向作战指挥部提供大量珍贵情报,因此而获得一枚铜质星章。1944 年 3 月,他与第四个、也是最后一个妻子玛丽结婚。玛丽是位记者,她陪伴海明威走完最后的 15 年。她的到来使海明威的生活充满了从未享受过的天伦之乐和人间温暖。

20 世纪 50 年代初,海明威发表了他最优秀的作品《老人与海》。这是世界文学宝库中的珍品,也是他全部创作中的瑰宝。不久,他因此而获得了普利策奖。

海明威怀念非洲和狩猎生活。1954 年 1 月,他又和妻子去非洲打猎。他们乘坐的小型飞机在尼罗河源头附近不幸坠落,俩人都受了伤。人们都认为海明威夫妇遇难了。但 55 岁的海明威并不在意,他们又换乘飞机飞往乌干达首都。飞机只飞了片刻便一头栽到一个种植园里。几秒钟后飞机爆炸,引起大火。海明威拉着玛丽从飞机的残骸和火焰中爬了出来。

玛丽几乎不能动弹了。海明威帮助当地农民扑灭了大火,然后陪玛丽去医院。

玛丽的伤并不重,只是断了两根肋骨。伤势严重的是海明威自己。病历卡上写着长长的一串病名:关节粘连、肾挫伤、肝损伤、脑震荡、二度和三度烧伤、肠道机能紊乱……荣获诺贝尔奖金之后的几年,他没有发表过重要作品。他的健康每况愈下,写作时越来越吃力。他的高血压症、糖尿病、铁质代谢紊乱、皮癌、精神抑郁症等一大串疾病,使他完全丧失了工作能力。1961 年 7 月 2 日清晨,这位身高 6 英尺,体重 220 磅的巨人，把心爱的双筒猎枪放进嘴里，扣动了扳机。

海明威死了，但他塑造的硬汉形象永远活着。

狮子·硬汉 ◎ 吴晓杏

海明威的著作《老人与海》中，有这样一句话："人不是为失败而生的，一个人可以被毁灭，但不能给打败。"小说中的老人圣地亚哥常常冒着烈日出海捕鱼，在连续84天没捕到鱼的情况下，终于钓上了一条大马林鱼，但这鱼实在太大，在海上拖了三天后才把它杀死绑在小船的一边。但在归程中一再遭到鲨鱼的袭击，最后回港时只剩鱼头鱼尾和一条脊骨。但老人依然乐观地生活着。

这是一位勇士，这是一位顽强而执著的老人，他恰好是海明威的真实写照。死神一次次地向他伸手，他勇敢地面对；一次次沉重的打击，他仍顽强、执著地活着。正如他所说："写作，在最成功的时候，是一再孤寂的生涯。"他的一生常常忍受着比一般人更多的痛楚。三次的婚姻失败令他苦不堪言，但他并没有因此而终日消沉，而是化悲愤为力量，更加努力地写作，立志有所作为。战场上那两百多块弹头弹片，也没能把他击倒，直到晚年被病魔无数次地纠缠，始终不愿意成为无能的弱者的他才举枪自杀了。海明威就是一位永远不屈服于命运的硬汉。他又像一头有着旺盛生命力和青春的狮子，一位永不言败的强者！

他是一团火，照亮着人们的心。

他是一簇花，馨香着人们的魂。

他是一股水，荡涤着人们的胸襟。

这个世界上也没有什么真正的"绝境"，无论黑夜多么漫长，朝阳总会冉冉升起，无论风雪怎样肆虐，春风终会缓缓吹来。而对年轻的我们来说，当挫折接连不断，失败如影随形时，当命运之门一扇接一扇地关闭时，我们永远不要怀疑，因为有一扇窗会为你打开。

一个人可以很平凡，但绝不能平庸；

他可以被困难所阻拦，但绝不能失去挑战的自信。

当你一旦确定了目标和方向，就要有“天生我材必有用”的意气和浪漫。

Part Five

剑胆琴心

一个人无论有多大的自信心，有多大的抱负，他真正需要的只是一份无私的勇气，一份真挚的关爱。

伟大的人物之所以伟大，不仅在于他个人的知名度有多高，成就有多高，还在于他对人类的贡献有多大，对世人有何积极向上的影响。

甘为泥土护春花

陈漱渝

只要能培一朵花，就不妨做做会朽的腐草。

——鲁　迅

“世上本没有路，走的人多了，也就成了路。”——每每读起这意味深长的句子，我都会按捺不住地想到他——鲁迅，这位一直激励着我们年青一代向前走的中国文豪。

1925年的一个夏夜在北京，鲁迅端着高脚煤油灯，将五位青年迎进了一间伸手可触房顶的“灰棚”——他的卧室兼工作室。鲁迅亲切地招呼青年们坐下，又拿出一些糖果和小花生款待他们，然后就从一般书店不肯印行青年人的译作引入话题。鲁迅说，他留学日本的时候，经常通过东京神田区的丸善书店购买德文书刊。这家书店起始规模较小，全是几个大学生慢慢经营起来的。青年们感到鲁迅的话是对他们的一种鼓励和启示，便想尝试着自办一个出版社，去印自己的译作。他们似乎看到了一个微茫的希望，平日少有笑影的脸上不禁漾出了笑容。但是，要自印书刊，首先要解决经费问题，估计大约 600 元成本。600 元，对于这些不名一文的青年来说当然不是一个小数目。想到这里，刚才还兴致勃勃的青年们不觉又犯起愁来。鲁迅好像看出了他们的心思。他表示，青年们每人各筹 50 元就行了，其余费用可全部由他垫付。青年们不无遗憾地说："像这种经营规模，一年也不过能出五、六本书罢了。"鲁迅笑着反驳道："十年以后，岂不也就很可观了吗？"就这样，中国现代文学史上一个"实地劳作，不尚叫嚣"的青年文艺社团——未名社就在"老虎尾巴"诞生了。

鲁迅对未名社成员的关怀是无微不至的。社里有一位叫李霁野的，他译完《往星中》后，鲁迅不仅为之校订译稿，而且托画家陶元庆设计这本书的封面，鲁迅还亲自拟了一篇六七百字的内容说明，供陶元庆绘图参考。当李霁野因为没有学费而打算卖掉《黑假面人》的译稿时，鲁迅立即借给他 100 元，让他将译稿留交未名社出版。鲁迅还源源不断地为未名社的刊物供稿，帮助它迅速打开局面。对于未名社出版物的印刷装帧、代销委售等细事，鲁迅也一一注意，亲自指点。当青年人对鲁迅的无私帮助深为感激时，鲁迅恳切而幽默地说，他并非"从井救人"的仁人，对他的帮助不要不安于心。善于感激，当然是一种美德，但如果老记挂着这些小事情，就容易给感情以束缚，使自己不能高飞远走。

1932 年秋天，有一位上海英商汽车公司的售票员在牛毛雨中来到内山书店。忽然，北面书架上一本书脊印着"鲁迅译"三个字的《毁灭》映入了他的眼帘。他立刻从书架上抽下这本书，爱不释手地摩挲着。当他看到封底标明的售价是"一元四角"时，不禁有些发窘了。因为他的口袋里总共只剩下了一块多钱，这是他跟另一位同住的失业工友几天的伙食费。这时，从书店柜台旁边走出一位身穿牙黄羽纱长衫的老人。老人的头发一根根抖擞地直竖着，浓黑的胡须排成了一个隶书的"一"字。这位工人忽然记起在一本杂志上刊登的鲁迅访问记，意识到眼前这位精神矍铄的老人就是《毁灭》的译者鲁迅先生，怦怦直跳的心好像要蹦出胸口。鲁迅看出了这位售票员的心思，又从书架上取另一本定价一块八的书——苏

联绥拉菲摩维奇的小说《铁流》，带着奖励似的微笑慈祥地对他说：“我卖给你，两本，一块钱。”鲁迅接着解释道：“这本书(指《铁流》)本来可以不要钱的，但它是曹先生(指曹靖华)译的，所以收你一块钱成本；我那一本，是送给你的。”售票员抑制不住内心的激动，从里衫的衣袋里掏出那块带着体温的银元，放在鲁迅干瘦的手中，鼻子陡然一酸，几乎掉下泪来。他恭敬地向鲁迅鞠了一躬，把两本书珍重地放进装夹剪、票板的帆布袋，噙着泪花匆匆走出了店门。他对自己说：“鲁迅先生是同我们一起的！”此后，这位青年电车工人跟千千万万革命者一起，投入了“毁灭”旧中国的革命洪流里。

鲁迅的精神 ◎ 何汉红

今天，当我们再次回想鲁迅的时候，脑海中不禁浮现出他那严肃慈祥，写着沧桑与思考的面容。他的眼睛总是那么炯炯有神，散发着异常深邃的光芒，似乎在批评，在指引。他是一位活在时间深度里的伟人。

鲁迅的一生坎坷不平，无论是他的事业、婚姻，还是家庭，都如此。但他依然执著，依然追求，为祖国，为人民，尤其是为我们青年一代。“世上本没有路，走的人多了，也就成了路。”又一次想起这不平凡的句子。鲁迅，他的一生曾指引过多少人走出了多少的路？而他自己，又走出了多少？未名社，电车售票员，还有千千万万不知名的青年，抑或是被他感染，抑或是受他指引，他们都做了，而且都做得很好！

作为一位伟大的人物，之所以伟大，不仅在于他个人的知名度有多高，成就有多高，还在于他对人类的贡献有多大，对世人有何积极向上的影响。在这方面，鲁迅则做得再漂亮不过了。为救治国民，他到日本仙台学医；为改变国民精神，挽救中国，他弃医从文，直至生命的最后一刻。他的许多著作成为中国现代文学史上的不朽杰作，激励着一代又一代的年轻人。他的话，我们记住了，他走过的路，我们将继续走下去。殊不知中国的“活鲁迅”正风起云涌……

“有的人活着，他却死了，有的人死了，他还活着。”这诗句读了一遍又一遍，都不觉其乏味，反而诱发了人们更多的思考与沉思。读着它，想着它，鲁迅，是何其的伟大！他走了，但他仍以敏锐的思想，犀利的目光，时时刻刻警醒着的人们，这无疑是他永远活着的充分理由。他在时光的隧道里穿梭，开凿……

泥土依旧肥沃，春花再度盛开……

昔日少帅麾下的这些军官，用他们已荒疏多年的礼节，迎接自己的统帅。潸然而下的泪水，滴落在老人的西装上。

“永远的校长”张学良

张凤珠

1990年，台湾“党、政、军”各界名流为张学良庆祝90大寿。席间，做过蒋经国时代“行政院长”的孙运璇应邀致辞，他说：“我是以学生的身份，以感恩的心情来拜寿的。早年我就读哈尔滨大学，张学良是校董，他每月为经济困难的同学补助60元生活费，使我们这些人得以完成学业。我代表当年的同学，祝张学良福寿无疆、万事如意！”说完，举着酒杯走向张学良，感激地说：“没有您就没有我！”仰首将酒一饮而尽。

还有一则，是在国外，也是为张学良祝寿。

1991 年，张学良第一次被允许走出台湾去美国。随着 6 月 1 日临近，所有关注张学良的中美人士、东北同乡会、华人社团、东北大学校友会等，都在忙碌着为张学良庆贺 91 岁寿诞。那一晚纽约曼哈顿的万寿宫大厅，灯火辉煌，人声鼎沸，当满面笑容的张学良走进大厅时，顿时掌声雷动。张学良两手高扬，不断地说："谢谢！谢谢大家！"

他刚刚向前走了几步，突然愣住了，在他前方，左右分立着两排老人，见他走近，左边的这排齐声高喊："校长！校长！"接着便是 90 度深鞠躬。待他们抬起头来一个个已是老泪纵横。这都是当年东北大学的学生。张学良嘴唇翕动，想要说什么，却又发不出声。这时右边又响起一声高喊："张副司令到！敬礼！"十几位老人挺直身躯，齐刷刷地将手举向额际。昔日少帅麾下的这些军官，用他们已荒疏多年的礼节，迎接自己的统帅。潸然而下的泪水，滴落在老人的西装上。

张学良久久地凝视着当年的部下，许久才发出一声口令："礼毕！"这一声是那么苍哑，那么衰弱，但是在部下们听来，却胜过雷霆万钧。他们仿佛又回到了沈阳的北大营，十几个人的纵队，代表了几十万东北子弟兵。

大厅里静得出奇，空气中有一种令人激动的庄严。

在场的美国著名记者，曾写下《长征——前所未闻的故事》的索尔兹伯里也深为这场面所感动，对前驻中国大使洛德的夫人包柏漪说："这种荣誉，只有张学良担当得起。"

寂寞英雄路，芬芳万世名 ◎ 潭玉梅

张学良，这位中国现代史上的传奇人物，在他 91 岁的寿诞上，在纽约曼哈顿豪华的万寿大厅内，定格成一幅令人感动的画面。昔日张少帅麾下的军官，用他们荒疏多年的礼节迎接自己的统帅，高喊到："张副司

令到！敬礼！”

美国著名记者索尔兹伯里说：“这种荣誉，只有张学良担当得起。”世上没有无缘无故的恨，更没有无缘无故的爱。这位荣耀千古的民族英雄在担起这份荣耀的背后隐含的就是在他那伟大的人生信仰中所留下的丰功伟绩。

爱国就是他人生信仰的主题。在他接受记者采访时，对我们青年人说出了他的肺腑之言：“希望他们好好地做人做事。我是基督徒，我很希望他们有信仰。个人不要活得飘飘荡荡的，像浮萍一样，总要有个信仰。我并不是说一定要做基督徒，我这个人不是这样想，有个人信仰自己才能定位，尤其是年轻人。”

爱国是张学良人生乐章的主旋律，并为之矢志不渝！历史是容不得虚假的。在民族危亡的时刻，他和杨虎城将军共同发动了“西安事变”，力挽狂澜，但随之而来的却是长达半个世纪“名为将帅，实为囚徒”的生涯！这种代价和付出足以使他荣耀千古，足以使那一排他昔日麾下的军官们为他敬礼，足以让我们每一位后辈为之鞠躬！

更让人敬佩的是，军人出身的张学良，开创了多个中国现代化的第一。他殚精竭虑、呕心沥血，在繁忙的军务下创办了许多实业，为实业捐赠了许多私款。他尤其注重发展教育事业，所以才有东北大学那段辉煌的历史，才有孙运璇那一句简单却分量极重的“没有您就没有我”，才有那十多位90岁老人为他深鞠躬的感人一幕。他是东北大学“永远的校长”。

古人将立德、立功、立言谓之不朽。张学良身上体现的东北汉子的精神，是我们民族精神的脊梁！想起当年横扫千军的东北军和历史的悲凉，历尽沧桑的老人怎能不垂泪？

你必须自己拿主意，你不要因为朋友们的做法而去效仿，不要因为害怕与众不同而随波逐流……你要率众之先，而决不从众。

女中豪杰玛格丽特·撒切尔

[美]吉恩·N.兰德勒姆

玛格丽特·罗伯特斯于1925年10月13日出生在英国伦敦西部的格兰汉姆市一家杂货店主的家中，格兰汉姆也是另一位著名英国人牛顿的家乡。罗伯特斯一家过着简朴的生活：没有花园，没有浴室，也没有室内卫生间。玛格丽特是笃信宗教的父亲阿尔弗雷德和做裁缝的母亲比阿特里丝的第二个女儿。小时候，玛格丽特深受父亲宠爱，他试图通过女儿的卓越成就实现自己的雄心。玛格丽特更像她父亲，而她姐姐梅丽尔（比她大4岁）更像母亲。因而商人兼州议员和兼职卫理公会传教士的阿尔弗雷德宠爱玛格丽特，决心将她塑造成自己理想得以实现的人物，他让她明白她能做到自己所希望的一切，从不以性别因素对她加以约束限制。比阿特丽·罗伯特斯是位家庭主妇，对玛格丽特的培养没起多大作用。

阿尔弗雷德·罗伯特斯没受过什么正规教育，但深谙世事、深明道理，因此玛格丽特对他言听计从。他嗜书如命，不断追求知识，这一品格传导到了女儿身上，他们会一起到图书馆选出两本书看一星期。他努力将她培养成他未曾有过的儿子，塑造成一位“领头而不从众”的女性，他塑造她强烈的工作热情和维多利亚式的整体观。罗伯特斯从不接受“我不能”，“这太难”之类的说法。玛格丽特崇拜他，多年以后还记得他的警告：“你必须自己拿主意，你不要因为朋友们的做法而去效仿，你不要因为害怕与众不同而随波逐流……你要率众之先，而决不从众”。

罗伯特斯教育女儿“与众不同”不是负担而是财富，这是值得赞赏的品格。这种早年的教育成为玛格丽特以后发挥作用的主要因素，她那时面临的是从未曾被女人统治过的男人的世界，她必须在新的“不同的”环境中行事，这是一个女人必须在男人主宰的世界里学会生存的陌生领地。她学习很好，成为如饥似渴的读者，在体育项目中也颇具竞争性。她在格兰汉姆女子学校时的校长说：“在小女孩时，她便口才出众。”她的一位同学说：“她聪明，刻苦，在5岁时便庄重得像个大人。”

玛格丽特5岁学钢琴，9岁赢得诗歌朗诵赛，在赛后校长表扬她：“玛格丽特，你真幸运。”玛格丽特直言不讳：“我不是幸运，我应该赢的。”作为一个好手，玛格丽特是高中辩论队成员，她也是学校里最年轻的曲棍球队队长。据她老朋友玛格丽特·戈德维奇说，她是个好学生，“在很小时候，她便能准确应用词汇”。玛格丽特认为父亲无所不知，10岁时便跟他参加市政会议，从那儿她感受了政治措辞的艺术性，玛格丽特高中时，罗伯特斯当了格兰汉姆市市长，这为她提供了政治领袖神韵的早期培养素质。

玛格丽特是个庄重而宁静孤独的孩子，她从不去看电影、跳舞，因为这些享受在罗伯特斯家庭中是不允许的，这是她父亲教条式的宗教虔诚性所决定的。他在家庭商店的工作也为她提供了基本的经商、经营的知识。她早年努力和坚持不懈的事例，是她必须有四年拉丁语课程知识，才能获得牛津最好的女子学院索姆维尔的奖学金。她将四年课程并在一年学完，获得索姆维尔的半奖资助。在她到了牛津以后，她从不跳舞，仍然过着追求卓越成就的自律简朴的生活，以符合宠爱她的父亲的期望。

撒切尔的勃勃雄心在索姆维尔时便已显露，一位室友说："她精力充沛，6 点半起床学习，天色很晚才回来。"在大学第二年，撒切尔爱上一位伯爵的儿子，但对方的母亲却因她是杂货店主的女儿而拒绝结亲。她在大学唯一参加的课外活动是政治辩论，她还加入牛津大学保守党协会，于 1946 年被选为首位女主席。

1947 年撒切尔获化学学士学位，在一家塑料厂搞研究化学，接着又到伦敦默沃斯 J.P.里昂斯担任雪糕检验员。她是英国历史上第一位接受自然科学正规教育的首相。她的化学工作者的生涯极其短暂，因为她的心思在政治学和法律上，她之所以到里昂斯雪糕厂工作，是为了有机会获得肯特地区达特福德即将新设立的一个政治位置，这在工党势力强大的地区是不太可能成功的，但无所畏惧的撒切尔决不退缩。撒切尔三年里在工业界从事过渡性工作，发挥自己的化学专长，但她一心想获得法学学位。她在 1951 年与丹尼斯·撒切尔结婚，使她有机会进入法律学校，她于 1953 年获得法学学位，随后当了五年律师。

创造命运 ◎黄秋雁

从众心态是人之共性，人云亦云、步人后尘会抹杀人的个性，使许多人渐渐趋于平庸无为。也许这样可以减少自己在前进中承担的风险，毕竟走别人踩出来的路总是更为舒适和安全，但这样的人永远不可能成为走在队伍前列的开拓先锋，也不可能见到最动人的风景，因为"无限风光在险峰"。他们充其量只是一个畏畏缩缩的尾随者和依附者，如同攀附篱架的牵牛，一旦失去支撑便萎靡不振，一点点走向枯萎和死亡。

而撒切尔夫人选择了开创自己的世界，她不愿意做依附大树的盘丝，而努力成为昂首独立的奇株，屹立在男性权贵领地的顶峰。她说："我从不考虑自己的性别，我只知道自己是一个政治家。"因此她放弃了千千万万家庭主妇安逸而枯燥繁琐的生活，以非凡的勇气挑战别人看来险阻重重的政界。

是她，用她创造的传奇告诉我们：只有冲破从众心理、特立独行，才能赢得比普通人更精彩的世界。

这种令人钦佩的力量还来自于她不屈不挠的竞争勇气。撒切尔夫人从英国中低阶层步步为营的登上胜利的高峰，战胜了很多极难战胜的因素：一个出身低微的店主的女儿又没有任何家庭背景支持，在男女地位并不平等的世界奋斗成为英国首相。这其中经历了怎样艰苦的竞争，我们可想而知，但更令人惊叹的是撒切尔夫人坚定的信念和无所畏惧的魄力、胆识。

现在的社会是在白炽化的竞争中向前推进的，竞争是历史的车轮。而一个奋斗者要成功不可回避的便是迎来一次又一次的竞争。勇于竞争善于赢得竞争的人才能体现自身的价值，竞争面前畏缩逃避的人只能被快速发展的形势遗弃。撒切尔夫人以她的经历告诉我，世界上没有不可能的事，除非你缺少坚持的勇气和坚韧的拼劲，最先冲过终点的不一定是最先起跑的人。

是她，还是她，用她创造的传奇告诉我们：人的价值要通过他的事业来体现，而每一个渴望成就事业的人不论性别和地位的高低都应该拥有远大的目标，并勇敢地，永不放弃地追求下去。

在感动之余，我们还要衷心地感谢她——撒切尔夫人向世界证明了只有与众不同才能出类拔萃，只有敢于竞争才能实现目标。她自身的魅力倾倒一代政坛。

战争病魔无所惧，不辞辛苦为国民；打破常规三连任，人民重托系一身；果断厉行兴新风，社会改革载史中。

生命之约

——钢铁总统富兰克林·D.罗斯福

解力夫

1921年8月10日，罗斯福携带全家乘着“维力奥”号从他们的海滨别墅出发了。这是他为了教孩子们航海特意买的一艘单桅小帆船。回家途中，孩子们发现从坎波贝洛旁边的一个小岛上冒出一缕细烟。当大家望去时，烟柱正在散开。“林火！”罗斯福说。“快准备好！”他们随即向林火扑去，手执扫帚、铁铲和船上的坐垫冲向火堆。经过两个多小时的战斗，终于扑灭了火灾。全家人弄得汗流浃背，浑身烟灰。罗斯福热得要命，想跳进水里洗个澡，不料芬迪湾的水冰凉刺骨，寒气似乎一下直钻入他的脏腑。他赶紧上岸，一边喊孩子们，一边跑回家。他觉得两腿的肌肉酸痛，浑身冷得发抖，夜里连续发高烧，体温升到华氏102度，暂时失去了对身体机能的控制。埃莉诺急忙从卢贝克请来了乡村医生贝内特，他断定罗斯福患的是重感冒。可是他的病情急剧恶化，搞得医生也摸不着头脑了。剧烈的疼痛扩散到他的背部和双腿，不久他胸部以下的肌肉都没法动了。

第三天，疼痛和麻木的感觉扩展到罗斯福的肩部、手臂，甚至到了手指。路易斯·豪从缅因州度假胜地请来了费城著名的诊断专家威廉·W.基恩。他开始断定是一种风瘫，后来又说也许是脊髓灰质炎。但如果真是这样，这对一个39岁的人来说是倒霉透顶了。他建议用按摩和精心护理来治疗。有两个可怕的星期，埃莉诺就睡在丈夫房里的帆布床上，不分昼夜地护理他。她给他洗澡，喂他吃饭，还要想法使他打起精神来。而她自己却因大夫们不能确诊出丈夫究竟得的什么病而日益焦急。她唯一能求助的人就是路易斯·豪。豪拒绝了好几个人要他去工作的要求，守在他朋友身旁。埃莉诺说："豪从那个时候起，把整个身心都扑到我丈夫的未来上了。"

日子慢得像蜗牛在爬行。尽管他竭力让自己相信病在好转，但情况却在不断恶化。两条腿完全不顶用了，瘫痪的症状在向上蔓延。他的脖子僵直，双臂也不好了。最糟的是膀胱也暂时失去了控制，一天导尿数次，每次痛苦异常。他的背和腿痛个不停，好像牙痛放射到全身，肌肉像剥去皮肤暴露在外的神经，只要轻轻一碰就痛到无法忍受。

除了身体上的痛苦，罗斯福还经受着精神上的折磨。他从一个有着"光辉前程"的年轻力壮的硬汉子，一下子成了个卧床不起、什么事都需要别人帮助照料的残废人，真是痛苦极了。在他刚得病的几天里，他几乎绝望了，以为"上帝把他抛弃了"。但是，他的奋力向上的精神并没有使他放弃希望。不久，尽管他一直受着痛苦的熬煎，却又以平时那种轻松活泼的态度跟埃莉诺和路易斯开玩笑了。他理智地控制自己，绝不把痛苦、忧愁传染给妻子和孩子们。他不准把他得病的消息传给正在欧洲的妈妈，但他终于让埃莉诺打电话通知他的舅舅弗雷德里克·德拉诺。

罗斯福病倒两个星期后，他的舅舅弗雷德里克按埃莉诺提供的情况，把波士顿小儿麻痹症专家罗伯特·W.洛维特大夫请到坎波贝洛。事实上，洛维特是世界上第一流的脊髓灰质炎专家。大夫检查时脸色阴沉，罗斯福焦虑地注视着他。还没等医生开口,他心里就已经有数了。

“说出来吧。”他说。

“毫无疑问是小儿麻痹症。”大夫宣布说。

罗斯福对这个打击是有思想准备的,他甚至苦笑了一下。

“我原来就这么想。”他说。

大夫的“判决”像一声霹雷把埃莉诺打晕了。“怎么,大夫!他会死吗?”她焦急地问。

“不会的。他的两肺没有受到影响,这确实是奇迹!”

“我就不相信这种“娃娃病”能整倒一个堂堂男子汉,我要战胜它!”罗斯福说。

罗斯福也知道这是说大话,但不停地说大话可以使他比较容易保持勇气。为了不想自己,他拼命地思考问题,回想自己所走过的道路,哪些是对的,哪些是错误的;回想他所接触、认识的各种各样的政治家,有的是令人可敬的导师,有的是卑鄙的政治骗子。有时他也想到人民,想到欧洲饱受战争创伤的人民,想到那些饥寒交迫、朝不保夕的人们。作为一个资产阶级的政治家,到底应当怎样生活,怎样做人。他在思索,他在探求。为了总结经验,他不停地看书。他比较系统地阅读了大量有关美国历史、政治的书籍,还阅读了许多世界名人传记。此外,他还阅读了大量医学书籍,几乎每一本有关小儿麻痹的书他都看了,并和他的大夫们进行了详细的讨论。在这方面,他快成为一个权威了。

在治疗过程中,罗斯福紧密地和大夫配合。他坚毅勇敢,雄心勃勃,每天要按照医生的嘱咐进行艰苦的锻炼。为使两腿伸直,不得不上了石膏。每天罗斯福都好像在中世纪酷刑架上一样,要把两腿关节处的楔子打进去一点,以使肌肉放松些。但是,在这个曾被看成花花公子的人身上蕴藏着极大的勇气。不久,就出现了病情好转的几个迹象。他手臂和背部的肌肉强壮起来,最后终于能坐起来了。

不久,罗斯福又像以前那样生气勃勃,精力充沛了。他虽然身患重疾，前途渺茫，但这并没有动摇他的进取心。他相信这场病过去之后，他定能更加胜任他所要担当的角色。他决不承认永远不能重返政治舞台。

终于，1924年，在双腿必须借助拐杖和轮椅的情况下，罗斯福凭其惊人的毅力重返政坛，向世人展示了他的魅力。

千磨万炼还坚劲 ◎ 陈剑平

身边发生过的类似身残志坚的事例不少，但一个拄着拐杖在政界上叱咤风云的统治者却并不多见。

“千磨万炼还坚劲，任尔东南西北风。”撕心裂肺的病痛只会更加坚定他要战胜病魔的决心。面对下肢瘫痪的厄运，罗斯福一直怀着坚定的信念，以半身不遂的病残之躯，不远万里、远渡重洋，与各国首脑会盟，为世界和平，打败法西斯作出了不可磨灭的贡献。

作为一位政治人物，因身残而面对的困难要比常人多得多。但罗斯福却以常人不可想象的毅力一一将其打倒。是的，坚忍不拔的他怎会遇到挫折就却步？意志坚定的他怎会碰到困难就放弃心中的理想，淹没那颗赤诚之心？下肢瘫痪难行走，总统却是拼搏精神贯穿始终。对于战争病魔无所畏惧，狂风恶浪亦无奈于他。靠着双拐，他亦能“走”遍天下。总统躺在病床上四肢不能动弹时，心里仍在深深怀着人类和平的事业。铲除路上的障碍，填平途中的坎坷，怀着坚定的信念与坚强的意志，向理想的巅峰攀登吧！不要畏惧过程中的艰辛，凭一股热血，潇洒走人生。

于此，你看到了什么？

面对人生道路上的艰难险阻，你有如此巨大的勇气去面对吗？

面对突如其来的厄运，你有着如此乐观的心态去对待吗？

罗斯福总统身上闪耀着的光辉将永远照耀着为崇高理想而奋斗的人们。

贻琦时代离我们并不遥远，在抬头仰望的同时，我们为何不靠近一些，让我们身体也散发出悠然而久远的梅香呢？

清华“永远的校长”

——“寡言君子”梅贻琦

徐百柯

梅贻琦(1889～1962)，字月涵，天津人。第一批庚款留美学生，历任清华学校教员、物理系教授、教务长等职，1931～1948年任清华大学校长，1955年在台湾新竹创建清华大学并任校长，直至逝世。

1931年12月3日，在清华大学校长就职典礼上，梅贻琦留下了中国大学史上最著名的一句话：“所谓大学者，非谓有大楼之谓也，有大师之谓也。”

他本人从来没有被称为“大师”，但在他的任内，却为清华请来了众多的大师，并为后世培养出了众多的大师，他被称为清华“永远的校长”。在遍布世界的清华校友心目中，提到梅贻琦就意味着清华，提到清华也就意味着梅贻琦。

一位清华的老校友在纪念梅贻琦的文章中称：“母校以‘自强不息，厚德载物’八字为校训。历届毕业同学，凡是请梅先生题纪念册的，梅先生辄书此两语为勉。梅先生一生行谊，也正可以这两句来说明。”

《易经》上说：“天行健，君子以自强不息。地势坤，君子以厚德载物。”梅贻琦在世人的心目中，正是这样一位“君子”。

清华早期著名的体育教员马约翰曾经这样评价梅贻琦：“他有他的人格……真君子 Real Gentleman 的精神。梅先生不但是一个真君子，而且是一个中西合璧的真君子，他一切的举措态度，是具备中西方人的优美部分。”

梅贻琦生性不爱说话，被称为“寡言君子”。早在 1909 年考取第一批庚款留美学生时，他那“从容不迫的态度”就给人留下了深刻的印象。在发榜那天，考生们都很活跃，考上的喜形于色，没考上的则面色沮丧。只有瘦高的梅贻琦，始终神色自若，“不慌不忙、不喜不忧地在那里看榜”，让人觉察不出他是否考取——而实际上，在 630 名考生当中，他名列第六。

“一二·九”运动后，清华曾经发生过数千军警闯入学校逮捕学生的事件。事前得知了这个消息，学校的几位领导人在梅贻琦家里商量如何应对。大家说了很多意见，唯有梅校长默然不发一言，最后大家都等他说话，足足有两三分钟，他还是抽着烟一言不发。冯友兰教授问：“校长，你看怎么样？”梅贻琦还是不说话。叶公超教授忍不住了，问道：“校长，您是没有意见而不说话，还是在想着而不说话？”他隔了几秒钟回答：“我在想，现在我们要阻止他们来是不可能的，我们现在只可以想想如何减少他们来了之后的骚动。”

后来，学生们怀疑军警特工手里的名单是校方提供的，所以把教务长架到大礼堂前接受质问，并有学生扬言要打。此时，他们的校长身着一件深灰色长袍，从科学馆方向慢步走来，登上台阶，对着两三百名学生，有半分钟未发一言，然后用平时讲话同样的声调，慢吞吞地说出了五个字：“要打，就打我！”

梅贻琦嗜酒，并且在这一点上也堪称“君子”，以至于被酒友们尊为“酒圣”。考古学大师李济回忆：“我看见他喝醉过，但我没看见他闹过酒。这一点在我所见的当代人中，只有梅月涵先生与蔡孑民(蔡元培)先生才有这种‘不及乱’的记录。”

曾经有一篇纪念他的文章，标题就叫做《清华和酒》。“在清华全校师生员工中，梅先生的酒量可称第一……大家都知道梅先生最使人敬爱的时候，是喝酒的时候，他从来没有拒绝过任何敬酒人的好意，他干杯时那种似苦又喜的面上表情，看到过的人，终身不会忘记。”

1947年，抗战胜利之后清华第一次校庆，在体育馆摆了酒席，由教职员开始，然后1909级，逐级向校长敬酒。梅贻琦总是老老实实地干杯，足足喝了四十多杯。

昔日“梅”香今犹在 ◎ 马冬梅

再走近些这位“寡言君子”，我们得到的就不只是一般的感动了……

世人多曾说：“人皆为金钱利欲的奴隶。”人是否终会被金钱利欲所俘虏？且擦亮眼睛看看梅贻琦先生，答案已昭然。

梅贻琦在祖国大陆和台湾各界都享有盛名，不仅因为他几十年来的从教不辍，更因为他的廉洁奉公。他曾担任清华大学校长达17年之久，保管清华基金，也曾多次担任当时教育部高层领导职务，但谨守准则，处处清廉，紧守着防线，不让自己有一丝一毫的私念。在金钱利欲面前，梅贻琦做到了，他是个坚强不屈的战士；然而，充斥着金钱利欲气味的世界，又有谁能真正做到如此？糖衣炮弹的攻击比坚船利炮来得激烈，有多少人向前者俯首称臣？

再让我们看看这位清华校长，用废纸头起草报告提纲……赵庚扬曾说他“是俭，不是吝，为公家办事是要把钱花得经济、有效、持久，不是舍不得花。因此，是积极的俭。”在全球化的经济社会，奢侈逐渐发展为一种时尚，而且由来已久，是不可阻挡的趋势。五千年的勤俭之邦，熊猫且是国宝，而勤俭这一宝贵的传统却快成了稀世弃品。可悲！可叹！

梅贻琦的时代离我们并不遥远，在抬头仰望的同时，我们为何不靠近一些，让我们身体也散发出悠然而久远的梅香呢？

人类缺少爱心是导致世界贫穷的原因，而贫穷则是我们拒绝跟别人分享的结果。

爱的信仰

——天堂使者特蕾莎

王丽萍

在人人都想致富的今天，人们怎么使用和消费劳动所获的财富，包括奖金，外人当然无权干涉，可是有一种在今天已经很稀缺的东西——被叫做“感动”的，却可以从如何使用奖金上体现出来。不过，最使我感动的是特蕾莎修女对奖金的使用。

1979 年，当诺贝尔奖评委会宣布把当年度的诺贝尔和平奖授予特蕾莎修女时，她似乎感到了某种困惑，因为她从未想到过获奖，而且做梦都没有想到过自己有一天会突然成为富翁——这是一个今天人们梦寐以求的生活理想。由于没有充分的准备，而且似乎自己并不适宜于当一个富人，特蕾莎修女本能地迟疑着，而且想拒绝这个奖项和这一大笔一夜之间就可以让她富起来的奖金。但是，诺贝尔奖评委会的颁奖理由却让她发现了自己应当领这个奖的理由和怎样用这笔巨额奖金的思路。

评委会说，“她(特蕾莎)的事业有一个重要的特点：尊重人的个性。尊重人的天赋价值。那些最孤独的人、处境最悲惨的人，得到了她真诚的关怀和照料。这种情操发自她对人的尊重，完全没有居高施舍的姿态。”

而且,“她个人成功地弥合了富国与穷国之间的鸿沟,她以尊重人类尊严的观念在两者之间建设了一座桥梁。”

于是在挪威奥斯陆那金碧辉煌的市政厅,特蕾莎修女郑重地对全世界说:这项荣誉,我个人不配领受。今天,我来接受这个奖项,是代表世界上的穷人、病人和孤独的人。随后她既对人类这个世界做出了入木三分的剖析,又对自己的行为原则做了诚实的解释:我既不说,也不讲,只是做。

没错,很多人都估计对了,她是要把这笔奖金全部捐赠出来,用到那些穷人、病人和孤独的人身上。但是,特蕾莎修女似乎对此还不满足,而且对金钱还有一丝的“贪婪”。当她知道在颁奖仪式上为全体来宾所准备的国宴需要花费不薄的资金时,不禁黯然神伤,眼角溢出了闪光的东西,那是一种感伤的泪。正如几年前教师节上,当贫穷山区来的教师在北京招待他们的一次高规格宴会上得知这一餐饭的饭费比他们一年的工资(而且常常是无法按时拿到)还高时,不禁当着摄像机泪湿满衣襟。

特蕾莎抹去了眼角的泪,带着深深的不安对诺贝尔奖颁奖仪式的主管者发出真诚的柔弱的但又几乎是难以拒绝的请求:客人们能不能不享用这次盛宴,而把这次国宴的钱连同诺贝尔奖金一起赠给我。因为……因为……吃这餐饭可能是一种浪费。一顿豪华国宴只能供 100 多人享用,而如果把钱交给我们仁爱传教修女会使用的话,却可以让 1500 名印度穷人吃一天饱饭。特蕾莎说这番话的时候带着深深的不安,因为她的请求可能让很多尊贵的客人无法享用这次风光无限的大餐,而且甚为扫兴,那里不仅有法国鹅肝酱、法国牛排、挪威鹿肉等世界名菜,而且还有全球名流、著名学者、头面人物、政要的济济一堂的荣耀与风光。但是,为了穷人,特蕾莎修女豁出去了。

出乎特蕾莎的意料,她的要求并没有得罪当年的高贵客人,反而深深地打动了他们。他们一致同意,取消那一年的国宴,把办理国宴的 6000 美元的餐费统统交给特蕾莎修女。特蕾莎修女遵守了自己的诺言,为穷人和孤独的人领奖，连同这笔国宴费和当年的和平奖奖金 19.2 万美金，一并捐作麻风病防治基金之用。

她和其他修女一起办起了儿童之家，收养从路上拣来的先天残疾的弃婴，把他们抚养成人，告诉他们“你是这个社会重要的一分子”；还有麻风病人康复中心，收治照顾那些甚至被亲人唾弃的人，让他们感到自己“并没有被天主抛弃”；最著名的是她在贫民区创办的临终关怀院，使流落街头的垂死者得以在呵护中度过生命中最后的时光。她说：“这些人像畜生一样活了一辈子，总该让他们最后像个人样。”那些被背进关怀院的可怜人，有的躯体已经被鼠蚁咬得残缺不全，刚入院洗澡时往往用瓦片才能刮去身上的污垢，最后握着修女的手、嘴角带着微笑“踏上天国之路”。一个原本对特蕾莎修女的善行心存疑虑的印度教法师，当看到她一丝不苟地为一个快死的男人清理布满蛆虫的伤口时，惭愧地说：“我在寺庙供奉圣母女神 30 年，今天才看见圣母的真身！”

她所帮助的人从来不上教堂，因为衣衫破烂；不会哭泣，因为没有眼泪可流；从来不祈祷，因为没有用；甚至不会请求，因为一向没有人会理睬他们。但在这位可爱的修女眼中，他们的生命同样应该享有尊严，那是同一个上帝，他们的伤痕就是基督的伤痕。

人类缺少爱心是导致世界贫穷的原因，而贫穷则是我们拒绝跟别人分享的结果。我很喜欢特蕾莎修女的一段话：“如果你做善事，人们说你自私自利，别有用心，不管怎样，总是要做善事。”它说明，一个人可以做自己认为值得做的事，而无需顾忌别人的评价。

特蕾莎修女就是这样做的，她无力改变全世界的黑暗，就努力使身边的地方变得光明。

让爱直达心灵

◎ 黄旭玲　杨燕婷

站在天堂使者特蕾莎的面前，我倍感自己的渺小，更痛心疾首现

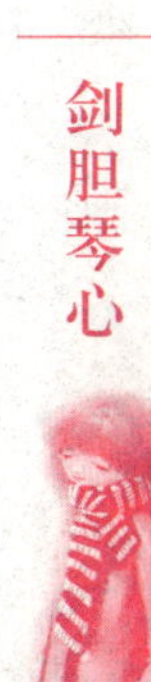

实的冷漠。我们每天从报纸上、杂志上、广播里、电视里看到和听到很多人在受难，我们每天感受到那么多的人在受苦，但是，我们常常无动于衷！

特蕾莎是吝啬的，但只对她自己；特蕾莎是慷慨的，除了对她自己。一生只有两件衬衫，只穿凉鞋，从来舍不得穿袜子。从来没有人能奉献得那么彻底，倾尽所有，竭尽所能，毫无私心。“彻底地奉献，服务穷人中的穷人。”——这是她的格言，也是她一生的写照。作为一名贵族女子，当她感觉到上帝的召唤，让她立志于这一艰辛的工作时，她放弃了优越的生活和温暖的家庭，到最贫穷，最需要她的地方去了。

是什么使一个柔弱的女子产生如此坚毅的斗志？是信仰！坚信活着就是爱！她提醒我们：世界上有那么多的人死于苦难之中，只是因为我们没有伸出援手，将我们可以给出的食物、衣服和爱心带给他们！她更提醒我们：饥饿者需要的不单是食物，受冻者需要的不单是衣服，无家者需要的不单是住房，他们同你我一样，所需要的，还有人与人之间亲切的关系，还有人对人的情谊和关心，还有很少人愿意给予陌生人的爱心！

特蕾莎的仁爱给千千万万的穷苦人带来的，不仅有饮食和被盖，而且有内心的温暖，有做人的尊严，有来自天上的爱！

特蕾莎是幸运的，她没有被批判和嘲笑，而且直到死后都被爱戴和尊敬围绕着。她在有生之年几乎走遍世界，所到之处都受到教皇般的欢迎。她的祖国阿尔巴尼亚和她的第二故乡印度，都为有这样的女儿而感到骄傲。人们传颂着她的名字，人们从她布满皱纹的脸上看见了圣母的光辉，更重要的是，她的事业和信仰的延续使她的生命获得永恒。

她去世后，印度人抬着她的尸体为她送行，两边大楼里的人全下楼，与街边的人一起下跪，没有人敢站得比她高。

有哪一个人死后能够让那么多外国人下跪，只有特蕾莎修女——不，特蕾莎天使！

那方的天空总是很蓝，布满了很多善良；那方的人总是很傻，老想着别人。

善良让她如此美丽

——无声之声袁敬华

韩春丽

12 年前，袁敬华站在自家低矮的房门前，看两个聋哑姐妹往学校方向走去，不久又走回来，如此反复。她尾随而去，发现了真相：钟声响过，别的孩子进了教室，这两姐妹就趴在窗户上往里看，之后便落寞地往回走。原来，学校里不收聋哑孩子。这一发现牵动了袁敬华心底最善良的神经。她呆呆地站在那里，难受一阵紧似一阵。

其时，袁敬华高考落榜，老师同学鼓励她再复读一年，家人已经在县城给她找好了工作。但是两姐妹蹒跚的背影突然占据了她的脑海，无论如何挥之不去。她出人意料地作出了第三种选择：教这对聋哑姐妹读书。

她理所当然地遭到了家人的反对。“这样做，你的前途在哪里？”父母问。

“我不要什么前途，只要她们有书读！”她的态度十分坚决。一边说着，一边在自家厨房里摆上了三只小板凳。13 岁的陈海霞、12 岁的陈海彬聋哑姐妹俩，平生第一次背上书包，欢天喜地来上学了，老师同学各就

各位——如今闻名遐迩的山东省夏津县精华聋儿语训学校就是从这三只小板凳起家的。这是1992年9月。

17岁的姑娘善良又单纯，袁敬华想到自己轻而易举就接受了高中教育，身体健壮，精神健康，花儿一样在阳光下成长，由己及人，她想让聋哑孩子也能嗅到知识的芬芳。帮助残疾儿童是全社会的责任，没人分派，袁敬华就把重担揽到了自己稚嫩的肩上。

善良从眼泪里品出甘甜

办学伊始，袁敬华只用手势跟学生交流，但发现事倍功半。于是，她突发奇想要让她们开口讲话。她从发音入手，先让孩子看她的口型，再让孩子摸她的脖子，再摸她们自己的脖子，感觉发音时声带如何振动。她没有丝毫经验，只能摸索着前进。二十多天过去了，没人开口说话，袁敬华着急，她跑到村子外的土丘上哭了好几次。

"从小这俩孩子就聋了哑了，人家大医院都不能治，你个半大孩子就能行？"父母对此一直充满怀疑。袁敬华没有气馁，继续教她们摸脖子。"我不知道结果会怎样，可我知道不做就注定没指望。"

一个多月后，两姐妹先后都开了口。袁敬华喜出望外。她赶紧把两个孩子领到父母面前，她们拉着两个老人的手，一遍遍喊"爷爷、奶奶"。袁敬华的父母被感动得流泪了。

原先堆满锅灶、柴火的12平方米的厨房，很快被父母清理干净，成了正式的教室。父亲找来一块三合板，她用毛笔蘸着红漆在上面工整地写上：夏津县渡口驿乡三屯村聋哑学校。父母帮她挂到了大门外。

两姐妹的开口，父母的支持，让袁敬华有了底气。

她到附近村里去劝解、说服，又"求"来了五个聋哑孩子。日子在一天天向前推进，孩子也一个接一个地张口说话。越来越多的家长带着孩子来了，如果说最初的30个孩子都是袁敬华"求"来的，第三十个之后则都是自己求上门来的。到1995年，袁家院子里已经有了45个孩子。孩子们要吃要住要学习，发面的盆升级成最大个的瓷盆。袁敬华和她母亲每天要揉五十多斤面粉，蒸一锅锅热腾腾的馒头；床铺也渐渐不够用了，寒冷的夜晚，袁敬华搂着几个孩子睡在塑料布搭成的草棚里，一遍遍给他们盖被子。学生多厨房盛不下了，父母想法又盖了一间小东房。每个孩子一年60元的学杂费常常令袁家捉襟见肘。家中几亩地的收成一年年都贴进了学校。每年年底，袁敬华还要算计着明年得再养几头猪，才能够还上欠债给学生添点新学具。

这个农家妹子不怕吃苦，也舍得吃苦，想想孩子的笑脸，家长的欣喜，不苦哪知什么是甜？

将善良进行到底

虽然父母理解了她的选择，但村里人并不理解。每当她从街上走过，背后都有人指指点点地叫她“哑巴老师”，还说她家里养了一群小哑巴。年少的她忍不下这口气，与他们据理力争：哑巴不是孩子们的错误。再说现在他们已经能说话，即使能说一个字也不叫哑巴。口舌之战尚属小事，最可怕的是到了26岁，还没有人上门为她提亲。

她从事着世上最高尚的事业，得到的却是最卑微的待遇。

很多时候，袁敬华只是需要一句肯定的话语。但突然发现，人们都很吝啬。从1992～1997年六年间，没有任何上一级组织光顾过袁家小院，当然了，袁敬华也就不可能听到什么认可和肯定。不要说这只是一个20岁左右的姑娘，即使再成熟的人也难免委屈彷徨。

在那些漫漫长夜里，袁敬华长时间地看着熟睡中的孩子，心里默念道：“孩子啊，快快开口讲话吧，快快成为健全的人，让老师也挺起脊背直起腰来。”

袁敬华每天都写日记，每篇日记的最后都忘不了写这样一句：“挑战

人生，永不回头！”教室虽小，她也不忘在墙上辟出一块干净地儿，写上“坚持不懈”，每天她都看上几遍。袁敬华从各种角度磨砺自己的意志。

播种善良 ◎董 燕 许晓雯

善良是风，轻拂人的脸；善良是雨，滋润人的心；善良是星，装点宁静夜空。让善良如美酒般缓缓发酵，缓缓飘香。

这里有着一群“特殊”的孩子，因为他们都是聋哑儿童；这里有一位平凡的“老师”，她用自己的善良为孩子们撑起了一片天。请记住她的名字——袁敬华，用善良谱写了一首生命的赞歌。

12年间，她拯救了一批又一批孩子，使聋哑人能开口说话，使盲人重见光明。可谁又能知道这一成绩是多么的来之不易啊！她不仅是孩子们的老师，还是孩子们的妈妈，家里的住房粮食等都免费供应。办学伊始，毫无经验的她只能摸索前进，手把手一遍又一遍地教孩子发音。无法想象的重担压在这稚嫩的肩上，袁敬华只能靠多养猪多种田来还债。辛勤的付出只为了一个心愿——让更多的孩子能走出残缺的世界，融入正常的社会生活中。

没有豪言壮志，没有惊天动地的创举，只是默默地，一个人在这条路上拼搏，前进。

一个平凡的人做出了不平凡的事，12年风风雨雨，她哭过，笑过，徘徊过，迷茫过；4000多个日日夜夜，她都在祈盼，在思索，在奉献。

面对人们的怀疑，她不曾动摇；面对人们的嘲笑，她不曾悲观；面对重重困难，她永不言败。用她的执著，用她的善良，无悔地奉献，无悔地付出，感动着这个世界。就这么一路走来，并将勇敢地走下去。如果说，草的坚强来自于无限谦卑，无限柔韧，那么，袁敬华的坚强则来自于她的善良。

只因一颗善良的心，我们铭记；只因一颗善良的心，我们感动。让善良缓缓地飘散在世界的每一个角落。

承担起历史的责任，才能洗刷我们的良心，才能走向未来……

真正的男子汉

——前联邦德国总理维利·勃兰特

苟　况

1970年12月7日，联邦德国总理维利·勃兰特在波兰首都华沙，于众目睽睽之下，扑通一声下跪，全世界为之哗然。

作为政府首脑的勃兰特为什么下跪呢？是他本人罪孽深重，以下跪来减轻良心上的重负吗？不。二战中，勃兰特是名坚强的反纳粹斗士，被希特勒下令开除了国籍，并到处追捕他，他被迫亡命挪威。战后他返回祖国，作为社会民主党的活动家积极复兴国家。1969年10月，勃兰特以社民党主席的身份当选为联邦德国总理。

勃兰特上台伊始，便着手改善与苏联和东欧各国的关系。1970年12月6日下午，勃兰特飞往华沙，受到官方的正式欢迎。然而，在演奏德国国歌时，波兰人的脸上都流露出强烈激愤的表情，因为他们当中很多人曾长期是希特勒集中营的囚徒。勃兰特知道，第二次世界大战中，波兰600万人民牺牲，损失惨重，仅设在波兰的奥斯威辛集中营，就杀害了近400万犹太妇女儿童和男人……第二天上午的日程安排，是向华沙无名烈士墓和华沙犹太人街区殉难者纪念碑献花圈。站在这片还残存着战争

创伤的土地上，作为一个曾经屠杀了 600 万犹太人的国家的代表，面对着周围眼中饱含愤怒的大屠杀的幸存者们，这位德国总理无言以对。于是，出乎所有人的意料，在电视摄像机前和无数记者的闪光灯下，他默默地屈身，面色凝重，低垂着头，双膝跪倒在犹太人死难者纪念碑前！全部在场的人大为震惊，东道国代表团瞠目结舌，不知所措。这个举动绝不在计划日程之内，勃兰特事先未同任何人商量，就跪下了。这一刻，在 20 世纪世界外交史册中永恒定格。

当天，东西方都掀起轩然大波，评论四起。联邦德国国内也出现了恶意的评论，认为勃兰特此举有辱国格人格。勃兰特很坦然，他并不感到羞耻。他认为："谁愿意理解我，他就能理解我。在德国和世界其他地方，很多人是会理解我的。"一位记者深情地写道："于是，不必这样做的他，替所有必须这样做而没有下跪的人跪下了。"当时，波兰东道主们感到极大的震动和惊讶，许多波兰人为勃兰特的举动感动得落泪。勃兰特圆满地完成了他的使命，回国了。

三年后，当勃兰特接受意大利著名女记者奥莉亚娜·法拉奇的采访时，回忆起这段往事，他平静地说："那天早晨醒来时有一种奇怪的感觉，觉得我不能仅限于献一个花圈。我本能地预感到将会有意外的事情发生，尽管当时我还不知道是什么事情……后来，我突然感到有必要下跪。"勃兰特解释，他的下跪之举"不仅是对波兰人，实际上首先是对本国人民"，因为"太多的人需要排除孤独感，需要共同承担这个重责……承认我们的责任不仅有助于洗刷我们的良心，而且有助于大家生活在一起。犹太人、波兰人、德国人，我们应该生活在一起。"1971 年 10 月，诺贝尔奖委员会一致提名通过，授予勃兰特 1971 年度诺贝尔和平奖。当晚，德国青年举起火炬，络绎不绝地来到勃兰特的寓所，向他表示"衷心的祝贺"。

1992 年 10 月，勃兰特因患癌症以 78 岁的高龄逝世。

30 多年后，德国的新一代领导人沿着维利·勃兰特的足迹又踏上了这块土地：德国统一后的第二位联邦总理施罗德在对波兰进行短暂访问期间，再次来到他的前辈曾经真诚下跪的纪念碑前，郑重地献上了一个花圈。随后，施罗德为安放在犹太人死难者纪念碑附近的维利·勃兰特纪念碑揭了幕。施罗德说，勃兰特以一种特殊的姿态表明，只有承担起历史责任，才能走向未来。阳光下，纪念碑浮雕上这位领导人下跪的侧影显得凝重而神圣。

伟大的人格来自真诚的反省 ◎ 赖聪健

乌江亭中，伫立着一个身影，正一边出神地凝视着眼前不竭的江涛，一边用那充满睿智的嗓音轻吟着："胜败兵家事不期，包羞忍辱是男儿……"小杜认为，"能屈能伸"是真正的男子汉必需的品质。

著名乡村歌手鲍勃·迪伦在他的一首歌中唱道："How many road must a man walk down, before we call him a man？"（一个男人要走过多少路才能被称为男子汉呢？）言下之意，真正的男子汉应该"行万里路"。

有人坚持，真正的男子汉应该经天纬地，运筹帷幄；有人觉得，真正的男子汉要"我自横刀向天笑，去留肝胆两昆仑"，勇敢无畏，视死如归。

我不反对以上的说法，不过，我却更欣赏勃兰特式的男子气概。如果说前面所列举的是像太阳、像烈火一般雄壮的男子气概，那么，勃兰特式的男子气概则如皓月如繁星，轻轻地闪耀着人性的光辉。

无论从个人境遇还是政党历史来看，勃兰特似乎都用不着下跪忏悔。因为他是纳粹的受害者，而他的社会民主党在二战期间又是纳粹压制和迫害的重点对象，国会纵火案便是个明证。按理来说，他完全可以把所有罪恶都推到纳粹或其他在二战中得意的政党及其继任者头上，强调自己和社民党都是受害者。类似情形在我们周围经常能够看到。他甚至深知纳粹的滔天罪恶令世人对德国人另眼相看甚至冷眼相看恶言相向，他也深知饱受法西斯蹂躏的波兰人很可能以一声冷枪迎接他的到访。但他义无反顾，因为他深知：必须有人代表德国向世界谢罪，而自己既然是一个曾经对全世界、对犹太民族犯过罪的民族的现任合法政府的首脑，是这个政府的继承者，就应当为其过去所犯的罪过表示真诚的忏悔。"于是，不必这

样做的他，替所有必须这样做而没有下跪的人跪下了。”这是一种真诚的忏悔，犹太人、波兰人民、世界人民都接受了这种真诚的道歉。

二战的战败国对于战争反省的态度差别很大。德意志民族是深刻反省的典型，他们不仅认真地向被侵略的国家和民族道歉，也向受迫害的犹太人悔罪，因而赢得了世人的普遍尊重。

我不禁想到，他的下跪所代表的不仅有德国纳粹，还包括至今仍未能反思历史，正视错误甚至美化侵略的日本吧。

写到此，我的眼前仿佛出现这样一幅图景：在萧瑟的风中，在众人的目光里，勃兰特跪在那里，潸然泪下，为多少无辜的生灵，也为自己民族在过去所犯的罪孽。他是跪着的，但无须用仰拍的镜头，都能体现出他的伟岸高大。

维利·勃兰特——一个精神上的巨人，一个真正的男子汉，一个永驻世人心中的丰碑。

整整耗费了他八年的时间！其中的艰辛，恐怕只有他自己才能体会得到。这些证据所包含着的，远不止是受害者的血泪控诉。

用正义解读历史

——铁臂律师苏向祥

元　昕

历史，不是枯燥无味的文字。

解读历史,需要的是责任感和正义感,而不是冷眼旁观之态。

——题记

中国人战争受害索赔要求日本律师团是一个有 300 多人的民间组织,而苏向祥身后,只有那些需要他陆续寻找的受害人。

整整八年,他开始漫长而又孤独的调查取证……

对于调查取证,他不主张用“艰苦卓绝”这个词,“有什么苦的?我就是干这个的,不管遇到什么困难都是我们的工作不到位!”

他手里拿着一张当年日军化学武器及炮弹的分布图,按图逐一“排查”寻访。那么大范围的分布,他一个人,逐一走过——他要用正义的履痕,让那些罪恶的足印一寸寸彰显!八年来,他共搜集证据 1000 余份。就是那些受害者,使苏向祥一次次震动,又在一次次震动后充满力量。每见一个人,他几乎都掏空口袋,然后身无分文回家。他深知,坚持下去,是他能给他们的最好馈赠。

他把自己的生活安排得很好:调查之余,代理正常的案子,赚钱糊口。在调查费用报销到两万元时,他做出了一个不算小的决定:放弃报销,全部自费!在做出这个决定时,他并不知道明天的早餐在哪里。尾山洪先生对他的决定很是惊讶,但听完解释之后,竖起了大拇指……

截至现在,这一决定直接导致他个人已经为此付出了 30 余万元。

“如果我有这 30 万,我现在应该是个挺有钱的人了。”他告诉记者。

“后悔吗?”

“后悔?”他又瞪起了眼睛,挺直了身子,用一种不可辩驳的语气说,“后悔什么呀?这多有意义!”

2001 年 12 月 12 日,苏向祥第二次赴日,以一个证人的身份出庭作证。这一次,他带去了从千余份证据中筛选出的 103 份证据。三个半小时的当庭陈述后,在类似案件中从未发问过的日本法官,竟破天荒地询问起他来:受害人收入多少?被何种化学武器加害?受伤程度如何……日本

法官的举动令他和日方律师都深受鼓舞。但是，苏向祥心里明白，即便独立的日本法官，也向来追随政府的态度。对于胜诉，他一直持谨慎的保守态度——他早已不是当年那个“勇气可嘉”的小律师。多年走下来，他和合作方已有更深的谋略：以哪怕杯水车薪之举，敦促日本政府立遗留化学武器之法，为中日双方的受害人，赢得彻底的权利！就这件事而言，胜诉败诉，对他来说已超越了一个律师的视野。站在民族主义的基石上，他看到的是更深远更通透的和平。

2002 年 3 月，他陪同受害人代表出庭。这一次出庭与以往不同的是，终于有人代表日本政府坐在了被告席上。

八年来，这是真正意义上的“面对面控诉”！从头至尾，几位日本官员都是弓背低首，苏向祥“练习”了很久的“冷冷的目光”始终没有人敢抬头领受。

他收集的最“残酷”证据是受害人肖庆武女儿的照片。因与父亲同一个脚盆洗脚，肖庆武女儿被感染，以致全身溃烂，红肿，干裂，整个人形如一只龟裂的纸灯笼。她的照片被苏向祥作为重要证据呈堂！

也就是在这一次，他尝到了八年来最彻底最冰冷的孤独——开庭时，整个法庭之上，除了他和受害人代表以及一个中方翻译，旁听席上竟没有一个中国人！

那天晚上，深夜里的东京都霓虹绚烂，他一个人在异乡的喧嚣中独自行走，没有故知，没有乡音。他故意把自己走丢了，不知道身在何处，知道了又怎样呢？冷漠，足以粉碎一切激情与真诚……

铁肩担道义 ◎ 杨永聪

凭着七尺之躯，义无反顾地背负起沉重的历史公道，谁都知道这很不简单。

靠着绵薄之力,无所畏惧地与日本政府较劲,没有人认为这样做容易。

“明知山有虎,偏向虎山行”。苏向祥,一位年轻的律师,侵华日军遗留化学武器诉讼案的中方代理人,以他那强烈的历史责任感,以他那火热的正义之心,主动挑起了这无比沉重的担子——为受害者讨回公道,把真相钉入历史!

要打官司,调查取证自然是必不可少的。但调查之路是漫长而艰辛的,尤其是对这类历史遗留问题。从沿海到内陆,从黑龙江到海南,究竟有哪座城市不曾留下过日军罪恶的足迹?没人知道。疯狂一时的“黑太阳”究竟在中国留下了多少致命的隐患?恐怕也没人说得清楚。

由于日军遗留的化学武器分布面积广及时过境迁等原因,调查显得困难重重。但苏向祥凭着他超乎寻常的忍耐力,硬是一点点地搜集到了1000余份证据。这整整耗费了他八年的时间!个中的艰辛,恐怕只有他自己才能体会得到。这些证据所包含着的,远不止是受害者的血泪控诉,还有苏向祥艰苦奋斗的汗水,以及一个律师无愧于心的选择。

本可“事不关己,高高挂起”,但苏向祥不愿看到受害者的痛苦从此被人遗忘,他也不愿看到一个民族不可无视的尊严被人敷衍。

为受害者讨回公道,把真相钉入历史!这就是苏向祥努力奋斗的目标。八年如一日地去收集资料,放弃赚钱的机会而选择为无钱无势的受害者奔走呼告,他从不为此而感到后悔。促使他这么做的,正是他那永不消退的浩然正气。也因如此,他获得了同行的尊重与世人的赞扬。

虽然要打赢官司还有很长的路得走,要让日本政府低下傲慢的头颅认错更是难上加难,但苏向祥从未放弃过努力。他坚信:历史的天平必将向正义的一方倾斜。

选择了用正义解读历史,选择了为正义的事业奋斗不息,这样的选择也许会让他在前进的道路上备受困苦和挫折,但这样的选择让上帝为之鼓呼!

铲除路上的障碍，填平途中的坎坷，怀着坚定的信念与坚强的意志，向理想的巅峰攀登吧！

不要畏惧过程中的艰辛，凭一股热血，潇洒走人生。

Part Six
疾风劲草

人，有时往往在困难面前轻易放弃，却忽略了一点：铁是靠打出来的，人是靠练出来的。

公平、公正更是一个文明社会的标志，须知“天赋人权”啊！被欺凌的人总有一天会觉醒的，如果一个社会继续腐败下去，必将物极必反，付出铁与血的代价！

宋飞让我们泪流满面

深 海

音乐家宋飞对着中央电视台《新闻调查》的镜头哭了。

开始，她一直在静静讲述，但突然间，让所有人吃惊的是，她呜咽着哭了。一种发自她内心的悲凉，让采访者和观众震惊。

宋飞是我国著名的青年二胡演奏家，中国音乐家协会二胡学会理事长，中国音乐学院教师，曾在欧洲、美洲、亚洲等20多个国家地区开过演奏会，录制了大量的二胡教材。

宋飞是个什么样的人？母亲和同事形容她，不喜欢说话，常微笑，文弱。然而，2004年4月5日这一天，文弱的她动怒了，她以一种非音乐的方式，向社会投出了一枚“重磅炸弹”。

3月上旬，中国音乐学院二胡专业2004年高考招生考试正在进行。作为考试评审之一的宋飞，陷入了极度痛苦地挣扎和抉择中，她发现，许多学生的专业得分和他们的现场表现反差极大，考试中有重大失误的学生排名靠前，而表现优秀的孩子却被打了低分，面临淘汰。她断定，这其中存在着明显的不公正。于是,她偷偷将部分考试实况录了下来。

《新闻调查》的主持人柴静,是一位以风格犀利而闻名的记者,她知道宋飞的开口,将会带来飓风般的反应,所以她一开始就提醒宋飞:中国音乐学院是民乐界最权威的高等院校之一,也是培养了你、你正任教的母校,可是,你却说你担任评审的这次考试有明显的不公正,你知道说这些话会带来什么后果吗?

宋飞戴着眼镜,一贯的淡淡笑容,她说她知道。在参加节目之前,她也曾动摇过,说出事实,会把自己推到风口浪尖上,会打击或牵连到不少局内局外的人,会把母校置于一个尴尬的境地。

"那你为什么还要说呢?"主持人开始逼问。高考关系到无数人的命运,观众的心也发紧。无数的学生,都会在这场考试中一次定终生,指责这场考试的公正和公平,需要多大的勇气?将会承受多大的压力?

宋飞停顿了一下。也许,她习惯了用音符而不是用语言来表达,但是,内心的激荡让她很快脱口而出:"因为我担心孩子,担心事业,担心整个二胡专业的未来。"

宋飞回忆,从小跟着音乐教授的父亲学二胡,她的成长过程中从没有遭遇过阴暗的东西,从没有想到音乐会和丑闻联系在一起,有的只是对音乐的纯洁感受和对明天的美好希望。"可是现在,"她有点说不下去了,声音变得呜咽和哽塞,"孩子们却被粗暴地剥夺了这种感受和希望……我宁可牺牲掉自己的平安和幸福,牺牲掉别人想象中的完美,也要把真相说出来。"

观众的心一下子揪了起来。一个平时从容内敛的音乐家,此刻却在无声地流泪,她心里的伤痛和悲哀一定是到了无以复加的地步。节目的镜头不断扫过中国音乐学院的校园,校园里满是坐立不安的考生和目光焦灼的家长,他们在等待考试的结果,等待十几二十年的苦练后,别人给他们定下的一个前程。可是,他们等来的也许只是一个丑陋的骗局!

让观众真正震惊的是这场考试里三个考生的待遇:

张雨，中国音乐学院附中的学生，连续六年在校二胡成绩都是第二名，曾获得首届青少年艺术新人选拔赛的少年二胡专业组金奖，考试中没有任何失误，可是，她的成绩是不及格；

孙蕾，2004年沈阳音乐学院承诺免试录取的优秀生。在复试中，她的音乐表现非常不错，感染力很强，考场上有评委笑着低声说：她有点小宋飞的样子，是棵好苗子。可是，她在复试中却排在了50名之外，几乎没有被录取的可能；

于洋，来自黑龙江的考生。中国音乐学院的党委书记在考试巡查时，就听一些学生在走道里议论：这个于洋拉得太好了，我们怎么这么倒霉排在他后面啊，心里直哆嗦，都不敢考了。而复试结束后，宋飞告诉院党委书记说，于洋落选了。书记很惊讶，说不会吧，怎么可能？宋飞说，事实就是这样……

在宋飞偷拍下的录像里，于洋、孙蕾他们都充满自信地演奏着，神采飞扬，而录像外的宋飞却面带悲哀，甚至有些发愣走神。

看得出来，她在惋惜，在痛心。这些学生都有很好的音乐潜质和感受力，只要是拉二胡的老师，肯定都能感受到。然而，他们被无情地挡在了门外。在她看来，作为老师和评委，没有把该选的孩子选进来，就是一种犯罪！

面对录像，中央音乐学院民乐系主任赵寒阳教授、上海音乐学院林心铭教授异口同声地断定：就算打分中存在着弹性标准，那也只会是大红和浅红的差异，绝不会像现在的结果——这是黑白颠倒的差异！一位考试中排名很靠前的考生，在关键地方竟然拉了三次才拉过去，赵寒阳主任都笑起来了：就算她是我的学生，那也不可能让她及格啊！同时他也证实，被“淘汰”的张雨在后来的中央音乐学院专业考试中，排在了第四名。

如此的黑白颠倒！如此的泯灭良知！

在节目里，宋飞没有表现她的激怒，但可以想象，当时她一定气得满脸通红，眼睛被泪水模糊。一个与世无争的女音乐家，没有权势，不知道如何与强大的恶势力周旋，她甚至不懂如何保护自己。她只会义无反顾地站出来，流着泪说：这不公平！

落选的于洋后来回忆说，初试过后，两个工作人员把他叫出来，说有人在男厕所那儿等他，于洋去了，竟然是主考官。主考官把厕所的小门一个个打开，确信里面都没有人，然后问了他两个问题，一是在北京跟谁学，二是还考中央音乐学院吗？问完之后停了一会儿，也许是想等什么话。于洋曾听说过，艺术专业考试能不能上，和跟着哪个老师学有很大关系，所以他没敢说什么，只是支吾着过去了。

面对这种暗示性极强的问题，宋飞除了愤怒，还有难过，她感到对不起这些学生。同时，她也面临着一种崩溃。过去，除了给学生讲解拉琴的技巧外，宋飞还无数次地告诉他们，要用纯洁的心去感受生活，这样演奏的音乐才有感染力，这样才能把握人生的方向。可是，生活却跟宋飞和她的学生开了一个残酷的玩笑。

考试失败后，于洋和他年迈的父亲离开了北京，他们没有钱再在北京耗下去。13 年的学琴生涯，于洋手指上到处布满了茧子，主持人摸了摸那些硬硬的小茧子，它们让于洋的演奏富有激情和力度。但面对现实，每个人心里都感到如此无力。

直面“招生黑幕”、“教育腐败”，宋飞很勇敢，可她说，她现在却没有勇气面对学生，不知道该怎么向他们解释这一切。但她更怕的是，学生们能“理解”这一切，“他们要是真理解了，他们的是非道德就会全部崩溃，他们会认为，老师教的那种真善美的东西原来是错的，是没有用的……”这是一场战争，是虚伪和正直、丑恶和纯真、堕落和圣洁之间的战争，是人心的战争，它早已超越了一场考试的范围。

主持人问落选的张雨：“宋老师特别担心你们经历过这样的事情后，可能会失去音乐中必须有的那种纯净心灵。”张雨哭过，红着眼睛，这时却微笑起来：“这件事情和音乐不挂钩，它只是让我长大了。我永远相信宋老师教给我的，我心中的音乐永远纯洁。”

说到“纯洁”，宋飞略带苦涩地笑了。她记得1998年读研究生的时候，班主任谢嘉幸老师给她们开了一门课叫“走进音乐”，老师在黑板上写了三个词：洪水，大学，权力。1998年发了洪水，老师告诉她们，洪水是天灾，是人所无法控制的灾难；大学呢？大学是学知识的地方，是最神圣的地方；那权力又是什么呢？权力是可以满足人心里欲望的东西。如果大学里没有知识，只有权力只有交易的话，那是不是人无法控制的灾难，是不是人心里面的洪水？所有人都回答说是。后来，宋飞回到大学，开始传道授业，同时，她也慢慢地看到了洪水。

宋飞喑哑着声音说，我想去治。

我们呼唤公平与公正 ◎ 梁景昌

宋飞，我对你的尊敬不是由于你的骄人成绩，而是你为揭露考试黑幕的勇气。

你承受着巨大的压力，你不顾自己美好的前途，毅然站出来，揭露这种营私舞弊现象。你不是为了让自己出名，而是关心学生的前程，情系祖国音乐事业的发展。

你哭了，不是为了可能受阻的个人利益，而是担心那些孩子，担心整个音乐事业的未来。

你哭了，是因为你对音乐会和丑闻联系在一起而感到始料不及，是因为你心里纯洁的东西被污染了。

你哭了，是因为感到教育不能还孩子一片净土，是因为害怕招生的黑幕让学生的心灵涂鸦。

你哭了，是因为腐败了的权力像洪水一样冲击着神圣的大学殿堂。

学生要学的不但有科学文化知识，更要学会如何做人。学生们具有很大的可塑性，学校是他们成长的一个必不可少的场所。他们犹如一张白纸，学校像是一个染坊。学校的责任是成就学生五彩缤纷的人生。学校教导学生真善美，老师言传身教，让孩子们洁白的心灵沐浴在真诚之中。

然而腐败像是一副毒药剂，侵害孩子们的心灵，污蔑学校的圣洁。我们需要宋飞这样的人站出来，抵制这些腐败，归还科学殿堂的美誉。她是一个捍卫者，一盏明灯，一只罗盘，捍卫着公平，公正，照亮人类纯真的心灵，指引着我们成长的方向。我们需要崇高的道德，我们要认识正直，纯真，圣洁，并努力成为这样的人。我们惧怕不公平，因此我们更要捍卫公平。没有了公平，世界还会真吗？成长还会快乐吗？

公平、公正的环境需要每一个人去造就，我们要从自身做起，并影响别人，营造良好的氛围。

公平、公正更是一个文明社会的标志，须知“天赋人权”啊！被欺凌的人总有一天会觉醒的，如果一个社会继续腐败下去，终将物极必反，付出铁与血的代价！

有人说，上帝铸造他的时候，一定用了另外一副模样；他告诉自己，永远都不要说“不可能”。

别对自己说“不可能”

邢少红

他没有双腿，却能潜水；
他没有双腿，却能驾驶汽车；

他没有双腿，却能成为运动场上的冠军；

他没有双腿又得了癌症，却能环游世界激情演讲；

他时时刻刻面对死亡，却能拥有最完美的爱与生活；

他成就了生命的奇迹。

尽管之前我对约翰·库缇斯的故事做了一些了解，但是当他双手撑着半个身体，坐着滑板车“走出场”时，我还是感到了深深的震撼，一种久违了的感动和肃然起敬在心灵里久久冲撞。

那天，在现场等待听他演讲的1500名听众不约而同地起立，以经久不息的掌声欢迎这位激励演讲大师的到来。一个用红丝绒罩住的1米高、20平方米见方的特制平台就是约翰的舞台。将近三个小时的演讲，这位“半人叔叔”在讲台上用手“走”来“走”去。说到动情处，他扬起巨大的右手在空中舞动；他用双臂支撑着半个身体悬空而起，让观众看清他的全貌——像被拦腰斩断似的，下半身什么也没有；他倒立、翻跟斗；他“走”下讲台，尽可能地接近观众。很多人流下了热泪，不时爆发的雷鸣般的掌声和会意的欢笑消融了语言的障碍。勇者的魅力跨越了国界，没有距离。

演讲结束后，我专程到约翰·库缇斯下榻的宾馆拜访他。我蹲下来同他握手，他的双手又大又硬，四目相视，他的目光坚定而清澈。然后，他抛开他的滑板车，我们席地而坐，聊得很轻松。

如果你觉得不幸，永远有人比你更不幸

今年35岁的约翰·库缇斯是澳大利亚人，他天生严重残疾，骶骨没有正常发育，出生时双腿像青蛙般细小。连医生都被他生命最初的这个形态吓住了，医生给约翰的父亲一个残酷的建议：“抱歉，你需要举行一个葬礼。”医生还提醒适合这个小生命的棺材只需鞋盒一样大小。约翰·库缇斯拿起一个矿泉水瓶形容说：“我出生的时候就和这个矿泉水瓶一

般大小。当我父亲含泪准备好葬礼之后，却发现情况并没有医生说的那么糟糕，我还活着。这时，医生又对我父母预言，他活不过一天——我活过了一天；医生又说，他活不了一周——我活过了一周，我活过了一个月；医生又说，他活不过一年，可是，35 年后的今天，我依然健在，依然自由自在地在全世界旅游，依然自由自在地做我想做的事。”约翰·库缇斯感激他的父母当年坚定地将他从医院带回了家，他们不仅给了他生命，还用世界上最无私的爱帮助他成就了生命的奇迹。

可是，不难想象，天生的残疾注定了约翰·库缇斯要经受很多磨难。约翰有一个大家庭，有两个兄弟和一个妹妹，家庭的温馨和父母正确的教育方式，使约翰从小就觉得自己和正常人没什么两样。

10 岁的时候，约翰上学了，可他却被同学们当成了“怪物”受尽了嘲弄和虐待。他一次次被同学们推倒在地无法起来；他曾被人像玩偶一样吊在转动的风扇下无法解脱；他的同学偷偷地在他的椅子周围撒满图钉，让他的双手扎进了 11 枚钉子；他那两条没知觉的腿曾被同学用刀片割过，用打火机烧过，还用大头针戳过，两个脚趾几乎被切断，这些事促使约翰选择了将两条不能发挥作用的残腿截掉……

约翰讲述了他永远无法忘记的一件童年往事。上小学的第一个星期，他被几个学生追得在校园里四处跑。当他们逮到他时，把他用一根绳子绑住，拎起来径直扔到了近一人高的垃圾箱里，约翰掉在了一卷卷的废纸、垃圾袋和腐烂的食物中间。接下来，这几个学生在垃圾箱里点起了火。噼啪声、烟味和强烈的热度很快包围了约翰，约翰先是大声地咳嗽，大声喊救命，然后他感到了窒息。“如果不是一个正在操场值勤的老师看到了正在发生的事，冲过来把我拉出垃圾箱，我就真的被烧死了”，回忆使约翰有些激动：“我被熏得浑身漆黑，坐在地上，随后看见整个垃圾箱着起了火。”

这些屈辱的体验使约翰一度想自杀，“但是，最终我变成了一个坚强的家伙”，约翰又恢复了他特有的幽默：“我不得不如此，否则我无法生

存下来。我必须学会对别人置之不理，听他们的嘲笑，转过脸去，然后走开。我学会了坚强，但不冷酷。”

约翰提起他在日托中心的好伙伴肯尼。肯尼也是一个不幸的孩子，他患有脑瘫，不能说话，手和脚都不能行动，只能永远坐轮椅，靠下巴控制轮椅的方向来“行走”。约翰问我：“你是否曾抱怨过门外的雨？但是，我的朋友肯尼，他生命中最大的梦想却只是——在雨中散一次步，让雨水自由自在地落到脸上。”同肯尼比，约翰意识到自己是幸运的，他对我说：“如果你觉得不幸，永远有人比你更不幸。当我们看到比我们更不幸的人，我们还有什么理由抱怨呢？”

1000 次摔倒，可以 1001 次地站起来

被动接受挑战，不如主动迎击生活。约翰·库缇斯不愧是个硬家伙，他对自己说：“没有什么不可能！”约翰给自己的人生定下了目标，并且写在了纸上，他要做一个自食其力的人，约翰坚定地说：“一个人一旦确定了自己的目标，就把它写下来，然后去努力实现它。不要怕失败。1000次摔倒，可以 1001 次地站起来。摔倒多少次没关系，重要的是，你能站起来多少次。别人对我说，约翰，你什么都不做也没关系，你整天在家不做任何事都没有人会责怪你。但我说，我不可以。懒惰不是我的强项，我必须发挥我的优势。”

约翰学会了用手走路，他的双手和那些正常的双腿并“行”在一起，他笑着说，他看得最多的风景就是各种各样的腿、鞋子和女孩子的裙子。

因为嫌用手走路速度太慢，约翰用上了滑板车。说起滑板车，约翰的脸上露出了几分顽皮，他忍不住说起了自己的童年趣事。

约翰的哥哥叫亚当，弟弟叫卢克，三个男孩是家中出了名的捣蛋鬼。约翰 9 岁那年的一个周末，亚当瞒着父母将妹妹的一辆婴儿车改装成了滑板车。“在这天，我透过窗户看见亚当将他的新车拖到了大街上。大街

上有一个陡坡，亚当在坡顶坐上车，戴了一个用旧的冰激凌盒做的头盔，用一根脏兮兮的鞋带将它勒在下巴上。亚当出发了，嗖！风吹落了他的头盔，透过玻璃我可以听到他快乐的尖叫声，感受到他心中的快乐。卢克则站在坡底挥着一面用妈妈的白毛巾涂成的黑白格方旗，另一只手里拿着爸爸的老跑表作计时器。兄弟两个轮流坐着滑板车从坡顶一次次快乐地滑翔。”即使是今天，约翰对当年的情景仍记忆犹新。

坐在房间里的小约翰再也忍不住了，他“跑”出来喊道：“我要坐，我要坐，你该让我坐一次！”哥哥亚当毫不犹豫地说：“不，不，太危险。你肯定会受伤的。”卢克则站在约翰这边：“去吧，”他笑着说：“让他坐，很爽的。”“爸爸会怎么说？”亚当提醒道。于是小约翰开始哭，这一招真的管用。“该死，你这个讨厌鬼，坐吧。”亚当跳下来，把约翰扔上去，然后将滑板车拖回坡上。卢克在底下等着，手里拿着方格毛巾。坡有点陡，亚当帮约翰扎好头盔，系上鞋带，接着，亚当快速地告诉他如何左转，如何右转，小约翰的滑板车就上路了。

“这是我一生中第一次用上鞋带，虽然它用的不是地方。”约翰插了一句，随时不忘他的幽默，“这是难以置信的美妙！这是最最刺激的俯冲，我愿意开 100 万英里。这是每个小男孩的梦想，也是我梦寐以求的。我把方向绳朝左拉，朝右拉；我到处开，那感觉像是一只展翅飞翔的鸟。”

没有多久小约翰就到了终点线。卢克比以前更夸张地挥舞着方格毛巾。小约翰却突然发现：“嘿，卢克，我该如何停下这个该死的东西！”而卢克大声回应：“把你的腿伸出来！”讲到这里，约翰哈哈大笑，他说：“当时，我显然被眼前的难题吓坏了，我只有更大声地尖叫，‘上帝，我该做什么？’而滑板车早成了一匹狂奔的野马，又往前冲了约 600 米。经过了一阵可怕的、兴奋的、惊心动魄的慌乱驾驶之后，滑板车终于停了下来。小约翰先是冲进了水沟，然后又和滑板车一起滚过了小路，最后栽倒在别人家的蔷薇丛中。他的两个兄弟一边跑一边猜测小约翰是否死了，在找到他之前，他们开始演练如何对老爸解释。

当两个兄弟找到小约翰时，发现他被卡在了两个多刺的枝杈间，受了伤，流着血，可还是欣喜若狂，旁边有条大黑狗在若无其事地舔着他的脸……正是以这次的冒险为起点，约翰成了一个滑板高手，滑板车成了他形影不离的伙伴。他坐着滑板车敲开上千家企业的大门找工作；找到工作后，他每天凌晨四点半起床，赶火车到一个小镇，下火车后又坐随身携带的滑板车赶到几公里外的工厂上班。为了学到更多知识，约翰还报考了夜校的大学课程，每周末坐着滑板车去上学，上夜校的学费他坚持用自己挣的钱支付。业余时间，约翰还坐着他的滑板车去打室内板球或当裁判。

当约翰想到更远的地方去旅行的时候，他学会了开车，并考取了驾照；因为酷爱运动，约翰学会了潜水、游泳，拿到了澳大利亚残疾人网球赛的冠军和全国举重亚军……

1999年的除夕夜，约翰写下了他的新目标："我要在十年内成为历史上最伟大的残疾人演说家。"写完后，他感觉不对，出去转了一圈，回来后划掉了三个字，将目标修改为："我要在十年内成为历史上最伟大的演说家。"

现在，约翰至少已经成为国际著名的激励演讲家，澳洲和世界其他国家共有超过35万的观众听过他的演讲。2004年是约翰的"中国年"，他将在中国的15个省市做巡回演讲。"如果我可以做到，你为什么不能做到？"这句著名的反问以及约翰式的睿智、激情，改变了很多人的生活。

财富只来自一个地方，那就是心灵

约翰曾问他的听众："有多少人不喜欢自己的鞋子？"听众中齐刷刷地举起了一堆手臂，约翰的眼神变得锐利起来，声调也变得严肃，他拿起那双红色的橡胶手套，高举过头顶，说："这就是我的鞋子，有谁愿意和我换?即使我拥有全世界的财富,我也愿意和你换。现在,还有谁抱怨自己的鞋子?”约翰用力将“鞋子”扔向一边,像是扔掉一个世界。

1999年,约翰在巡回演讲途中突然连续呕吐,失眠,腹股沟剧烈疼痛,他被查出患了癌症,再次与死神面对面。医生说:“约翰,据我们最好的估计,你还有12到24个月可活。”可是约翰不信,他对医生说:“我在出生的时候就是一个奇迹,我相信奇迹会一直持续下去。只有在我准备好去死的时候,我才会死。我要打破你的期限。”约翰开始阅读关于癌症的资料,在网上搜索癌症知识,并积极配合医生的手术和治疗。约翰说,那段时间,自己几乎成为癌症资讯专家。果然,奇迹再次发生了,2000年5月,约翰被正式列入癌症痊愈行列。约翰笑着说:“我又从地狱回到了天堂。”

积极的人生态度给约翰带来了很多的幸福,有温柔性感的妻子翠西,有一个可爱的儿子克莱顿。克莱顿长得有点像哈利·波特。但这个可爱的孩子竟然也重病缠身——大脑发育不佳引起肌肉萎缩,还患有自闭症。那天演讲的时候,翠西推着坐在轮椅上的克莱顿走上了演讲台,约翰撑起上半身,一家三口亲吻在一起,空气中充满了爱的味道,人们的眼中噙满了泪水。

在宾馆,当我和约翰席地而坐的时候,翠西就坐在约翰的身旁,克莱顿则坐在一边的椅子上,我问克莱顿:“你最崇拜的人是谁,是你的父亲吗?”克莱顿说:“我不崇拜任何人,但我非常尊敬我的父亲,还有母亲,他们给了我爱,他们有很多地方值得我学习。”克莱顿是个机灵的孩子,约翰总是记不住自己到过的中国城市的名字,他扭头问克莱顿,克莱顿总能一个一个地按顺序报出来。

有了家的约翰,会尽量抽时间和家人在一起。约翰说,“我现在最大的愿望就是拥有健康,拥有爱,不浪费生命。我们追求富有,但真正的富有不是存折上有多少钱,而是身体健康,家庭幸福。”他指着自己的胸口:“财富只来自一个地方,那就是心灵。”

曾经有一位听众询问约翰对爱的理解。约翰说:“世界上最有力量的三个字就是‘我爱你’。用你的心去讲这三个字,与你的朋友、家人一起分享这三个字带来的幸福。”

因为爱,他以拒绝死亡来挑战医学观念;因为爱,他用爱心去感召每一颗需要帮助的心灵,他的激情使很多人重新燃起希望。约翰·库缇斯,就这样造就了奇迹。

来自心灵的财富 ◎ 符济棠

天意弄人,造物主慷慨地赋予了约翰高大的人格,却同时只是吝啬地给了他半个身体,这或许就是哲学所说的“对立统一”吧。

面对挫折,许多人都有不同的态度。“弱者等待机会,强者创造机会。”约翰就是一位创造机会的强者。他凭着顽强的意志,一次又一次地将不可能变为现实,创造了一次又一次的奇迹,给自己以信心,给他人以启迪。他不但用成就有力地回击了别人的嘲讽,更赢得了更多人的尊重,用信心和勇气扬起了他生命的航帆。

一切都有可能,永远不要说不可能。这一句话是约翰一生的格言,他是如此说的,也是如此做的。虽然他没有下肢,但是他有强壮的手臂,支撑起他高大的灵魂,给无数的人以勇气;虽然他没有过人的聪慧,但是他有乐观向上的精神,使得他对生活充满自信,倔强地与命运之神一次又一次地抗争,并且取得一次又一次的胜利。而这种勇气与信心,正是来自生活的磨炼与击打,来自身经百战后的自信与顽强。你可曾看见过逆流而上,越游越快的鱼儿?你可曾看见过攀住悬崖一角不放的松柏?你可知道坚忍不拔、后来居上的中国女排?那是一种愈战愈勇的大气,那是一种咬住青山不放松的坚毅,那是一种穷且益坚、不坠青云之志的豪迈。作为一名中学生的我们,有着约翰渴望的健全的四肢,有着美好的青春作资本,理想应该是我们的航标,而努力便应该是我们的渡船。成长的道路布满了荆棘和坎坷，生命的长河也难免会有激流和险滩。上帝在把一扇门关上的，同时也为你打开了另外一扇窗。只要我们经得住逆境的打磨，经得住困惑的洗礼，成功便近在咫尺。

世界上确实有很多困难在阻碍我们走向梦想，但是只要用心体会，用心去梦、去飞，就能达到自己想要的高度，就能抓住梦想的翅膀，高高地飞翔。当困境来临时，你就告诉自己吧：这是机遇，是考验。

舟舟在属于他的世界里快乐地生活着，音乐让他的生命变得如此神奇。

弱智指挥奇才胡一舟

黄　兵

音乐缓缓响起的时候，舟舟迷茫迟滞的眼睛骤然亮了起来，属于弱智人舟舟的世界降临了……在音乐的世界里，舟舟拥有美、成就、尊严和生命可以蕴涵的所有快乐。这个世界里生命平等的光辉，照亮了一个弱智者今后的日子。

1978 年 4 月 1 日，舟舟出生在武汉市一个普通家庭，巧的是，这一天正好是愚人节。舟舟的出生，给这个家庭带来了欢乐和希望。父亲胡厚培是武汉交响乐团低音提琴手，给儿子取名胡一舟，这个简单的名字的寓意是：希望他像一叶小舟，在一生中访问人世间所有快乐的港湾。舟舟在 1978 年的愚人节这天出生，而他的人生似乎真的是上帝安排的一个残酷的玩笑。舟舟刚一个多月的时候，就被诊断出21对染色体异常，这样的孩子注定弱智而且无法改变，他将终生只有三四岁孩子的智力。这一消息犹如晴天霹雳，将胡厚培夫妇击懵了，夫妇俩整日以泪洗面，痛不欲生……

舟舟由于先天弱智，生活不能自理，父亲担心他一个人在家发生意外，上班时常把他放在排练厅一角。有一次，在排练的间隔，舟舟一声不响地爬上指挥台，对其他的东西不屑一顾，唯独对指挥棒情有独钟。当他第一次拿起指挥棒，简直乐开了花，随后便在指挥台上如痴如醉地挥舞起来。刚开始，演奏员们只觉得好玩，并没有把他当一回事。可是，看着看着，他们惊奇地发现舟舟把乐团指挥的动作几乎模仿得惟妙惟肖，甚至连扶眼镜的习惯动作也没落下……进而，是演奏员们一阵惊奇的大笑：这个"痴儿"，竟有如此神奇的模仿能力！从此，舟舟就成为乐团的一位编外成员了。只要音乐响起，舟舟就会站在那里，挥舞着小棍，直到曲终。

乐团首席大提琴手刁岩是一个热心肠的人，当舟舟一出现在乐团，他就用心呵护他，与他交朋友，一旦发现了舟舟对音乐的理解能力，就有意训练他，指导他。于是，他留意每一个合适的机会，以圆舟舟的指挥梦。从此以后，舟舟穿上了燕尾服，打上了领结，穿上锃亮的皮鞋。而舟舟终于站在了真正的指挥台上，拿起了真正的指挥棒，成为世界上唯一一个弱智乐队指挥。1999年1月22日，在中国残疾人联合会举办的隆重的新年音乐会上，舟舟首次登上了指挥的大雅之堂，他时而像奔腾的激流，时而如涓涓小溪，成功地指挥交响乐团，一口气演奏了乐曲《瑶族舞曲》、《拉德茨基进行曲》等中外名曲。当舟舟收棒的霎时，经报幕员一番声情并茂的客串，人们这才发现舟舟是一位弱智人，顿时，人们简直不能相信自己的眼睛，大家在惊奇之余，只有长时间的鼓掌，有的甚至流出了激动的眼泪……此时此刻大家有一个共同的感觉：平时的舟舟，歪着脖子，眯着眼睛，憨厚可爱，一看就是个弱智人。而此时此刻的舟舟，指挥起交响乐曲来，又立刻变成了一个音乐天才：神采飞扬，自信而优雅，手臂挥舞之间，整个人充满了灵气，充满了魅力。

2000年8月30日，在舟舟心中永远形成定格。那天，江泽民同志看了即将赴美访问演出的中国残疾人艺术团汇报演出后，在北京人民大会堂亲切接见演出成员，还专门为舟舟签名……这次赴美演出的邀请者是美国的慈善机构“凯西儿童基金会”。于2000年9月至10月间在美国六个城市巡回演出的23天中，中国残疾人艺术团在华盛顿、纽约、旧金山、盐湖城等城市演出十余场，以深厚的华夏文化底蕴、高超的艺术水准折服了美国观众，震撼美国主流社会。他们所到之处，无一例外地受到当地人民热烈的欢迎。在卡内基音乐厅，在肯尼迪艺术中心，艺术团“旋风”席卷美国，舟舟更为众人所瞩目，成为每场演出的一颗耀眼的明星。每当舟舟登上指挥台挥舞他那神奇的指挥棒时，全场就会爆发出热烈而又带着无限惊喜和痴迷的掌声。美国辛辛提那交响乐团是举世闻名的世界一流交响乐团，首席小提琴手又是交响乐团的第二指挥，而这位洋女人在与舟舟合作后，对舟舟的乐感赞不绝口。她说：“中国人太伟大了，竟把一个弱智培养成艺术家，这简直是天方夜谭！”

此后，舟舟成了名人，走在街上常常被人拦住签名。可是对于舟舟来说，世界还是安静如初。他还是那么单纯热烈地喜欢着音乐，只要站在指挥台上，幸福和满足就展露在他的脸上。舟舟还是喜欢喝可乐，喜欢玩绒布玩具，不能和人正常交流，不认识钞票的面值。

舟舟在属于他的世界里快乐地生活着，音乐让他的生命变得如此神奇。

生命的韧度 ◎王 嘉

在明星璀璨的艺术天空里，舟舟也许还显得不够耀眼；在成熟稳重的成人世界里，舟舟还仅仅是个孩子；在肢体健全的正常人眼中，他是智障少年。但是，这个智商只有三四岁程度的少年，却站上了乐队的指挥台，在艺术的世界里纵情地让音符跳跃，让旋律缭绕，成为中国乃至世界

上唯一的一个残疾人指挥家，实是令人为之感动，为之喝彩。

生命有时很脆弱，某一个机体的出错就能颠覆一个人本应拥有的各种天生的权利，但生命有时又是那么有韧度，像舟舟这样带着天生缺憾的人却能创造出生命的奇迹。在此之前，你或许尚不能深刻理解生命的含义、生命的顽强、生命的张力、生命的鲜活等等。关于生命的阐述与解释，读了舟舟的故事，你看见了吗，这些看似深奥的命题是怎样的单纯与朴素，它们之间又包含了怎样的热爱与执著。

与舟舟相比，我们是命运的宠儿，我们有健全的体魄，有正常的智商，但不少人仍感觉生活不公，仍要抱怨自己没有出众的相貌，不是众人注目的焦点，没有显赫的家世，不能享受特权……如果你也在为自己的这些境遇而怨天尤人，那么，请你想一想舟舟，想一想那些充满韧度的生命，和他们相比，我们还有什么不满足的呢？我们所有的不如意，是不是因为我们对生活缺少了感恩，缺少了一份必须具备的满足与热爱？“上帝若关上了你的门，一定会在另一处为你打开一扇窗”，正视自己，不必为自己的“短处”而烦恼、伤感、失望。相信自己吧，你总有比别人强的一面。

她的微笑是那么天真可爱，而她的命运又是那么悲惨。

轻轻走进安妮密室

丁　刚

脚步轻轻，轻轻……是怕惊醒了睡梦中的安妮？还是怕难以承受心灵的震撼？推开虚掩的书架，钻过低矮的洞口，顺着窄窄的楼梯爬上阁楼。无论是老人还是孩子，无论是白皮肤还是黑皮肤，人们从世界各地来到这里——阿姆斯特丹普林森格拉赫特街 263 号，走进犹太小姑娘——安妮·弗兰克的故事之中。

在阿姆斯特丹那密如蛛网的运河旁，这样的 4 层小楼数也数不清。唯一不同的是这幢小楼的后面还紧贴着一个 3 层的小楼，从正面的大街上无法看到。那便是安妮所称的“密室”。在这个“密室”中，安妮与父母、姐姐和另外 4 个犹太人度过了两年多的时间，她用自己的日记记录了“密室”中的生活。

“密室”早在 50 多年前已被纳粹洗劫一空。尽管有人曾建议复原“密室”中的摆设，可安妮的父亲奥托却不同意用虚假的模型来替代那些记忆中苦难的原物。“密室”中留存下来的大都是贴在墙上的画片。像所有那个年龄的小姑娘一样，安妮也把当时的歌星、影星的画片贴在了自己卧室的墙头。在另一间小屋门旁的墙上，还可以看到一幅自制的地图。当年，每到夜深人静之时，“密室”中的人们就一边悄悄地收听广播，一边在地图上标出盟军的进军路线。在奥托房间的门边上还有几道深深的铅笔线，从记录的日期看，安妮在这段时间里长高了 13 厘米。

安妮也有过幸福的童年

小安妮 1929 年出生于德国法兰克福，她的父亲奥托是一位摄影爱好者，所以才能为我们留下许多安妮的照片。那一张张发黄的照片为我们讲述了一个犹太女孩的故事：

1932 年夏，欢快活泼的安妮和德国小朋友在草地上一起玩耍；1933 年 3 月 10 日，小安妮与家人一起去法兰克福市的商业中心，在回来的路上照了一张照片，小安妮腼腆地站在母亲的身边。几个月后，迫于德国法西斯的迫害，小安妮全家便迁居到了阿姆斯特丹；1934 年秋，安妮上学

了。照片上的安妮和班上30多个小朋友一样，表情略显紧张。在展出的照片中，有一张虽不是父亲奥托所照，却给人们留下极为深刻的印象。那是数十位犹太孩子的合影，尽管他们当中有许多人依然流露出天真的笑容，可胸前缝着的那个大大的六角星符号却预示着灾难即将来临。照片中没有安妮，但安妮的命运和他们一样。1942年5月，占领荷兰的德军要求所有6岁以上的犹太人必须在左前胸缝上这样的标志，一场大迫害就要开始了。同年7月6日，安妮一家藏进了普林森格拉赫特街263号楼后的“密室”。

13岁，安妮开始写日记

在楼下的展览厅里，我看到了那个翻开着的日记本。1942年6月12日，星期五。那天早上6点钟，安妮就兴奋地睡不着了，因为这一天是她13岁的生日。7点钟她就走进了父母亲的房间，尽管当时德国法西斯已经占领了荷兰，全家人命运未卜，可安妮的父母亲还是要给孩子一个欢快的生日。那一天，安妮收到了很多礼物，有胸针、拼板玩具和蜡烛，而她最喜欢的就是这本粉红色格子布面的日记本。从此，安妮开始写日记，她把自己的日记称为最好的朋友“吉蒂”。一个月后，她和家人一起躲进了“密室”。在两年的时间里，安妮写下了几十万字的日记。她常常在日记本中贴上一些旧照、明信片和画片等，在一旁写下说明。有时为了做补充，她还贴上一些夹页。安妮的笔迹有时工整，有时有些潦草，但笔迹中流露出的却是一个少女特有的稚气。

安妮惨死在集中营中

1944年3月29日，安妮从广播上听到，荷兰政府打算战后把人们的信和日记搜集在一起出版，她就有了当记者或者作家的梦想。这一年的

5 月 11 日，她在日记中写道，战后她将出一本书，书名就叫《密室》。安妮没有见到自己的梦想实现。

1944 年 8 月 4 日，一个晴朗的夏日。“密室”中的人们像往常一样，刚刚开始一天的生活。奥托走进了彼得(另一个藏在这里的犹太男孩)的房间，准备给他上英语课。他瞅了一眼手表，快要 10 点半了。通常，他总是在这个时间开始讲课。忽然，他们听到楼下传来了陌生人的吼叫声。几分钟之后，全身制服的纳粹警官卡尔领着几个穿便衣的荷兰警察爬上了“密室”。卡尔吼叫着让楼上的人全都把钱和首饰交出来。他一把抓过了安妮的小皮箱，将所有的东西抖落在地。显然是有人告了密。藏在楼上的 8 个犹太人随后全被送进了警察局。是谁出卖了他们？这个谜至今也没有解破。

帮助安妮一家躲藏的米普当时幸好没有在场。当晚，她爬上了小楼，从散乱的东西中找出了安妮的日记和奥托一家人的影集，锁在了楼下办公桌的抽屉里。一周后，德国人将“密室”里所有的东西全部搬走。

8 人中只有安妮的父亲奥托活到了战后，他后来回忆说，4 天后，他们被送到了犹太人的转送站——荷兰北方的威斯特伯克集中营。

1944 年 9 月 3 日，他们全被押上了列车，这也是最后一列从荷兰开出的运送犹太人的列车。车厢里共有 70 多个犹太人，到奥斯威辛的第二天，就有一大半人被逼迫着走进了毒气室，所有 15 岁以下的孩子全部被害。安妮因为刚刚过了 15 岁的生日，才躲过了这第一场灾难。

随后，安妮和妈妈、姐姐一道被送到了附近的波肯奥集中营。那个集中营中当时有 39000 多名犹太妇女。她们到那里的当天就被剃去头发，在胳膊上烙上了号码。一个多月后，纳粹又将安妮和姐姐与她们的母亲强行分开，送到了德国汉诺威附近的波根—贝尔森集中营。曾在那座集中营服役的弗兰克·福德说，她们的头发都被剃掉了，神情抑郁，根本认不出是女孩子。另一位曾与安妮关在一起的犹太妇女说，当安妮看到衣服上都爬满了臭虫、跳蚤时，她吓坏了，脱光了衣服，蜷缩着裹在一条薄

毯里发抖。有一天，安妮忽然听到有人隔着铁丝网叫她，原来是同校的朋友丽丝。两个人晚上冒着危险，悄悄地爬到铁丝网前交谈。丽丝回忆说："那一幕太悲惨了，安妮一看到我就哭了起来，她对我说，'我已经失去了双亲。'我总是想，假如安妮知道她的父亲那时还活着，她也许会有力量坚持活下去。"

1945 年 3 月的一天，安妮的姐姐因斑疹伤寒而死，几天后安妮也因同样的病离开了这个世界。几周后，英国军队解放了这座集中营。

"安妮之家"成了举世闻名的纪念馆，战后米普原想把安妮的日记交给安妮，可是后来证实安妮已经不在人世，她便将日记交给了安妮的父亲奥托。奥托含着泪读完了日记，他没有想到，安妮会把"密室"里两年的生活完整地记录了下来。他将日记的一部分打印出来，寄给了在瑞士的母亲。随后，他又让一些亲朋好友读了日记。大家都支持奥托将这部日记出版，可他接触的一些出版商没有意识到这本书的真正价值，没有人愿意做这件事。

1946 年 3 月 6 日，一位荷兰历史学教授在荷兰报纸上发表了一篇文章，介绍了安妮的日记，引起了许多出版商的重视。1947 年 6 月 25 日，安妮日记出版，首印 1500 册，书名为《密室》。它很快就被翻译成法、英等 55 种文字，从 1947 年至今，安妮日记经两次补充，目前在全球印行达 2500 万册。而"安妮之家"也成了举世闻名的纪念馆。纪念馆的服务人员告诉笔者，参观的人数逐年增加，80 年代初每年约 30 多万人次，而 90 年代初已经到了 60 多万，去年已达到 80 多万，平均每天都有 2300 百人。参观者中最多的是美国人，德国人居第 3 位。为了满足参观者的需要，安妮基金会去年还在小楼旁修建了一座大型纪念馆。

纪念馆出口最引人注目的便是那本厚厚的留言簿，上面有成千上万的参观者用不同语言写下的留言。我看到了一位署名为"15 岁的德国孩子汉斯"写下的话："我希望世界上所有的孩子都不再像安妮那样担惊受怕。请你们轻轻地上楼，楼上的安妮正在梦中……"

梦想 ◎江 玥

最初认识安妮，是在幼时读《安妮日记》，其实中间最打动我的，是她仅剩的几张照片，那是年仅十六岁的生命的真实写照。令我诧异的是，这个为邪恶的战争与政治所摧残，生活在恐怖与害怕中的小女孩，留下的全都是笑容。用英伦报上的话说："她的微笑是那么天真可爱，而她的命运又是那么悲惨。"但或许，安妮的魅力就在于此，乐观、坚强、永远充满勇气和希望。

13岁生日时，安妮收到一个日记本当生日礼物，于是开始写起日记。日记对安妮而言越发变得重要，甚至可以说是安妮的心灵唯一可以飞翔的地方。安妮曾写道：没有了日记，也就没有了我。

他们过的是黑白颠倒、充满恐怖的生活，只有在夜间，才敢偷偷打开窗户呼吸一点新鲜的空气。但在这样的危险中，安妮却体现出惊人的坚强，勇敢与乐观，并且开始拥有成熟的心智，这是同龄人所难以想象的。

安妮的快乐和希望随处洋溢着。正如传记《安妮·弗兰克》中所言："纳粹可以剥夺她生存的权利，可永远也不能剥夺这位十三岁少女梦想的权利。"安妮经常在日记中回忆与小伙伴们度过的快乐时光。她看着自己的照片在日记中写道："这是我的照片，我希望我永远是这么漂亮，我会有机会去好莱坞的。"安妮，就是这样一位悲惨命运已经注定，但又坚强不屈、热爱生活、渴望生命并充满纯真幻想的少女。

安妮死了，但仍活着——活在她的日记里。《安妮日记》的出版，让这个活泼聪明，坚强不屈的女孩永驻人们心中，永远不朽。

透过朴实无华的日记，透过她细腻流畅的笔触，我们可以看到法西斯主义的恐怖统治是如何摧残、扭曲人性的。从这个意义上说，在种族歧视和战争迫害的环境中，《安妮日记》不仅仅是一名成长中的少女心灵世

界的独白，更是德军占领下的人民苦难生活的目击报道。

一位评论家说："《安妮日记》之所以获得成功，是因为它使读者理解了历史。我们阅读它就像观看一份用最谦卑而可怜的措辞写的控诉书，控诉那些丧失人性的人。没有人因我们是德国人而谴责我们，我们自己谴责自己。"一位过去的纳粹党员来信说："我曾是一个忠实的纳粹党员，但直到看到这本书后才真正知道纳粹意味着什么。"

埋葬安妮的贝尔森集中营的万人坑，每天都有人前来举行悼念活动。一位十七岁的中学生的话代表了所有人的思想和感情："安妮如此可悲地结束她的生命时，年龄比我们都小。她之所以死去，是因为有人决定灭绝她的种族。决不能让我们的人民中再出现这种非人道的仇恨。"

鹰因为理想而冲击长空，人因有目标而挑战人生。

翱翔之鹰南丁格尔

于海生

这位全世界最平凡而又最伟大的女性出生在意大利的佛罗伦萨，父母因地取名，叫她"弗洛伦斯·南丁格尔"。那天是1820年5月12日。

父亲维恩和母亲范妮，都有着贵族血统。在英国，他们拥有两处家园：茵幽别墅和恩珀蕾花园。每年夏天，烈日炎炎，他们全家像候鸟一样，马不停蹄地到“茵幽别墅”避暑；而在一年的其余时间，他们住在恩珀蕾花园里。到了春秋季节，全家人就到附近的伦敦探亲访友，忙得不亦乐乎。小弗洛伦斯的童年，是在天堂般的环境中度过。

从小时候起，她就独来独往，不像一般的孩子那样顽皮。她倔强而执拗，多愁善感，似乎过于早熟。她在满目繁华中孤独地成长。恩珀蕾花园一片繁荣，花园外面却是满目凋敝。1842 年的英国，经济异常萧条，饥民充斥了各个角落。弗洛伦斯在她的笔记中写道：不管什么时候，我的心中，总放不下那些苦难的人群……

“肮脏”而又“危险”

1843 年 7 月，正是炎热的季节，南丁格尔一家再度到茵幽别墅消夏避暑时，她不顾家人的反对，去帮助周围的穷人。她不怕肮脏和吃苦，把自己的时间，越来越多地消磨在病人的茅屋中。因为不少病人缺衣少食，她常常硬要母亲给她一些药品、食物、床单、被褥、衣服等等。她把这些东西用于赈济穷人，以解他们的燃眉之急。到了应当返回恩珀蕾花园时，弗洛伦斯不愿半途而废，她想留在当地。但是母亲认为，出身贵族的女儿理应在别的事情上有所作为，浪费时间护理那些穷人，简直荒唐无比。父亲和姐姐也都站在母亲一边。弗洛伦斯孤立无助。

在当时英国人的观念中，与各式各样的病人打交道，是非常肮脏而危险的。人们对于“医院”、“护理”这样的字眼一向避而不谈，因为那都是一些很可怕、很丢脸的事情。由于医疗水平落后，加上国力衰微、战争频繁，在 1844 年以后的英国，医院几乎就是不幸、堕落、邋遢、混乱的代名词。

这就是南丁格尔即将行使使命的地方，但是，她并不在意。她经常偷偷去医院调查；她相信，自己能使这一切发生变化。

1845 年 8 月，弗洛伦斯同父亲一道，到曼彻斯特去探望生病的祖母。

因为祖母病情加重，卧床不起，而且缺少照料，她便留在身边护理。很快，祖母的身体大有起色。接着老保姆盖尔太太又病倒了，弗洛伦斯又赶回家里，精心护理病入膏肓的盖尔太太。直到老人临终，弗洛伦斯一直守候床边，没有离开半步。

这年秋天，恩珀蕾花园附近农村中瘟疫流行，和当地的牧师一道，弗洛伦斯积极地投入到护理病人的工作中。她在一次次地证明着自己，她的人生信念更加坚定了。

只能偷偷地学

离恩珀蕾花园几英里处，有一个诊疗所，主治医师富勒先生很有些名气，据说毕业于牛津大学，而且是南丁格尔家的老朋友。于是，弗洛伦斯打算说服父母，给她一段时间，准许她去这个诊疗所学习。恰逢富勒夫妇应约到恩珀蕾花园做客，她就当着父母的面提出拜富勒为师。

不料，一场风暴就此爆发了。父亲拂袖而去；母亲则气得发疯，说再也无法忍受这样的怪念头；连姐姐也歇斯底里大声嚷嚷，说妹妹一定是“中了邪”——这不单有失贵族身份，还会把病菌带入家门，害死全家。

富勒夫妇感到很难堪。为了安抚南丁格尔夫妇，他们也只好向弗洛伦斯“泼冷水”，劝她放弃自己的想法。

在巨大的精神压力下，她咬紧牙关，没有屈服。她开始偷偷钻研起医院报告和政府编印的蓝皮书。她还私下给国外的专家(比如普鲁士大使本森夫妇)写信，向他们请教各种问题。并且，还时不时地索求有关巴黎和柏林两市医院情况的调查报告。每天早晨，她至少要学习一个多小时。当早饭铃声响起，她会迅速收拾书本，若无其事地下楼用餐，看上去规规矩矩，也尽量不提及内心的想法。母亲要她负责储藏室、餐具室和藏衣室的整理工作，她丝毫不敢怠慢。她希望母亲回心转意。她给朋友克拉克小姐写信说：“我不得不做很多家务。那些衣被、玻璃杯、瓷器，已埋到我的下巴了。它们简直是乏味透顶。我也不禁要问自己：‘这就是生活吗？难道一个有理智的人，一个愿意有所作为的人，每天想要做的，就是这些吗？’。”

她也收到了爱情的橄榄枝。在一次宴会上，她结识了年轻的慈善家理查德（将少年犯与成年犯分离，以接受更合理更人性的管教，就是出自他的提议）。理查德对她一见钟情，两人一起谈诗作画，愉快交往。在弗洛伦斯寂寞无助的时候，理查德的数不清的信笺，给过她很大的精神安慰，她也曾把理查德称为“我所崇拜的人”。但是，在他求婚时，她考虑良久，却拒绝了他。她给理查德写信说：我注定是个漂泊者。为了我的使命，我宁可不要婚姻、不要社交、不要金钱。

弗洛伦斯曾在一封信中流露出追求独身生活的态度，同时谈到自己对婚姻的看法：“普遍的偏见是，归根结底，一个人必须结婚，这是必然的归宿。不过，我最终觉得，婚姻并不是唯一的。一个人完全可以从她的事业中，使自己感到充实和满足，找到更大的乐趣。”此后，她拒绝了所有的求婚者。

经弗洛伦斯的请求，本森爵士给她寄来了一本书——《恺撒沃兹的基督教慈善妇女年鉴》。书里介绍了恺撒沃兹在护理方面的先进理念和有关情况。

她仔细阅读之后，不由得喜出望外。作为慈善医疗机构，恺撒沃兹正是她多年来梦寐以求的地方。在那里，各方面的条件相对完备，她可以得到适当的训练，同时，那里的宗教气氛、清规戒律，是一张“挡箭牌”，可以保证护士的名声不受舆论指责。

但她不敢贸然向父母提出直接去恺撒沃兹，只是利用病后疗养的机会，先来到法兰克福，当时那里的护理事业也走在各国前列。在一家诊疗所，她学到了不少有用的东西。两周以后，她离开时，觉得自己有资格做一名合格的护理员了。

当父母、姐姐知道她对护理“贼性不改”，还在私自学医时，个个气得

发抖。他们联合起来惩罚她，令她“闭门思过”，不许出家门一步。

终于结出了果实

她与家人冷战数年。时光如飞，在 1851 年 6 月 8 日这一天，弗洛伦斯在她的笔记中，以前所未有的坚定语气写道：“我必须清楚，依靠一味地死守和等待，机会就会白白地从身边溜走。从他们那里，我得到的，只是愈演愈烈的冲突。我显然是不会获得同情和支持的。我应该就这样坐以待毙吗？绝对不可以！我必须自行争取那些我赖以生存的一切。对于属于我的事业，我必须自己动手去做。我的人生的际遇，我的真正的幸福，要依靠我的努力，他们是决不会恩赐予我的。”

这次，她的确是做到了“言必行，行必果”。首先，她以出去散心为借口，去了恺撒沃兹，在那里学了两个星期之后，为了获得更为系统的学习，决定再次去法兰克福。她平静地向家人宣布了她的决定，父亲尚平静，但母亲和姐姐惊慌不已，再度极力阻挠。这一次，弗洛伦斯丝毫没有退却。她们三人大吵了一通。父亲见劝阻无效，气愤之下，提着猎枪牵着爱犬走出家门。他走后，她们更吵得天昏地暗。母亲甚至想打她耳光，但被她灵巧地躲开了。

第二天，弗洛伦斯勇敢地离开了家。来到西道尔·弗利德纳牧师的收容所——这所机构拥有一所医院，一所育婴堂，一个孤儿院和一所培训女教师的学校。

弗洛伦斯住在孤儿院内的一个小房间里。她的工作地点，就是孤儿院和法兰克福女子医院。所有的工作她都学着干，一点儿也不肯落下，甚至连手术护理她也参加。这对她来说非常不易。毕竟，在当时，对于一个贵族女子来说，完全是“有失体统”的事。她明白这一点，但她不在乎。

在这段时间里，她往家里写了好几封信，介绍自己的情况，也渴望和家里人重归于好。在 32 岁生日时，她感谢家人的祝福，还特地给父亲维恩写了一封信。其中写道：

“尽管我的年龄的确不小了，不过我会更加坚持行使我的使命。事实上，我很高兴，因为我终于重获自由。我的不幸的青春期已经过去，我并不多么留恋。它永远不会再回来了，我为此而欣慰，因为这意味着，我将获得新生命。”

的确，一切从此不同。她不仅成为一个真正的护士，还一步步地把护士变成了真正的天使。1853 年英、法、土三国与沙俄爆发了战争，成千上万的伤兵因为得不到治疗和照顾而死去。她带着一支护士队奔赴战场，不分昼夜地工作。每天晚上，她提着小油灯，挨个看望病人，让伤员感到了巨大的温暖。从战场回来后，她创办了世界上第一所护士学校，以后又创办了一批助产学校。她成功地把护理工作从“污水般”的社会底层提升到了受人尊敬的地位。她于 1910 年逝世，享年 90 岁。

天使之路 ◎ 柯洁清

大树因为有庞大的根系才能在暴风雨的摧残下傲然耸立，高楼因为有坚固的底基才能在时间的考验下屹立不倒。人因为有坚定的信念，才能在艰难挫折面前毫不畏惧，勇往直前。

正如弗洛伦斯，有了坚定的信念，可以把“贵族小姐”的光环踩于足下，可以用力地把父母亲人这些“绊脚石”搬开，可以把世俗的眼光当做毫无杀伤力的小虫子，大步向前，把它们远远地抛在身后。如果没有那磐石般的信念，这些能行吗？

在人的一生中，你永远不可能一帆风顺，如果你希望自己有所作为，在人生的起跑线上，你必须有坚定的信念。只有坚定的信念，你才会有战胜困难的勇气和力量。在奋斗的路上，也许有人会嘲笑你，有人会帮助你，有人会欣赏你，有人会鄙视你，那又如何？你有判断对错的权利，你有追求目标的信心。弗洛伦斯，一个高贵的奇女子，她用一生实践了这个

人生信念,从而使她的生命之光熠熠生辉!

有一种信念,她叫奉献;有一种信念,她叫执著;有一种信念,她叫善良。如果你不想自己碌碌无为地虚度一生,如果你不想在你年老的时候捶胸顿足哀叹年少轻浮,那么,这个信念足以让你无悔今生。

在人生的起跑线上,希望有一股善良的信念在召唤着你:选择做个天使吧。上帝一直在衷心地祝福你聆听到这种充满善意的召唤。而听从了这种召唤的人,他或她的周围弥漫了幸福,洋溢着爱意。

人,因为精神高尚而高尚,是圣、是贤、是君子,都会有自己清晰的志向,不为尘世庸俗所侵蚀!

面对自己的灵魂

——西洋"武训"丁大卫

冯　玥

第一次见到丁大卫,是在美国福特基金会举办的一个活动中。工作人员告诉我,那个美国人,特神,给他报销飞机票都不要,从广东到北京,坚持自己去坐火车硬座,从北京回甘肃,又自己去车站买了硬座票。

据介绍,他爱好广泛,包括体育运动、音乐、文学、教育和"为人民服务";任西北民族学院英语老师 7 年;2000 年至今,一直为甘肃省东乡族自治县做基础教育义务助学工作。会上,他拿出一本相册给大家传看,一个劲儿地说:"你们知不知道我们东乡的孩子有多可爱。"

再次见他是在兰州，他带着我，熟门熟路地倒了两趟公共汽车，来到汽车南站，我们要在这里乘长途车到东乡。

东乡距兰州约一百公里，车程约三小时。一路上，身高1.93米的他，窝着两条长腿，挤坐在长途车的最后一排，以东道主的姿态为我介绍，这条马路是50周年县庆时修的，那座电信塔是什么时候立起来的，这个镇子离县城还有多远，等等。他的口头禅是"我们东乡"。

二

1995年，丁大卫作为外籍教师应聘到西北民院，学校给他出的工资是每月1200元。他打听了一圈后，知道这个工资比一般教师要高，于是主动找到学校，要求把工资降到900元。学校不同意，坚持要付1000元，丁大卫觉得"四位数"还是太高，几番争执，最后定在了950元。

要求降工资，这也不是丁大卫的第一次。

1994年，丁大卫在珠海恩溢私立小学任英语教师时，为了降低工资，为了和其他老师一样，不住带空调的房间，也和校长发生过一次相似的"斗争"。

当时，学校外面是一个市场，丁大卫指着市场里民工住的地方对校长说，你看他们，那么多人住在一个帐篷里，很闷很热，冲凉也不方便，他们就是这样生活的，我比他们已经强很多了。

这位校长后来到处和人说，这个丁大卫，老和民工比。

到了东乡，条件更为艰苦。没有暖气、没有电视、没有洗衣机、没有抽水马桶，"他们就是在这样的条件下生活的，我有什么不行？"他说。

2002年6月，丁大卫和西北民院的合同到期，他决定辞去民院的工作，专职到东乡来做事。县文化教育局也表示，愿意聘请他担任该局教育教学研究室顾问，并每月发给他500元生活费。可是，每月500元的工

资，他至今也没有领过一次。

“我也不急，反正我还有以前的积蓄。”他说自己不抽烟不喝酒，生活支出除了吃饭就是打电话和写信买邮票，每月四五百元就够了。

丁大卫出生在美国克里夫兰的一个中产阶级家庭。大学三年级时，大卫在北京大学做了一年留学生。和所有留学生一样，他在中国旅行，品尝各种美食。回国后，在肯塔基州的艾斯伯里学院拿到了古典文学硕士学位，这期间，他发现自己喜欢做老师。毕业后，大卫先在日本工作了一年，1994 年，他来到珠海，在珠海第一家私立小学恩溢国际学校任英语教师。

为这所学校招聘英语教师时，丁大卫发现，招聘的五个人当中有四个来自西北地区。他觉得，西北的人才都出来了，有谁去呢？

于是，他把自己的简历寄到西北的一些学校，最后他在兰州大学、西北师范大学等学校的邀请中，选择了西北民院，他的想法很简单：“这里的学生大都要回到民族地区当老师，那里是最需要人才的地方。”

二

2000 年，丁大卫在民院教课之余，每周花 3 天时间到东乡去，开始了他的“义务助学工作”。

甘肃省东乡族自治县是全国唯一的以东乡族为主体的少数民族自治县，也是国家重点扶贫县。据 1990 年第 4 次人口普查的信息，东乡族是全国成人文盲率最高的民族之一。文化程度综合均值，只相当于小学二三年级程度。

大卫离开美国，离开家的一个原因，就是觉得自己留在那里只能是锦上添花。离开兰州也出于同样的原因。

“高等教育有很多人在做，国家也重视，西北民院现在已经有 7 名外教了。相对来说，基础教育就差多了。”他一直记得在《经济学家》杂志上看过一篇文章，全球基础教育的排名，中国倒数第二。“东乡文盲率这么高，说明基础教育最差。如果因为兰州条件好而留在兰州，那我就干脆回美国了。”

“锦上添花不是不好，但首先要保证最需要的。”他说，“就好像牙齿美白，整容不是不好，但总要让人先看得起病，享受最基本的医疗吧。”

刚认识丁大卫时，我曾经问他：“你在东乡究竟都干些什么？”当时他有点怪怪地苦笑了一下，没有解释。

来到东乡，跟着他跑了几天，我也糊涂了，不知道该如何描述他所做的事情。

有一天去邮政所取信，订杂志，然后去免古池乡的马场恩溢学校看望那里的六位女老师。

马场学校距县城步行40分钟，是2000年由珠海恩溢学校和新加坡一位女士捐助修建的，今年已经有4个年级240多名学生。每年“三八”节，丁大卫都要给女老师们买一份礼物。前年是床单，去年是闹钟，今年，他说实在想不出买什么东西了，就到邮局给老师们订了两份杂志。预算100元，花了109元。

有一天去东源乡包岭恩溢学校。这所学校离县城最远，要先坐半小时中巴车，再走5公里的山路。那天赶上沙尘天气。刚走进校门，丁大卫就嘟囔了一句：“国旗怎么没有挂？”后来问过校长，说是天气不好，怕风把旗子吹坏了，所以摘了下来。

学校原来的房子是1956年盖的，早已残破不堪，一位老师带着20多个学生只能在院子里的一棵大树下上课。2002年，用七位捐助人捐赠的4.5万元经过改造后，现在已经有五个年级110多名学生了。丁大卫上周刚收到一笔捐款，他想把这笔钱用在返还学生部分学费上。这里每一学期的收费是25元，他计划给男生返还5元，给女生返还10元。这次去，要把学生的人数和名单定下来，好写信告诉捐款人。

还有一天去春台乡祈牙小学，和校长商量给学生做校服的事。

一走进学校，丁大卫就趴在教室的玻璃上数坐在里面的学生人数。这

是他到每所学校都要做的一件事。据校长、也是唯一的老师说，今年有32个学生，去年是43个。人数降了。由于上学期县上要完成“普初”的任务，动员了一些原本不上学的学生来学校，这学期，这些学生又都回家了。

这样杂七杂八的事不一而足。他还为学校1.5元1度的不合理电价去和电力局理论；为一个语言功能有障碍的孩子联系聋哑学校和赞助人；为了春节期间带东乡的6位老师去广东恩溢学校培训的事向教育局汇报；还“义务”为双语教学项目培训老师，翻译资料……

东乡的好多人知道的丁大卫，是那个“经常走来走去的高个子外国人”。至于他究竟在这里干了什么，很多人都说不清。

“我也不知道自己在这里都干了什么。”说起这些，他显得很是疲惫和郁郁寡欢。没有人要求他做什么。“你觉得我做的事是不是还有一点意义或价值？”他问我。

“我不想做专家、指导者，我只是一个打工的，我愿意为这里服务。”他总是认为，当地的人比他这个外来者更了解这里需要什么，不要一说就是“钱”。除了钱之外，真的一切都不需要了吗？

三

丁大卫无论走到哪里，都会带着一个磨掉颜色的旧文件夹。里面是各种各样的资料：丁大卫的身份证，护照复印件，关于使用捐款修建几所学校的报告，教育局的批复，捐款人的名单，一本存折，几个账本，学校的照片，感谢信，一堆要寄给捐款人的票据……“这是我在这里的生活”，他说。

几年以来，寄给“甘肃东乡丁大卫”的信件和捐款一直不断，总数已经超过了10万元。很多人不相信他还在东乡，都在信中说试试看你还在不在这里。

怎么使用这些钱，现在就是丁大卫的责任。“我不想要这些钱。”他一再说，建学校、配老师，让该上学的不失学，那是政府要做的事。

但是，既然这些钱都寄到他的名下，他也不能不管。

除了给学生退学费，给学校添置相关物品，教师节、儿童节给老师学生买礼物之类，3年来，每年寒假，他都会带着东乡的老师们去广东恩溢学校培训、交流，看大海。

“对老师们来说，这一路上都是学习。”丁大卫认为。

回来以后，他还要把所有车票收集起来，给捐款人写信，告诉他们为什么要花这笔钱带老师去那里，一共花了多少，把票据都粘好，随信寄去。

不仅这一项，所有捐款的支出，他都会这样写信告诉捐助人。所有的收支账也一式3份，给教育局一份，学校一份，他自己留一份。

“又没有人要求你这样，不用这么麻烦吧。”翻看他的账本，从万元起的修学校费用，到几元钱的电话费都登记着，我脱口而出。

“那怎么行，人家把钱交到你的手里，总要有个交代吧。”他提高了嗓门，看着我，好像有点生气了。

也许正是因为他的这种做法，很多人都是反复捐助，最多的已经达到9次。

四

那天去包岭的路上，经过一所叫牙胡家的小学，远远地离着几百米以外，就有孩子扯着嗓子喊“丁——大——卫”。学校和我们走的山路隔着一道很宽的沟。丁大卫高声告诉他们下午回来看他们，可校长和一群孩子还是下了沟跑到路边来，和他说了半天话。

学校的孩子们都喜欢他。那些小孩见了他就兴奋，他们喜欢让这个“巨人”把他们抓起来，在空中倒立，喜欢一群人围着他抢那个可以在指尖上转动的“篮球”。

而丁大卫，也只有在和孩子们玩闹的时候，才显得最开心、最轻松。

老师们也喜欢他。女老师们经常开他的玩笑：这么大年纪还找不到

老婆,一定是因为你的脚太臭了。

丁大卫说自己属猴,按照东乡这里的算法,今年应该37岁了。而按照他妈妈的算法,他才35岁,因为生日还没过呢。他形容自己“大概是那种比较慢热的人”。而他有时问出的具有“中国特色”的问题,像“你是不是北京户口”,也让我惊讶不已。他不以为然:“如果你在一个国家待10年也一样。”

走在路上,他会不经意地哼一些曲子。有一次,居然是《学习雷锋好榜样》。

我乐了:“你还会这首歌?”

“我会的多了。”他说,“如果去卡拉OK,我能唱一天不重复。”他知道田震、孙楠,聊起孙燕姿、周杰伦也头头是道。以前,在广东和兰州听得多,现在,他的生活中几乎没有娱乐,偶尔在班车上要一份人家看完的《兰州晚报》,自己看过了,还要拿给学校的老师看。酷爱篮球的他,看不到NBA比赛,爸爸从美国寄给他的篮球杂志就成了他的宝贝。

大卫是个很细心的人,两人走路他一定走在靠车道的那边,在长途客车上主动帮带孩子的妇女拿东西。说起自己的家人他更是充满深情。

有时候,到一个地方,碰见对他这个“老外”很好奇的人,人家会问:“你在那儿干什么?收入多少?”他就会据实回答:“帮着办学,没收入。”

对方的反应一般是:“没收入?你不想说那就算了。”

县里也常常有人和丁大卫说,让他利用自己的身份,多做一些宣传,扩大影响,也好有更多赞助。

“我不想这么做。”他说,“我只是在做我觉得应该做的事,我不想被称作雷锋或白求恩。”他并不想成为什么榜样,也不想影响别人。

现在他最想有更多的时间来提高自己的东乡语水平;想遇到一位心爱的姑娘一起去青岛、泰山;还想看到什么时候东乡不再排全国少数民族文盲率最高。

“你觉得自己还会在这里待多久?”

“只要这里愿意继续聘任我,我就会留下来。”他说得很肯定。

大卫是个虔诚的基督教徒。不过,他也知道,现在这个世界,最有力量的“宗教”叫做 American dream（美国梦）：挣更多的钱，开更好的车，住更大的房子，娶最漂亮的老婆……

但是，他认真地说，每个人都应该问问自己的内心，这些是不是你真正想要的？你的心踏实吗？满足吗？平静吗？

“夜深人静，睡不着的时候，你的灵魂，你的内心，是会和你说话的，会问你，你究竟为什么而活？不要忽视这个，不要随便吃一片安眠药把这个念头压下去。”说这话时，他的蓝眼睛纯净平和，坐在那张小床上的他，好像拥有整个世界。

面对自己的灵魂拷问 ◎ 赖东安

“夜深人静，睡不着的时候，你的灵魂，你的内心，是会和你说话的，会问你，你究竟为什么而活？”这句激起内心千层浪的话，是一个外国人说的，他就是本文的主人公——丁大卫。

看了《面对自己的灵魂》中丁大卫的那句话，我不由心中一震，我不得不重新审视自己。人，因为精神高尚而高尚，是圣、是贤、是君子，都会有自己清晰的志向，不为尘世庸俗所侵蚀！

爱，在每个人的内心深处居住。曾几何时，灯红酒绿的社会将纸醉金迷的生活模式贴进人的心上，向前看模糊了，又清晰了，现出了向“钱”看。爱心被置于现代都市霓虹灯照不到的角落里。某个冷清夜里，面对洁白无瑕的月亮，我们是否也叩问过自己：“我还是一个真真实实的人吗？”还是当朝阳升起时，又戴起面具匆匆融进为名利的人流中？千年的风云，扬起过多少尘土，而那句“素衣莫起风尘叹，犹及清明可到家。”还会在多少个人的内心里燃起？

然而，就算是夜也并不是黑暗统治的天下，看，那天上的星星在闪着明亮的眼睛。也许，这当中就有一双眼睛是丁大卫的，他审视了自己的心灵也审视了这个世界，他觉得这个世界哪个地方更需要他，于是他就出现了，就付出了。

旷远的天空响彻蓝天的呼唤，风雨中飞翔的海燕，是力的凸现，美的超越。

做一辈子志愿者

——青年楷模冯艾

飘　飘

冯艾，上海复旦大学社会学系研究生，先后赴宁夏回族自治区西吉县白崖乡中学、云南省宁蒗彝族自治县战河乡中学支教。曾荣获中国青年志愿服务金奖、“中国十大杰出志愿者”称号和“中国青年五四奖章”。

和冯艾交谈，让我一再地有种错觉——似乎自己是在和一位长者对话。然而，那张被西部阳光晒得黝黑的脸上时而闪现的纯真而俏皮的笑容又提醒我：她，也只不过是一位刚刚20多岁的女孩子。

我将这种感觉告诉冯艾，她爽朗地笑了：“来西部吧，那是一个能够让人快速成长起来的地方……”

以平常心，做志愿者

其实，当初本科毕业决定去宁夏西吉县支教，我是多少带着一些浪漫主义和英雄主义情怀的。记得到了西吉县的第一个晚上，我和同去的女生坐在土炕上，看着窗外大西北幽蓝广阔的夜空，谈着即将开始的新生活，感觉自己就像是一位无私无畏的勇士来拯救这里受苦受难的人们。我们被这种感觉激励着，兴奋得难以入眠。

只是我的关于“勇士”的浪漫幻想很快就在严峻的现实面前变得苍白——当我发现一位高二的学生连26个英文字母都背不全的时候；当我看见那些学生在自习课上打扑克的时候；当我看见当地有些老师迟到、早退，对工作不能尽职尽责的时候；当全班有一半的学生辍学的时候，我着急啊，然而更多的却是无奈。

我不得不调整自己的心态，让自己接受志愿者只是普通人，然后平静下来，脚踏实地地从每一件小事做起。

我首先要面对的是学生学习基础极差的问题。那个连26个英文字母都背不全的学生，我让他每天放学后来我的宿舍补课，从“ABC”开始补起。有一次补完课天已经黑了，我不放心他一个人走那么远的山路回家，就独自去送他。结果回来的时候，我却迷路了，而天又刮起了大风，我一个人在黑黢黢的风声如吼的山里转呀转呀，又急又怕。这时候我看见远处有三三两两的火把亮了起来，听见有许多人在呼喊我的名字——原来是校长带着村民还有学生上山找我来了。我一下子哭出了声，哭得像个孩子……这位学生的英语成绩从最初的8分到28分再到48分，这点点滴滴的进步让我感到非常欣慰。

让我最忧心的是学生辍学的问题。每天早晨走向教室时，我心里都会隐隐的害怕：今天不会又有哪个学生不来了吧？我难忘有一次去一位贫困学生家里家访，当我脱鞋上炕的时候，学生的母亲看着我的皮鞋对孩子说：“娃儿，你要好好读书，长大了就能穿上皮鞋了!”

那双皮鞋是我在县城花了39块钱买的，但就是这样一双皮鞋，却是一位西部母亲一辈子的心愿!面对这样的家长，我不忍心说：“您孩子这学期的学费还没交呢!”我所能做的只有不断地将自己微薄的工资拿出来，尽可能让学生在学校里接受教育的时间久一些、再久一些；只有不断地给我的家人、同学、朋友写信，请求他们资助贫困学生。结果，搞得我的朋友们都说：“冯艾，一看见你的来信，不用看内容，我就知道得掏腰包了。”

曾经有人问过我："冯艾，西部有那么多上不起学的孩子呢，你帮得过来吗？"每当这时，我总喜欢讲这样一个故事：有一个人，坚持在退潮之后将那些搁浅在沙滩上的鱼儿捡起来扔进海里，有人笑他傻："沙滩上有成千上万条搁浅的鱼儿呢，你捡得过来吗？"这人说："我捡不过来，但对于被我捡到的那条鱼儿来说，它会因此获得生命。"

是的，就是这样，只能是这样——一个人一个人地帮，一件事一件事地做，也许一批志愿者并不能改变什么，但我坚信，一批又一批志愿者的漫长接力，一定会给西部带来惊人的变化!

其实，我的收获更多

当志愿者的经历，让我变得快乐和充实。这种快乐，是那种穿上一件漂亮衣服、吃了一顿好饭的快乐远远不能比拟的。它来自于别人的生命，因为我的参与而有所改变的事实——我当年的学生中已经有 9 位考上了大学。不要小看这 9 位学生，他们就像是 9 粒希望的种子，总有一天会在大西北贫瘠的黄土地上幻化成绿草如茵！我也不再像以前那样总是质疑人生的真正意义，时不时感觉到莫名的茫然和空虚了。因为一想到还有那么多眼巴巴等待着帮助的人，我就急得不得了，恨不得一天当成两天过，实在没有时间去想什么人生的意义了。

我也变得坚强了。这份坚强，是西部的孩子和老百姓所给予的——宁夏西吉县那个地方，曾被联合国认定为"不适合人类生存的地区"，老百姓曾经连续 10 年颗粒无收，但是他们还是顽强地生活在那个地方，和自然、贫困做着不屈不挠的斗争。那些孩子，每天都要天不亮起床，割完草、喂完羊，再走上 20 几里的山路去上学……和我们这些志愿者比起来，他们才是真正的英雄！

在西部支教两年，我付出了时间、金钱和精力，而我得到的，却是无价的精神财富，它们会对我的一生产生深远的影响。

也许将来，我不会再有机会去西部支教了，但我认为，志愿者是在哪里都可以做的，比如现在我参加义务献血、报名捐献骨髓和角膜。我甚至想，将来，等我老到哪儿也去不了的时候，我还可以将社区里的老人组织起来做一些力所能及的事，为年轻人减少一些后顾之忧——想想那该多有意义啊！

我会永远站在志愿者的队伍中，时刻准备着。

走出天堂 ◎江金玲

记忆中的上海，繁华而热闹。现实的上海，又充斥着国际都市的味道，富足、优雅，是许多人梦中的“天堂”。

而冯艾，这个从上海复旦走出来的大学生，却从别人向往中的“天堂”里走了出来，走到了西部，走到了这贫瘠的地方，一个与上海有着天渊之别的地方。冯艾，无法不使我感动。

感动于她的纯洁，感动于她的真诚，还有那一颗充满责任感的心灵。冯艾所做的事，是作为一个教师所应做的，却比一个教师所做的要多得多，意义深远得多，因为一个教师所做的一切，只是在播种，将知识的种子撒在我们脑里，我们的脑正是一块肥沃的土地，因此种子会很快发芽，繁衍。而冯艾所要做的不仅仅是播种，更多的是开垦，为贫瘠的西部开垦一块文明的土壤，然后将知识的种子播种。她所做的一切，不是用一般的辛苦就可以衡量的，也不是用金钱就可衡量的。

感动于她的执著。在她所说的故事中，对于被那个人捡到的鱼儿来说，它因此获得了生命；同样，对于被冯艾帮助过的学生来说，也许有了人生的转折点，就像那9个考上大学的学生一样，生命从此踏上了新的旅途。星星之火，可以燎原；小小的帮助，也可以成就别人的一生。

帮助别人不难，难的是一直帮助别人，难的是走出世俗的困惑和俗人的眼光。

但她把这帮助看成了一种收获。她使别人获得了知识，因此她收获了快乐；她为学生们的学习而忙碌，因此她收获了充实。她还收获了坚强，收获了无价的精神财富——这个爽朗的女孩，她把自己为别人所做的一切轻松地抹开了不算，反而说最终的受益者是她。生活，总需要我们付出，才能得到给予。

网络使我变得充实而美丽。尽力去帮助那些需要帮助的人，让我体会到内心异常的快乐。

爱心的呼唤

——网络妈妈刘焕荣

胡　辛

“网络妈妈”刘焕荣的故事，已经在网上和社会上传了好些日子了。她不顾自己严重残疾之身，日复一日与沉迷网络游戏的孩子倾心交谈，让他们从虚拟世界回到现实中来。网络游戏不同于一般电脑游戏，它需要耗费大量时间，有些学生成天成天泡在上面不能自拔。“网络妈妈”这种来自民间的真诚关怀，让人肃然起敬。

“我是真的”

2004 年 2 月 29 日，人到中年网站和今视网分别发出网名“勇 254”的原创帖《一位身残志坚心灵美的网络妈妈》。帖子叙述了一位被大火毁容的中年女性通过网络，帮助那些迷恋网络游戏的孩子反省自己的故事。她的网名是“蓝天 0904”。这个帖子立即引起了今视网副总监钟定娴的关注，网络妈妈“蓝天 0904”究竟是真是假？钟定娴要求同仁立即跟帖。

面对接踵而至热情洋溢的跟帖，和一些网民的疑惑，2004 年 3 月 3 日清晨，“蓝天 0904”在今视论坛发出她的第一张帖子：“我是真的。”

她是怎么跟“勇 254”QQ 上的呢？那是一个冬天的夜晚。当时已是凌晨一两点钟了，她却难以入眠。她的心中充满欣慰与悲凉。欣慰，是因为从 2003 年 10 月份开始，小网虫“今生有你”的成绩开始进步了，从以往的总分 300 来分上升到了 500 多分。他还给她写来一封信，感谢之余告诉她，他的名字叫鲁路。而就在这一天，她也受到了巨大的打击：就在几小时前，她与网友“会飞的树”聊天，或许是好奇心驱使，他要求看看她的庐山真面目。她想了想，就打开了摄像头，只隔瞬间，对方就毫不留情地发来四个字：“吓死我了！”立即下线逃之夭夭。她也像遭了电击般地呆望着电脑屏幕。这之后，她遇到“勇 254”，于是向其倾诉了自己的磨难。

网络妈妈很快成了江西省众多媒体关注的焦点。2004 年 3 月 16 日，8 名各路媒体的记者去弋阳寻访真实的网络妈妈。她名叫刘焕荣，她成为残疾人已经整整 33 年了。到这时，人们才开始知道她的故事：1971 年 12 月 13 日清晨，刘焕荣早早起来，与旭光中学的同学们到山上去参加植树造林活动。几小时后，噼里啪啦的山火由远而近，火舌直往山头窜。当同学们纷纷冲出火海时，跑在最后的刘焕荣被烟雾迷了眼，一个踉跄栽进坑里昏了过去。老师将她抢救出来送往医院，她浑身烧伤，面容被毁，双手十指只剩一个右拇指完好。从 1972 年到 1977 年，她几乎每年都被送往上海瑞金医院或静安区医院植皮治疗。因为她的皮肤烧伤面积实在太大，得一次次地慢慢植，全身常常出现这一块那一块的溃疡，疼痛难忍。失去了生活自理能力的她，硬是做到了生活自理，还重新学会了握笔写字。1978 年，她 21 岁，走进了财会这一行，通过考试获得了助理会计师证书。2001 年，面对财会电算化，她决心迎头赶上。但家中没有电脑，一个叫俞全胜的小伙子和她一样也是会计，他用几百元钱自己动手装了台电脑送给她。这双残损的手，为了能自如地运用鼠标和键盘，不知在电脑上留下了多少汗水。终于，她能够轻轻地滑动鼠标，能在一分钟里打二十来个汉字，能够自如地上网了。

她成了“网络妈妈”

刘焕荣的网名为“蓝天 0904”——因为她酷爱蓝天，“0904”则是她的生日。此时此刻，她比任何时候都渴望对人倾诉。向谁倾吐呢？她的第一个网友便是“今生有你”。那是 2003 年 8 月初的一个夜晚，她先看了一下请求通过验证人的资料，资料里写着他为江苏连云港人，是个学生。也许出于对自己被迫中断的学生时代的怀念，两人开始了友好的谈话：

今：哦，真的是 47 岁的阿姨？

蓝：真的，我不做假。

今：这么大岁数上网聊 QQ 的不多呢，阿姨好有文化。

蓝：书读得不多，你呢？

今：我下学期开学读高三了。

蓝：今天不是双休日，怎么上线了？

今：我喜欢玩游戏。

蓝：你马上就要读高三了，老玩游戏可不好……

第一次与“今生有你”QQ，就让她放心不下这个小网友了。她清晰地感觉到他请求将她加为好友，除了对 47 岁的人的 QQ 好奇外，更多的是想交一个“家长朋友”。一次次的 QQ，从未谋面的“今生有你”在刘焕荣的脑海里竟凸现出鲜活的形象。这个调皮的男孩家在江苏农村，名叫鲁路（化名）。他的姑姑是县中学的语文老师，读高中后，父母干脆让他住进了姑姑家中，让姑姑严加管教。这两年姑姑从没给过他一个笑脸，但他的成绩还是上不去。他很快找到了躲避心理压力的最佳世界——网络天地。几次聊天后,鲁路约阿姨陪他玩传奇游戏。但是她不能陪他玩传奇,不只是她不会,就是想玩也玩不起。她只能是苦口婆心地慢慢劝说他,告诉他传奇游戏的种种负面作用。为了帮他树立学习信心,刘焕荣还让外甥女江鑫也把他加为好友,同代人更有共同语言。刘焕荣还把一些有利于学习和身心健康的网址介绍给他。渐渐地,他们之间无话不谈。

有一夜,一网名"姑姑"者要求她通过验证加为好友。凭直觉,刘焕荣觉得这是鲁路的姑姑。果然,真的是她!姑姑说,鲁路主动告诉我他在网上结识了你这么个好阿姨,他的生活的确在慢慢地转变。原先放了学不肯回家,现在一放学就回家看书做作业。一声"托付给你了",让刘焕荣热血沸腾。除了与鲁路 QQ 外,她还与鲁路书信往来,并专门给鲁路的父母写了一封长信,讲述了自己教育女儿的体会。

QQ 成了刘焕荣的信息传送纽带,她的好友列表里也已经有了一长串名单,"会飞的树"、"小羊羔"、"梧桐夜雨"、"丢弃的砂器"等等,而且有的还走出了虚拟,与他们有了书信往来。这些好友中,多数是在校的中学生。有两位还是南昌大学的大学生,他们曾一度沉溺网络,在虚拟世界里忘乎所以。在她的不断劝说和真情感动下,他们的生活有了改变。其中有一位是弋阳老乡。他只要回到弋阳,必定上她家走走,吃上一顿她亲手做的饭菜。她就在平平常常,甚至絮絮叨叨的聊天和玩游戏中,不经意地为迷惘贪玩的学生们拨开迷雾,让他们找到自己的前进方向和人生目标、摆脱一个个感情漩涡,开始新的生活。于是有网友亲切地称她"网络妈妈"。

在媒体没有报道有关她的消息以前,与刘焕荣 QQ 的,总共才五十多个网友。正是"勇 254"的帖子使刘焕荣不仅仅成了网络世界的焦点人物,更使她成了孩子和孩子妈妈们的求助对象。尤其是 3 月 18 日那天,因为今视网等众多媒体先后报道了她,与网络妈妈刘焕荣 QQ 的人数竟剧增到五百多人。网友们带着各种问题请教网络妈妈,为此,她没有一夜是零点前入睡的。她静静地守着电脑屏幕,轻轻敲击键盘,不觉辛苦只觉甜。

她和她的孩子们

有心理学家做过调查和分析，认为十三四岁是沉迷网络的起点，以后便会一发而不可收。但走进网络世界的刘焕荣最初并不理解他们。她试着理解这年少的一代，进而走进他们的世界。让我们看看几则QQ片断。2004年4月3日，"删除记忆"和网络妈妈联系上了。他和城里许多的年轻人一样酷爱"传奇"，每天的很大一部分时间是在游戏里度过的。他的父亲看到网络妈妈的事迹后，希冀网络妈妈能挽救他的孩子，并有意将网络妈妈的故事讲给他听。果然，网络妈妈的遭遇引起"删除记忆"的感动，他将网络妈妈加为好友，两人开始了QQ。是刘焕荣的苦口婆心终于打动了"删除记忆"，还是"删除记忆"快马加鞭玩过了40级，自此后，"删除记忆"果真做到了从星期一到星期六不再玩传奇了。

"漂泊的岛"是从农村来城里打工的小伙子，没想到陷入网络游戏后，管不住自己，一下班就鬼迷心窍般钻进了网吧，而且一泡就是整整一夜。他上班时头重脚轻，如失魂落魄般。他见到了网络妈妈的事迹，一上QQ，脱口而出的就是：我可以叫你妈妈吗？从此之后，"漂泊的岛"的生活里多了一个好妈妈。网络妈妈让远离家园的"漂泊的岛"感到温暖。他决定不让网络妈妈失望。

2004年4月初的一天，网名"幽谷清风"者向网络妈妈求助。这是位小网虫的家长，从这天开始，她和网络妈妈为了孩子开始在网上频繁接触。"幽谷清风"将儿子的网名告诉网络妈妈，终于在4月26日这一天，刘焕荣在网上找到了这个高中生。第一次接触似乎不是很谈得来。刘焕荣查找能帮助这个孩子的资料，她给他的留言都是一个个短小隽永的人生励志的故事。有时她还会提供给他一些适合青少年浏览的网站以"投其所好"。经过一次次在网上交谈，这个孩子终于被感化了，他开始听刘焕荣的话，尝试着与父母沟通，并真诚地关心起网络妈妈来。

“我只想做原来的我”

刘焕荣的事迹被媒体报道后，赢得了人们的尊敬和爱戴，却也把她的几个小网友给吓跑了。她着急了，2004 年 6 月 12 日，她在“网络妈妈信箱”里发了题为《网络妈妈的苦恼》的帖子，善良的网络妈妈第一次向大家求助：

我很喜欢“网络妈妈”这个称呼，虽然我的人生并不是很完整，却让我享受到更多的母爱与亲人的关爱。我想用朴素而真挚的爱，去关爱那些需要我的可爱的孩子们。最近许多党政机关和媒体对我非常关注，由于报道的需要，我将部分帮助过的孩子的联系方式告诉了媒体，而这些孩子不理解，有些反而产生了逆反心理，不再理睬我……在此我想请各界人士帮帮我，找回我的孩子们！我只想做原来的我。平凡，真挚，充满着爱！请不要再去打扰他们！

原来，就像 2004 年 3 月为了证实“蓝天 0904”的真实性而走进弋阳采访刘焕荣一样，媒体的记者们为了报道的真实，从网络妈妈那里问得小网友们的联系方式并直接跟他们联系。面对记者的采访，有的小网友坦诚热烈回应，有的却不乐意让媒体曝光。小网民一样有自尊心，一样有隐私空间。他们逃之夭夭了。刘焕荣很难过，她是身不由己，深深自责。对一些媒体的报道马虎，图快捷，想当然这一点，刘焕荣是有切身体会的。比如陪着小网虫边玩传奇边聊天的细节，就是以讹传讹了。刘焕荣说，她可从来没玩过传奇，也压根儿就不会玩传奇。她最心痛的是鲁路的遁去。鲁路是她花心血最多的小网友，在她眼里，鲁路就是亲外甥。可眼下鲁路却与网络妈妈中断了联系！刘焕荣茶饭不思。后来得知，许多媒体都先后寻找鲁路进行过采访，有的干脆点了鲁路的真实姓名和地址，也许，鲁路和他的家人都被吓坏了。

2004 年 4 月，江西省广播电视局决定以今视网为平台，向全国各地招

募百名网络妈妈志愿者，像刘焕荣那样，共同为净化互联网的天空贡献自己的力量。招募志愿者的倡议得到广大网民的拥护，来自21个省市，甚至韩国的网友都登陆今视网开设的网站报名。这一切都让她非常高兴。然而，她还是心心念念地要成为“原来的我”，她还在寻找着她失去的那些“网络孩子”！

永远的妈妈 ◎ 陈伦艳

她，在淤泥中爬起，像向阳花般，将花蕾朝向骄阳；她，在E圈中闪烁，像黑夜里的星光，引导迷途的羔羊；她，冲破虚拟世界的无情面纱，像温柔的母亲，传递温暖给失意的孩童。她就是我们的网络妈妈——刘焕荣。

像我们一样，正值豆蔻年华时，网络妈妈在不幸灾难中变成了一只“丑小鸭”，然而，她犹如疾风中的勇士，披荆斩棘，丝毫不畏惧残酷的嘲笑，用坚强意志扬起了生命的风帆，并且有“我不想给国家再增加负担，也不能成为社会的包袱。”这股倔强不服输的劲头，让她在漫长的人生道路上找到自己理想的蓝天。

她犹如参天大树，无私的伸出强壮有力的臂弯，呵护着树下迷茫的过客，正如陶行知先生所说的“捧着一颗心来，不带半根草去”。

当我们停滞不前时，当我们迷失方向时，当我们痛苦不堪时，都渴望有谁可以把我们从这黑暗的深渊中拯救出来。不可思议的是，“妈妈”是用她那残缺的双手将爱敲进了方寸屏幕，将一个个美丽的文字编织成彩虹，出现在旅人阴霾的天空中。不求回报的挽救一颗颗落魄的灵魂，“网络使我变得充实而美丽。尽力去帮助那些需要帮助的人，让我体会到内心异常的快乐。”这正是我们中华民族应该具有的奉献精神哪！也是我们应该具有的精神！

“妈妈”会永远生活在我们身边，因为有越来越多人成为这样伟大的“妈妈”，我也将是其中的一员，用自己的爱心去帮助无助迷失方向的人们。